심재기 교수 산문선 ❹

한국인의

말글 찾기

우리말에 수민 인정

明文堂

책머리에

어느새 60년이 넘도록 우리말을 배우고 가르쳐 왔다. 이 세상에 태어나서 우리말을 배우고 가르치는 일 이외에 내게 다른 일이 있을 수 없다는 생각으로 살아온 세월이기도 하였다. 열정이 앞서던 젊은 시절에는 어린 중학생들에게 주먹질도 해 가면서 우리말 사랑의 바른길을 강조했었다. 그러다가 언제부터인가 우리 말에 대한 애정을 가벼운 수필 형식으로 발표하여 왔다. 이제 이것들을 묶어 한 자리에 모아 놓고 보니 나의 치졸한 목소리가 부끄러운 뿐이다.

그러나 이 부끄러운 글들은 그런대로 우리말에 대한 나의 숨김없는 애정을 드러내고 있다. 나는 이 글 묶음을 내 어린 시절에 나에게 우리말을 공부하도록 이끌어 주신 국어선생님들께 바치고 싶다. 나의 중·고등시절은 1950년대 초반이었다. 아직 6·25전쟁의 상처가 아물지 않았고 원색적인 가난이 사그라지지 않던 그 시절, 나의 국어선생님들은 '우리말 사랑' 이라는 일종의 종교적 신념을 제외한다면 다른 것은 보잘 것이 없는 분들이었는지도 모른다. 가난이 흉될 것이 없던 때이니 뒤집어 짓기를 해 입은 양복마저 소매 끝이 나달나달 해어졌었다는 것을 새삼 들출 필요는 없을 것이다. 일본 식민지 시절에 청춘을 살았으니 대체로 국어국문학을 정식으로 배울 기회가 없었다는 것도 들출 필요가 없을 것이다. 또 선생님들의 서가에는 국어국문학에 관련된 책이 별로 없었다는 것도 문제 삼지 말아야 한다. 고작해야 최현배 선생의 〈우리말본〉과 양주동 선생의 〈고가연구〉 같은 책이 몇 권의 소설책과 시집들 사이에 꽂혀 있었던 것 같다. 그러나 몇십 번을 읽었던지 까맣게 손때가 묻은 그 책들의 겉장은 거의 떨어져 나갈 지경이었고 날깃날깃한 책장을 넘기면 두겹 세겹으로 붉은 줄이 그어져 있는 것을 볼 수 있었다. 보통 때에는 어쩌면 바보처럼 보이던 선생님들, 그렇지만 민족문화를 보존하고 계승하는 데 가장 기초가 되는 것은 우리말을 바르게 알고, 바르게 쓰는 것이라고 주장하실 때에는 그 형형한 눈빛에서 불똥이 튀지 않는가 여겨져서 나는 몇 번이고 온몸이 조여오고 가슴이 터질 것 같은 감동을 맛보았었다.

그래서 나는 국어선생이 되었다. 그러나 어린 시절의 스승을 머리에 떠올리며 강단에 섰을 때, 나는 옛 스승들만큼 우리말에 대한 신념과 열정을 지니지 못했음을 깨닫게 되었다. 부끄럽기 그지없었다. 그렇지만 내 앞에 다른 길을 선택할 여지는 없었고, 나는 내 나름대로 떠듬떠듬 우리말이 어떻게 아름다운가를 그려나가지 않을 수 없었다.

여기에 모인 글들은 그러한 내 안간힘의 흔적들이다. 이 책을 읽는 이들이 만일 이 글들을 통하여 조금이나마 우리말의 소중함과 아름다움을 깨닫는 데 도움을 받았다면, 그것은 오로지 그 옛날 나에게 우리말을 가르쳐 주셨던 저 가난한 시절의 스승님들 덕분이라고 믿는다.

2018년 1월 22일

抱川 先山下 遠慕齋에서 지은이 씀

〔차례〕

지성인의
국어 인식

우리말을 간직하는 길

며칠 전 어떤 연수회에 참석하느라 온양(溫陽)에 내려간 일이 있었다. 그때 회의를 끝내고 두어 시간 여유가 생기자 나는 일행 몇 사람과 더불어 민속박물관을 찾았다. 한 시간 남짓 둘러보고 나오면서 우리는 이런 말들을 주고받았다.

"거기에 진열되어 있는 물건의 대부분은 우리 어릴 적에 우리들 주위에 지천으로 널려 있던 것 아니오?"

"누가 아니랍니까? 그런데 그 흔하던 물건들이 이제는 박물관에나 와야 보게 되었군요!"

"그러게 말입니다. 한데 참 신기해요. 그토록 하찮은 옛 물건들이 어쩌면 그렇게도 정겹고 아름답게 느껴지는지 모르겠어요?"

"아니, 그것도 모르시오? 당신이 한국 사람이고 또 당신이 한국을 사랑하기 때문이지요."

그러나 나는 이런 말을 들으면서도 무언지 모르게 서운하고 허전하기만 하였다. 그때 마침 어떤 분이 이런 말을 하였다.

"이렇게 의식주가 변해버렸으니 이제 백 년쯤 후의 민속박물관에는 우리 것이라고 내놓을 것이 무엇이 있을까요?"

그제서야 나는 내가 왜 서운하고 허전한 감정의 찌꺼기를 삭이지 못하고 있었는지를 깨달았다. 그리고 마치 준비하고 있었던 것처럼 이렇게 말을 하였다.

"있지요. 형체가 있는 물건은 아닙니다만 그것은 아마 한국말일 것입니다."

온 세상이 커다란 하나의 문화권으로 서서히 뭉쳐지고 있는 것을 보면서 성급하게 민족도, 국가도 문제시할 것이 없다고 속단하는 이상주의자가 생기지는 않을 것이지만 행여 우리 한국 사람이 한국말이 아닌 다른 말을 쓰고 살아도 괜찮을 것이 아니냐고 생각할 사람이 있을 듯싶기도 하다.

그러나 이 또한 나의 부질없는 근심이라는 것을 안다. 부질없는 근심인 줄 알면서도 한 마디 건네고 지나가는 까닭은 꿈에라도 그런 생각을 해서는 안 된다는 것을 못 박아 두려는 뜻이 있기 때문이다.

우리는 한국 사람으로 태어나 한국 사람으로 죽고자 하기 때문에 한국말을 아름답다고 생각한다. 우리의 부모가 다른 집 부모보다 권력도 없고 지위도 낮고 돈도 잘 벌어오지 못하지만, 그 부모님을 사랑하는 것처럼 누가 뭐래도 우리는 우리의 생각을 키우고, 우리의 생각을 다듬고, 우리의 느낌을 유감없이 드러내는 우리 한국말을 아름답다고 생각한다. 어쩌면 아름답다고 하는 것은 오래된 것이고 정든 것, 그리고 너무너무 잘 아는 것을 일컫는 말인지도 모른다. 고향산천은 나에게 있어, 오래 정들어 있고 손금을 보듯 환히 아는 곳이기 때문에 아름답지 아니한가.

주름살투성이, 옹이진 손마디가 나뭇등걸처럼 티석해도 나의 할머니의 웃음 띤 얼굴과 따사로운 손길처럼 아름다운 것이 어디에 또 있을 수 있는가? 그 고향 산천의 할머니보다 더 오래 우리에게 정들어 있으면서 우리가 누구인지를 끊임없이 일깨우는 것이 바로 한국말이다. 그래서 우리는 한국말을 아름답다고 만천하에 선언한다. 이 사실을 인정하는 사람은 예외 없이 한국 사람뿐이라는 것을 알지만, 그렇다고 우리가 섭섭해할 이유가 없다. 한국어의 아름다움은 한국 사람에 의해서만 증명되기 때문이다.

그러면 우리는 한국말을 아름답다고 선언하는 것으로 우리의 일이 끝나는 것인가? 절대로 그럴 수가 없다. 아름다운 것은 가꾸고 보존해야 한다. 아껴야 한다. 물건을 아낄 때에는 감추어두는 것이 하나의 방법일 수 있지만 말을 아낄 때에는 되풀이 사용해야만 한다. 말은 형체가 없기 때문에 쓰임에 의해서 형체를 유지한다.

이때에 우리는 보다 효과적인 쓰임의 방법을 생각하지 않을 수 없다. 그동안 우리는 한자 문화권 속에서 우리말을 보다 깊이 아끼고 가꾸는 일에 게을렀었다. 한자어라고 해서 한국말이 아닌 것은 아니지만 그것이 서자(庶子)인 것만은 분명하다. 서자도 자식인 바에야 똑같이 사랑할 일이다. 그러나 그동안 우리는 적자(嫡子)인 고유한 우리말을 제쳐놓고 서자를 지나치게 애지중지하였었다. 이제 우리는 윗목 구석에 쭈그리고 앉아 있는 적자를 아랫목으로 불러 들여야 하겠다. 그것은 필요 이상으로 한자를 사용하거나 한자어를 사용하는 나쁜 버릇에서 벗어나는 일이 아닌가 싶다. 엊그제 가까운 친구로부터 그의 저서 한 권을 기증받았다. 그런데 지은이 소개란을 보니 그전 같으면 약력(略歷)이라고 적혔을 자리에 '걸어온 길'이란 표현이 눈을 끌지 않는가? 음절수가 좀 늘어난들 어떠랴.

이런 태도야말로 우리 한국말을 아끼고 살리고 다듬어가는 지름길이라고 생각되었다. 돌이켜 보면 신라시대 이후 한자어에 의해 고유한 우리말은 줄곧 밀려왔다. 장마철이면 개울물이 넘쳐흘렀기 때문에 '물넘이', '무너미', '무네미'로 부르던 마을이 일제시대에 '문암리(文岩里)'로 둔갑한 마을이 있다. 우리말이 이렇게 훼손되는 동안 우리 부모님들이 겪은 쓰라림은 이제 더 이상 돌이켜 생각지 말자. 그 대신 우리는 순수한 우리말, 일상적인 우리말에 더 깊은 뜻을 심어, 그것으로 우리다운 학문을 할 수 있도록 마음의 자세를 가다듬어야 할 것이다.

한때 비행기를 '날틀'이라고 부르는 것을 웃음거리로 삼은 적이 있었다. 이것은 마치 모두 갈색 눈 빛깔을 가진 사람 사이에 파란 눈 빛깔을 가진 사람이 외톨이로 끼어들었을 때, 색목인(色目人)이라 손가락질 받는 현상에 비유됨직하다.

한 사람이 유독 앞선 생각을 할 경우 그는 웃음거리가 되지만 결국 세월은 그것이 옳았다는 것을 증명하고야 만다.

이제는 적어도 '날틀' 식의 새 말이 나와도 그것을 신기한 눈으로 바라보지는 않을 만큼 우리들의 의식은 변화되었다. 그러나 아직 너도 나도 '날틀'이란 말을 만들어보겠다는 적극적인 단계에는 이르지 못했다. 그렇지만 실은 지금 당장 그러한 의식의 변화가 모든 한국 사람에게서 일어났으면 하는 마음이다.

그런 다음에야 우리는 한국말을 아름답게 발전시킬 한국의 셰익스피어, 한국의 괴테를 가질 수 있을 것이기 때문이다. 우리는 삼사백 년 전에 우리말의 아름다움을 이야기할 때에 황진이와 정송강(鄭松江)을 기억해낸다.

그러면 현대국어의 아름다움을 말하기 위해 누구를 손꼽을 수 있는가? 가까운 것은 귀하고 아름다운 줄을 모르기 때문에 쉽게 발견할 수 없을 뿐이지 분명히 괴테나 셰익스피어에 맞설만한 현대 작가가 있을 것이라고 정말 자신 있게 말할 수 있는가? 시대를 아파하지 않으면 문학이 아니라는 명분을 세우고 욕설과 익살과 비꼬임 투성이의 글을 지었으되 정말로 한국 사람의 마음과 생각과 꿈이 아름답다는 것을 밝혀내려는 문학작품은 얼마나 지었는지 우리는 진지하게 반성을 해보아야 하겠다.

이것은 굳이 문학인의 책임만은 아닐 것이다. 한국말을 공부하는 사람들이 차분하게 옛 문헌을 찾고 뒤져서 잊혀졌던 낱말을 하나라도 소중히 쓸고 닦아 사전에 끼워 넣는 일에 신명이 나야만 현대의 황진이, 현대의 정송강이 비로소 태어날 것이라고 생각되기 때문이다.

오늘날의 세상은, 아무도 알아주지 않는 일에 미련하게 세월을 허송하는 바보가 나올 것 같지는 않으니, 한국말을 연구하는 일에 신명이 나서 목숨을 바칠 사람이 적다는 것, 그것이 끝내 한탄스러울 뿐이다.

금기禁忌와 언어생활言語生活

기독교적 세계관에 의하면 인간은 하느님이 만든 피조물 가운데서 가장 심한 욕심꾸러기이다. 왜냐하면 인간은 외람되게도 자기 자신을 만든 하느님이 되고자 하였으니 말이다. 이러한 욕심은 지선악과(知善惡果)를 따먹고 드디어는 에덴을 쫓겨난 이후에도 오늘날까지 버리지 못하는 고질적인 습성이 되어 있다. 인간은 끝을 모르는 지적 충족감을 채우기 위하여 부단히 탐구의 열을 올리며 또 끝을 모르는 물적 충족감을 채우기 위하여 부단히 침략하고 탈취하고 혹은 개발한다. 요컨대 인간은 만족을 모르는 동물인 듯하다. 인간의 심성 가운데 내재하는 이러한 본질적 특성이 결국 현대의 인류사회를 형성하기는 했으나 인류의 장래가 과연 보

장받을 수 있는 행복을 향해 접근하여 가고 있는지 어쩐지
는 지금 알 수가 없다. 아마도 하느님은 일찍이 이러한 인간
의 특성을 파악하고 있었기 때문에 에덴동산에서 지선악과
(知善惡果)만은 따먹지 말라는 금기(禁忌)의 명령을 내린 듯
하다.

이와 같이 『금기』의 문제는 인류사회의 출발점에서부터
우리 인간과 밀접한 관계를 가지고 있는 일종의 명령, 즉 신
의 부탁으로 시작된다.

우리나라 역사의 출발점에서도 금기의 모습은 발견된다.
하느님(桓因)의 아들인 환웅(桓雄)의 배필이 되고자 지상의
영걸(英傑)스런 짐승 곰과 호랑이는 『쑥과 마늘을 먹으면서
백일동안 햇빛을 보지 말라』는 금기를 지키게 되었다. 이때
에 그 금기를 성실하게 이행한 곰은 인간으로 환생하여 단
군(檀君)을 낳고 한민족의 기틀을 다진다.

위에서 언급한 두 가지 신화(神話)는 인간이 어떻게 금기
와 불가분의 관계에 있으며, 또 그것은 인간이 불가지론(不
可知論)으로 손꼽는 생명의 근원 내지 생명의 신성성(神聖性)
과 어떻게 밀접하게 관계하고 있는가를 말하여 준다.

그러나 금기는 신성한 것에만 관련되어 있는 것은 아니

다. 우리는 상대방이 도둑놈인 줄 알면 더불어 사귀기를 꺼리고, 함정이 있는 숲길, 지뢰가 매설된 전투지역은 접근하기를 꺼리며, 보기 흉한 모습이나 역한 냄새 앞에서 우리는 고개를 돌린다. 이러한 사실은 금기가 접근을 회피하는 대상, 즉 위험하거나 부정한 것에 대하여서도 적용된다는 사실을 알려준다.

원래 금기는 tabu라는 폴리네시아 말로서 prohibition〔금지(禁止)〕의 뜻이었는데, 이것이 민족학자들에 의하여 신성(神聖)과 부정(不淨)에 대한 금지, 기피 행위로 규정된 것이다. 앞의 이야기를 통하여 우리는 금기의 발생 근거를 확인하였거니와 요컨대 그것은 신성한 것과 부정한 것에 대한 인간의 본성적인 반응이라고 할 수 있다. 그러면 이러한 금기는 언어와 어떻게 맥락이 지어져 있는가? 태고이래 인간은 그들의 문화생활의 족적(足跡)을 유형무형 간에 축적 정리하여 왔다. 유형적(有形的)인 것은 오랜 세월이 흐른 뒤에 보면 흔적조차 찾을 길 없이 되어버리기도 했으나 그런 것도 사실은 땅속 깊이 묻혀 있다가 고고학적 발굴(考古學的 發掘)에 의해 그 모습을 가끔 드러내 준다. 한편 무형적인 것은 그 잔재(殘滓)를 언어 속에 남긴다. 신화가 바로 그러한 선사적(先史的) 일례일 것이다. 그리고 또 설화로, 전설로 혹은 야담(野談)·민담(民譚)으로 옛날 생활의 편린들을 우리 앞에 드러낸다. 언어야말로 인간이 지닌 가장 고귀한 무형의 문화재라고 할 수 있다. 이러한 언어재(言語財)는 기승전결(起承轉結)의 결구(結構)가 있는 이야기로서만 존재하는 것이 아니라 한 토막의 불완전한 이야기, 그리고 한마디의 문장(文章), 더 나아가서는 낱말 하나하나로 연면(連綿)이 이어져 내려온다. 결구가 있는 이야기는 문학사가(文學史家)들에 의해 연구되며 낱개의 단어 하나하나는 어휘수집가, 사전편찬자(辭典編纂者)들에 의하여 끊임없이 모아지고 정리된다. 그러면 한 마디 한 마디의 문장으로 전해 내려오는 것은 누구의 소관(所管)인가? 물론 그것도 언어학자들의 관심사이어야 한다. 우리는 흔히 우리들의 언어 재산을 소중하게 다룬다. 거기에는 만고(萬古)의 진리를 비유(比喩)의 기법으로 함축하고 있는 비유담(比喩談, 과거에 우리는 이것만을 「속담」이라 하였다)도 있으며 촌철살인(寸鐵殺人)의 묘법(妙法)을 감춘 격언(格言)과 잠언(箴言)이 있다. 그리고 인생사를 직접적인 교훈으로 일깨우는 경구(警句)도 있다. 그러나 이 모든 것들의 범위 밖에 있으면서 속담(俗談)의 범위 속에서 우리들의 일상생활을 규제하고 통어(統御)하며 은연중에 우리들의 사고(思考)를 지배하는 또 하나의 문장군(文章群)이 있다. 그것은 금기와 관련된 문장들이다. 우리는 이것을 금기담(禁忌談)이라 하여 다른 부류의 문장과는 별도로 각별히 조심스럽게 다룬다. 그 까닭은 금기담이 우리들 인간생활의 족적(足跡)을 금기의 관점에서 추론(推論)할 수 있게 하는 보배로운 민속재산(民俗財産)이기 때문이다. 오늘날에 와서는 이미 실용가치가 없어진 금기담일지라도 그것이 지금껏 구전(口傳)되어 왔다는 사실은 과거 어느 시기엔가 그것이 우리의 생활을 엄청난 위력(威力)으로 지배하였음을 증명하는 것이다.

언어학자들은 이 금기담을 두 개의 유형으로 분리하여 생각한다. 그 하나는 엄격한 의미에서 문장을 구성하여 전래하지는 않는 것으로 흔히 금기어(禁忌語)라고 부르는 것이요, 다른 하나는 매우 정제(整齊)된 복문(複文)으로 구성되어 있는 본격적인 금기담이다. 전자에는 귀신명, 동물명 등 인간에게 위해(危害)한 대상으로 지목되는 것과 완곡어법(婉曲語法)을 요구하는 일련의 단어들이 포함되고, 후자에는 역시 위구(危懼) 및 보호의 대상으로 지목되는 것, 인생의 행운과 관련된 것, 그리고 생활규범에 관련된 것으로 삼대별(三大

別)된다.

예의를 갖추어야 하는 일상생활에서 이러이러한 말(단어)은 입에 올리지 않아야 한다는 불문율이 있다. 거기에는 주로 인간에게 해를 입힐 가능성이 높은 무수한 귀신과 망령(亡靈)들의 이름이 있다. 물론 그러한 귀신과 망령의 존재를 인정하지 않는 합리적이고 과학적인 현대인들에게는 코웃음거리에 지나지 않는 것이지만, 그러나 코웃음을 치는 현대인들도 굳이 좋지 않다는 것을 어기면서까지 입에 담으려 하지는 않는다. 「호랑이」를 「산신령」이라 하고, 「뱀」을 「업」이나 「지킴」으로 바꿔 부르고, 「구데기」는 「가시, 거시」 등으로 부른다. 원래의 이름을 직접 부르면 우리가 그로 인해 더 많은 해를 입는다는 암묵적(暗默的)인 두려움이 있기 때문이다. 또 무서운 질병·죽음·성(性), 그리고 범죄에 관련된 단어들 역시 우리는 가능한 한입에 담지 않는다. 부득이하여 그것을 언표(言表)해야 할 처지에는 그것을 슬쩍 다른 말로 바꿔서 표현한다. 언어가 인격을 반영하는 척도이기 이전에 언어의 본질이 의사소통의 화합을 모색하는 하나의 도구이며, 동시에 인간 개개인에게 구원을 약속하는 정신적 지주(支柱)이기 때문이 아닌가 싶다. 따라서 우리는 언어생활에 관한 한, 철저하게 같은 값이면 다홍치마라는 원칙하에 보다 우아한 표현, 보다 즐거운 표현을 갈구하여 마지않는다. 금기어가 일상생활에서 비교적 잘 지켜지는 이유는 그것을 지킴으로 하여 우리가 정신적으로 안정을 얻을 수 있다는 일종의 정신료법적(精神療法的) 기능이 있기 때문이다. 한 가지 예만 더 들어보자. 불가(佛家)에서는 사원(寺院)을 도장(道場)이라고 쓰면서 그것을 「도량」이라고 발음한다. 만일에 「도장」이라 한다면 도장(屠場)이라는 살생의 장소를 나타낼 수도 있으니 신성한 수도처(修道處)가 피비린내 나는 곳으로 오해될 수도 있지 않겠는가?

앞에서 지적한 바와 같이 금기담은 「A가 B하면 C가 D한다.」와 같은 매우 정제(整齊)된 복문구조(復文構造)를 가지고 있다. 그리고 그 후반부는 모두 「망한다. 죽는다, 재수 없다.」 등으로 되어 있다.

비유의 기능을 가진 속담처럼 이러한 금기담은 최근에 이르기까지 우리의 일상생활에 특히 부녀자들의 생활에 군림했던 무형의 교과서였다. 특별한 교육제도의 혜택을 받지 못하던 전근대의 서민부녀자들에게 이러저러한 이유가 있으니 이러저러한 짓을 하면 아니 된다는 식의 인과관계(因果

關係(관계)를 따져 가르치기 이전에 『…하면 집안이 망한다』든가, 『…하면 일찍 죽는다』 하는 위협적인 언사(言辭)에 의한 가르침은 가위 직효(可謂 直效)가 있는 영약(靈藥)에 비견되었음직하다. 이제 금기담의 실례를 들어가면서 그 내용을 간략하게 검토해 보자.

○ 고사(告祀)를 지내던 집에서 고사를 지내지 않으면 그 집안이 망한다.

○ 제사(祭祀)날 바느질하면 조상의 혼령(魂靈)이 오지 않는다.

○ 수박, 참외밭에서 『송장 이야기』하면 수박, 참외가 모두 썩는다.

○ 하늘에 대고 주먹질하면 벼락 맞는다.

○ 바다에 나가는 사람에게 잘 다녀오라고 하면 좋지 않다.

○ 가축을 잡아 약에 쓰려고 할 때 불쌍하다는 말을 하면 효과가 없다.

○ 집터가 나쁘면 가운(家運)이 쇠(衰)한다.

○ 남의 자식을 흉보면 제 자식도 그 아이를 닮는다.

○ 남의 집에 가서 광문을 열면 그 집의 복(福)이 달아난다.

위에 인용된 것들은 모두 위구(危懼)와 보호의 대상에 관련된 것들로서 내용을 자세히 검토해 보면 흥미롭게도 긍정적인 면과 부정적인 면이 공존(共存)하고 있음을 발견한다. 그것들을 불합리하다고 일소(一笑)에 붙여버리기에는 신성한 것, 귀중한 것에 대해서 가져야 할 인간으로서의 경건한 자세가 너무도 강하게 우리의 의식을 압박한다. 금기담이 시간을 초월하여 현대에도 공감되는 소이(所以)가 여기에 있는 듯하다. 금기담은 이에 그치지 않는다. 행복을 추구하는 우리들이 모름지기 갖추어야 할 생활태도의 면면(面面)들을 자상하게 지시해 주는 친절한 인도(引導)의 역할도 수행한다. 다음 예들을 살펴보자.

○ 발등을 밟히면 재수가 없다.
○ 시기(猜忌)가 많으면 단명(短命)한다.
○ 손이나 발을 까불면 복(福)이 달아난다.
○ 자다가 이를 갈면 팔자가 세다.
○ 동생이 형보다 먼저 장가들면 집안이 망한다.
○ 밥상 앞에서 울면 부모가 돌아간다.

위에서 전반부는 후반부를 유도(誘導)하는 전제(前提)가 아니라 하더라도 여러 가지 관점에서 우리가 해서는 아니 될 것들이다.

남의 발등을 밟는 일, 시기(猜忌)하는 일, 형보다 먼저 장가가는 일, 고리대금을 하는 일 등은 명랑하고 질서 있는 사회에서 결코 바람직한 일이라고는 할 수 없다. 따라서 우리는 그러한 행위가 어떤 방법으로건 일어나지 않기를 바라는 심정을 갖는다. 이러한 심정이 후반부에서 명시하는 행복한 인간생활과 관계를 맺을 때, 그 금기담은 강한 설득력을 갖게 되는 것이다. 그리하여 금기담은 한걸음 더 나아가 여성들의 일상생활에서 부딪히는 자질구레한 사례에 대해서까지도 간섭하게 되었다. 엄격하게 말한다면 금기담의 전반부가 그렇게 연결 지어져야 한다는 논리적 타당성은 존재하지 않는다. 그러면서도 우리는 그 불합리를 초월하는 금기담의 당위성 앞에 겸손해지지 않을 수 없다. 왜냐하면 우리는 어린 시절, 할머니나 어머니로부터 그런 금기담을 들으며 성장하였기 때문이며, 또 어느 틈엔가 그 속에서 우리 민족의 언어적 슬기와 서민생활의 훈향(薰香)을 맛볼 수 있기 때문이기도 하다.

훈민정음 창제 정신

　단군 할아버지 이래 반만 년을 면면히 이어 내려온 우리 민족의 역사 속에서, 문화적으로 가장 찬란한 꽃을 피웠던 시기를 한 군데만 짚어보라고 한다면, 우리는 누구나 조선왕조시대의 세종대왕 시절을 가리킬 것이고, 그중에서도 세종 25년(1443년) 훈민정음이 창제된 시기를 으뜸으로 손꼽을 것이다. 훈민정음의 창제는 그만큼 우리 민족 문화사에서 가장 높이 솟은 문화적 위업이다. 신라시대에 불국사 석굴암을 지어낸 건축과 조각품이 위대하지 않다고 말할 수 없고, 고려시대 금속활자의 개발이 놀랍지 않다고 말할 수 없으며, 또 조선시대 거북선의 축조 기술이 경탄할 만한 사실이 아니라고 부정할 수도 없을 것이다. 그러나 그 어떠한 문화적 업적도 민족의 유일성을 보장하는 우리말을 담는 그릇, 곧 우리 문자인 훈민정음에 견줄 수는 없기 때문이다.

그러면 이 훈민정음이 어떻게 이 세상에 태어났는가? 그것이 지니고 있는 특성은 무엇이며 그것은 우리 민족에게 어떤 의미를 지니는 것인가? 우리는 이러한 의문들을 한데 묶어 '창제 정신'이라는 말속에 뭉뚱그려 넣고 그 내용을 차분하게 음미해 보기로 하자.

흔히 말하기를, 위대한 문학작품은 그러한 작품을 잉태할 수밖에 없었던 시대 환경과 그러한 작품을 창작한 특출한 천재와의 만남이라고 설명한다. 이러한 설명 방법을 따르면, 훈민정음은 걸출했던 전제군주 세종대왕과 그의 치세 기간에 해당되는 15세기 전반기라고 하는 우리나라 시대 조건과의 합작품이라고 설명할 수 있을 것이다. 다시 말하여, 세종대왕 같은 영특한 임금이 없었다면 훈민정음은 이 세상에 태어나지 못했을 것이요, 또 조선왕조 초기, 왕국을 건설하고 50여 년을 경과한 시기가 아니었다면 훈민정음은 세상에 태어나는 시기를 늦추거나 혹은 영영 놓쳤을지도 모른다는 말이다.

세종이라는 한 개인의 천재성과 그 천재를 둘러싸고 있는 시대 환경과의 이 우연치 않은 만남은 우리 민족의 역사에서 우리에게 베풀어진 조물주의 특별한 은총이었던 것이다.

물론 우리는 훈민정음이 세종대왕의 개인적인 창작품이라고는 믿지 않는다. 정확하게 말한다면, 훈민정음 창제에 참여했던 집현전 학사들의 공동 창작품이라고 해야 할 것이다. 그러나 임금의 권위와 언행이 천하를 주름잡던 당시의 형편에서 세종의 관심과 배려와 지도력이 아니었다면 훈민정음은 빛을 보기가 어려운 형편이었다. 따라서 훈민정음의 창제에 세종의 직접적인 참여가 다소 문제가 된다고 하더라도, 그 영예를 세종 개인의 업적으로 돌리는 것은 왕조 사회의 풍습을 존중한다는 의미에서, 그리고 동양의 전통적 겸양의 표현이라는 의미에서 충분히 인정할 만한 관습이라고 이해하여야 한다.

그러면 우리는 이제 세종 25년이라는 1440년대의 시대에 눈을 돌려 보기로 하자. '조선'이라는 새 왕조를 세운 지 28년이 지난 뒤에 네 번째 임금으로 등극한 세종대왕은 그의 치세 기간이 우리 민족사에서 두 번 다시 찾아오기 힘든 절호의 문화적 발흥기임을 간파하였던 것 같다. 고려 말기에 극도로 문란했던 나라 안의 경제 형편은 할아버지 태조대왕과 아버지 태종대왕 시절에 전제 개혁을 통하여 말끔히 정리되었고, 임금의 자리를 놓고 피비린내 나는 골육간의 싸움을 벌였던 것도 부왕 시절에 깨끗하게 잊혀졌었다. 나라 밖으로는 우리나라에 가장 큰 영향을 미치는 중국 천하가 조선왕조보다 한발 앞서 명나라를 세워 안정을 유지하고 있었다. 새로이 솟구치는 나라의 힘은 해안을 어지럽히는 왜구를 대마도까지 쫓아가 쳐부술 만큼 기세가 있었고, 북쪽으로는 육진을 새로 다져둘 만큼 여유가 있었다. 이러한 형편에 새로운 문화 사업을 벌이지 않는다면 무엇을 할 것인가? 세종대왕이 새로운 문자 창제에 관심을 기울인 것은 너무도 당연하고 자연스런 귀결이었다.

우리는 세종의 치세 기간을 훈민정음 창제와 관련하여 대체로 세 가지 방법의 시대사적 관점에서 해석할 수 있다. 첫째는 사상사적 관점이요, 둘째는 정치사적 관점이며, 셋째는 문화사적 관점이다. 그 모두가 훈민정음이 나타날 수밖에 없는 시기였음을 입증하고 있다.

첫째, 조선왕조는 유학(儒學)이 지향하는 이념을 그대로 국가 건설의 기본 이념으로 삼은 나라였다. 고려 말기에 불교를 지나치게 따름에 따라 빚어졌던 폐단을 씻어 내고 새로운 기품을 진작시키는 데 있어서, 중국의 송나라 이래로 학문적 깊이를 굳건히 다진 성리학은 새 왕조의 건국이념으로서 손색이 없는 것이었다. 명나라에서 새로이 집대성한 유학의 3대 전집이라고 할 수 있는 사서대전(四書大全), 오경대전(五經大全), 성리대전(性理大全)은 세종이 임금으로 즉위하던 1419년에(중국에서 간행된 지 3년 뒤에 해당함) 입수되었다. 집현전 학사들이 밤을 밝히며 연구하고 토론한 것은 바로 이들 정교하게 발전한 유학의 이론서들이었다. 온 세상의 모든 현상을 하나의 원리로 설명하고자 했던 주역의 음양오행(陰陽五行)의 이론도 이때에 집현전 학사들에 의하여 재검토되었고, 그것은 인간의 언어 현상과 결부하여 면밀히 연구되었다. 물론 이미 그 이론에 따라 중국에서 발전한 성운학(聲韻學)이 함께 검토된 것은 두말할 필요도 없다. 그 연구는 한자음에 대한 정확한 이해를 촉구하였다. 따라서 중국에서 통용되는 표준 한자음이 어떤 것이며 우리나라 한자음의 실상이 어떤 것인지를 검토하게 하였다. 이것은 자연스럽게 우리나라 말의 성운학적 해석을 유도하게 하였다. 한편 유학이 치세의 최고 이념으로 하는 것은 예악(禮樂)이라는 한 마디 말로 요약할 수 있다. 그런데 그것은 온 나라의 백성이 일사불란한 질서를 지키며 서로 완전한 화합을 이루는 사회를 실현하는 것을 뜻한다. 예는 사랑과 신뢰를 바탕으로 하는 사회 질서를 나타내는 말이고, 악은 음악으로 표현되는 것인데 그 바탕은 너와 나, 임금과 신하, 임금과 백성, 남편과 아내 등, 서로 협조관계를 구성하는 사람들 사이에 사상과 감정상의 조화를 전제로 하는 경지를 나타내는 말이다. 이 예악사상과 성운학의 결합은 백성들이 올바른 한자음을 배워 온 백성이 표준 발음으로 통일하고 화합할 필요성을 절감케 하였다.

둘째, 세종의 치세 기간은 앞서 말한 바와 같이 중국을 중심으로 한 동양의 국제 정세가 모처럼의 안정과 평화를 유지하던 때였다. 그러나 고려 후반기는 원나라의 지배 밑에서 내정의 간섭을 받았었다. 원나라 공주를 역대의 임금이 왕비로 맞이했어야 하기도 하였다. 이러한 굴욕적 외교 관계를 돌이켜 보지 않을 수 없었던 세종은 대외관계에서 어떻게 민족 자주노선을 확립할 것인가에 깊은 배려를 했을 것이다. 명나라와의 관계에 있어서도 명분상의 사대(事大)를 하기는 하였으나 민족주의의 숨은 가치를 가꾸고자 하였을 것이다. 그것은 민족적 자주성이 문자를 통하여서 확립된다는 사실을 상기시켰다. 이미 중국의 주변에 있는 다른 나라들은 그들 고유의 문자를 가지고 있었다. 거란은 10세기에, 당구트는 11세기에, 여진은 12세기에, 몽고는 13세기에, 월남은 14세기에 각기 자기 민족의 고유문자를 만들어 가지고 있었다. 우리 민족이 우리의 언어 실정에 맞는 문자가 없다는 것은 그야말로 자주적인 민족국가의 체면에 관계되는 것이었다. 비록 국제 문자의 기능을 하는 한자를 일상생활이나 외교 관계에서 사용한다고 할지라도, 고유한 문자를 보유하고 있다는 것과 그것이 없다는 것과는 현격한 차이가 있는 것이었다. 그 당시의 모든 주변 국가들이 민족적 자주성을 선언하는 방편으로 고유 문자의 보유는 필수적이었다. 세종이 국제 정세를 판단하는 안목이 높았으리라는 것은 의심할 여지가 없다. 이러한 대외적인 정세뿐만 아니라 대내적으로도 백성들을 위한 조치가 요구되고 있었다. 세종대에 이르기까지 진정으로 백성들의 복지를 위하여 노심초사한 군왕이 몇이나 있었는가를 생각해 보면, 세종이 백성들을 위하여 무엇을 할 것인가를 궁리할 때에 백성의 문자, 즉 우리나라 언어 체계에 꼭 맞는 문자를 염두에 떠올리지 않을 수 없었을 것이다. 요컨대 민족주의 및 민본주의의 표상으로서 고유문자 훈민정음은 이 시기에 이르러 이 세상에 빛을 보게 되어 있었던 것이다. 그 문자의 명칭에 '훈민(訓民)'이라는 표현을 명시한 점도 우리는 주목하여야 한다. 훈민정음 서문에도 나타나 있는 바와 같이 대다수의 일반 백성은 문화생활을 영위하지 못하는 '어린 백성(어리석은 백성)' 곧 우민(愚民)이었다. 나라의 힘이 백성들의 저력에 기초한다는 것을 알고 있었던 세종으로서는 백성들이 자신의 의견을 자유롭게 표현할 수 있는 자신감과 능력을 키워 주어야 한다고 믿었을 것이다. 그것은 고려조 이래 위정자들(군왕을 비롯한 사대부 관료들)의 커다란 관심사였다. '훈민'이란 용어는 사실 세종대왕 시절에 새삼스럽게 논의된 문제가 아니었다. 그것은 현대의 개념으로는 '국민 의식의 계발'을 뜻하는 것으로서 평이한 문자를 창제함으로써 실효를 거둘 수가 있었던 것이다.

셋째, 이미 국제화의 조짐을 보이기 시작한 15세기 초엽에 그러한 국제화 사회에 적응하려면 당시 세계의 중심인 중국 명나라를 비롯하여 인근에 있는 다른 나라에 대하여서도 깊이 이해하고 서로 교통하여야 하였다. 그러려면 그들 나라의 언어를 이해하는 것은 필수적인 선결 조건이었다.

언어의 습득이 문화 이해의 첫걸음임은 삼척동자라도 다 아는 사실이다. 그래서 만일 우리의 고유한 문자가 있어서 ㉮ 우리말을 바르게 적고, ㉯ 중국의 표준 한자음도 바르게 적으며 우리나라 한자음도 정리하고, ㉰ 인근에 있는 다른 나라 말도 바르게 적어서 그 말을 배우는 데 길잡이가 된다면 하나의 문자가 세 가지 기능을 동시에 수행하는 일석삼조의 이득을 가지게 될 것이 아닌가? 다시 말하여, 새로이 탄생할 문자는 한국 사람을 주인으로 하여 당시 동양세계 전체를 감싸는 국제 음성기호의 역할을 담당하는 것이었다. 실제로 훈민정음은 이 역할을 성공적으로 수행하였다. 우리말을 완벽하게 적는 것은 말할 것도 없고 중국어를 배우는 데 있어서 표준음과 속음을 표기하는 수단으로 훈민정음은 놀라우리만큼 완벽한 표기 수단이 되었다. 또한 중국어 이외에도 몽고어, 왜어, 여진어를 표기하는 데 조금도 불편함이 없었다. 그 당시 사역원(司譯院)의 모든 외국어 교과서가 훈민정음의 창제로 인하여 얼마나 간편하고도 효과적인 편집을 할 수 있었는가는 거듭하여 말할 필요조차 없을 것이다.

이와 같이 훈민정음은 사상적 학문적 시대 배경이 부추기고 국제적 정치적 시대 상황이 요구하였으며 사회적 문화적 요구가 모두 맞아떨어진 열매이었다. 따라서 훈민정음에는 새로운 국가 질서와 국민의 화합을 염원하는 예악(禮樂)사상이 깔려 있다. 그리고 국제적으로 민족적 자긍심을 발현하는 민족 자주의 정신이 들어 있고, 동시에 온 백성의 교양을 높이고 사회참여 의식을 고취한다는 민본주의의 이상이 감추어져 있다. 더 나아가 세계의 모든 언어를 표기함으로써 국제화 시대에 대처한다는 문화 의식도 갖추고 있다.

그러나 이토록 아름답고 숭고한 이상을 지니고 창제된 훈민정음이기는 하지만 세종대왕 당시에는 꿈도 꾸지 못한 하나의 제약이 있었다. 그것은 이 훈민정음이 기존의 한자 문화, 한자 생활을 부정하고 폐기하자는 생각은 감히 상상도 하지 못했다는 점이다. 그 당시 문화적 특권을 누리는 양반 사회의 기존 질서와 기존 체제를 보다 완전하게 보존하고 도와주기 위한, 어디까지나 보조 문자로서만 그 존재 가치가 인정되었다. 이와 같은 사실은 세종이 훈민정음을 창제한 후에 단 한 번도 한자 사용을 유보하고 훈민정음만으로 문자 생활을 영위하자고 하는 생각을, 혹은 그런 발언을 누가 한 적이 있는가를 조사하여 보자. 용비어천가와 월인천강지곡이 간행되고 석보상절과 허다한 불경언해가 세상에 나왔지만, 그것은 한자와의 공존 내지는 한자의 우선권을 인정하는 범위 내의 작업이었다. 이러한 형편은 19세기 말, 개화 계몽의 의식이 싹트고 새롭게 민족주의가 논의되기 시작하는 개화기가 되기까지 일관된 것이었다. 이것은 어찌 보면 당연한 것인지도 모른다. 세종대왕이 오늘날과 같은 민족주의 의식을 가지고 5년 동안만 임금 노릇을 하고 다른 사람에게 임금 자리를 양보할 생각을 하지 않았듯이, 훈민정음은 그 당시 어디까지나 한자 문화의 영광을 떠받치는 충실한 보조자에 지나지 않았다.

오늘날 우리가 훈민정음을 아끼고 사랑하면서 그것만으로 문자 생활을 영위하고자 하는 것은, 훈민정음이 새 역사를 맞아 새롭게 태어나는 문화적 재탄생이다. 우리가 그 이름을 '한글'로 고쳐 부르는 이유는 그것이 이미 '훈민'이라는 낡은 봉건적 국민계몽의 기능에서 벗어났기 때문이다. 그렇다고 하여 예악 사상을 만족시키는 기본 이념이 없어진 것은 아니다. 그것은 새로운 시대의 조명을 받고 더욱 확대 심화된 개념으로 수용된다고 보아야 한다. 민족주의와 민본주의의 이상도 역시 확대 심화시켜야 한다. 15세기의 조선왕조와 20세기의 대한민국이 국제적으로 서 있는 자리가 이미 다르듯이 한글도 이제는 세계 속의 한글로서 민족주의의 이상을 실현하고 진정한 의미에서 민본주의만이 존재하는 민주사회의 문자로서 한자가 지녔던 과거의 영광을 조용하게 그러면서도 당당하게 인수받아야 할 것이다. 그러기 위하여 우리가 할 수 있는 일은 우리들 앞에 산적해 있다. 전통 문화 유산이 대부분 한자로 보존되어 있기 때문이다. 결국 우리가 세종대왕의 훈민정음 창제 정신을 계승하는 길은 새로운 시각에서 한글을 국제적인 문화 문자로 끌어올리는 다각적인 노력뿐임을 새삼스럽게 깨닫는다.

유행과
오용(誤用)

ㄷ불규칙동사 '겯다'의 미래

"나가자 동무들아 어깨를 겯고
시내 건너 재를 넘어 들과 산으로"

어릴 때 즐겨 부르던 동요의 첫 머리 부분이다. 그런데 이
노랫말 중에서 '어깨를 겯고'는 언제부터인가 '어깨를 걸
고'라고 고쳐서 불리어지고 있다. 그 이유가 무엇일까 궁금
하여 사전을 찾아보니 거기에는 다음과 같이 적혀 있었다.

〈겯다 団 (ㄷ불규칙) ① 대, 갈대, 싸리채 같은 **빳빳한** 물
건의 여러 오리로 씨와 날이 서로 어긋매끼게 엮어 짜다.
*돗자리를 겯다. 어깨를 겯다. ② 여러 개의 긴 물체가 자

빠지지 않도록 어긋매끼게 걸어 세우다. * 비계를 겯다.〉

이러한 사전의 설명에 따르면 '겯다'는 엮어 짜거나 걸어 세우는 동작을 나타내는 ㄷ불규칙 타동사이다. 그러므로 이 낱말을 ㄷ불규칙의 활용방식에 따라 '겯고, 겯지, 겯게, 겯기'처럼 어간 끝소리 'ㄷ'이 그대로 적히는 경우와 '결은, 결어서, 결으니, 결었다'처럼 어간 끝소리 'ㄷ'이 'ㄹ'로 바뀌어 적히는 경우의 두 가지가 있게 된다.

그렇다면 '어깨를 겯고'가 '어깨를 걸고'로 잘못 말하게 된 배경은 다음의 두 가지로 추정할 수 있겠다. 즉 첫째는 '걸어 세우다'라는 뜻풀이의 영향이고, 둘째는 '결어, 결으니'처럼 'ㄹ'받침이 나타나는 불규칙 활용의 영향이다. 아마도 이 두 가지 요소가 맞물리면서 동요의 노랫말은 '어깨를 걸고'로 굳어 버리지 않았나 생각된다.

그런데 며칠 전에 어떤 소설을 보니 거기에는 이 '겯다'가 규칙동사인양 적히어 있었다. 무슨 문학상인가를 받았다고 하는 중견작가의 소설인데 그 내용은 빈민운동을 하는 청년의 죽음을 그린 아주 감동적이고 아름다운 작품이었다.

○ 어깨를 겯고 반월당 큰 길로 내달았다.

○ 양팔을 옆 사람의 목뒤를 둘러 어깨겯기를 시작하였다.

○ 그때 나와 어깨겯었던 친구가 진서였다.

○ 드디어 어깨겯은 농성패가 전투경찰대의 벽을 뚫겠다
  고 맹렬한 기세로 전진하였다.

　'겯고', '겯기'는 바로 썼지만 '겯은', '겯었던'은 '결
은', '결었던'으로 써야 옳은 것인데, 이렇게 잘못 적어 놓
은 것이었다. 한 번도 아니요 두 번이나 나타나는 것으로 보
아 편집 교정 중에 잘못된 것이라고 생각할 수도 없다. 그렇
다면 이 작가는 이 낱말을 어떻게 배웠기에 규칙동사의 활
용형을 적어 놓은 것일까? 생활언어로 배운 것이 아니라 사
전의 지식을 이용한 것이 아닌가? 고유한 우리말을 찾느라
고 무던히 고생을 하였을 터인데, 그러한 노력의 보람도 없
이 잘못 쓰다니…. 허전한 마음으로 며칠을 보냈는데 이번
에는 또 다른 작가의 글에서 다음과 같은 표기를 보게 되었
다.

　　"이틀 동안에 갑짝이 붓은 폭우로 말미암아…"

여기에서는 '붇다[漲](불어나다)' 의 뜻으로 쓴 것인지 '붓다[注](쏟아붓다)' 의 뜻으로 쓴 것인지조차 분명치가 않았고, 또 그 어느 경우의 낱말로 추정해도 실제의 표준어 발음과 한글맞춤법에 맞지 않았다.

우리말이 이렇게 어려운가? 아니면 이러한 낱말들이 죽어 가고 있는 것인가? 아직 결론을 못 내리고 있는데, 오늘도 학교 한구석 대자보에는 다음과 같은 문구가 적혀 있었다.

"어깨를 걸고 진군하여
통일조국을 앞당기자!"

'눈깔사탕'과 '민들레'

　하나의 언어를 가리켜, 우아하다느니, 저속하다느니 하는 한마디 말로 평가를 할 수는 없을 것이다. 어떤 언어에나 교양미 넘치는 고결한 낱말이 있고 상스럽고 저열한 낱말이 있을 것이기 때문이다. 생각해 보면 어떤 언어에나 도덕적으로 좋은 느낌을 주는 낱말도 있고, 눈살을 찌푸리게 하는 낱말도 있어야 할 것 같다. 그래야 고상한 상황에는 거기에 맞는 우아한 낱말을 쓰고, 저속한 현상에는 또 거기에 맞는 야비한 표현을 할 것이기 때문이다. 그러므로 우리 한국어에 욕설로 쓰이는 표현이 풍부하다 하여 한국어가 저속한 언어라고 비관할 필요는 없다. 어떤 언어에나 그 나름의 저속한 표현은 있을 것이기 때문이다.

그러나 전혀 사정이 다른 경우가 있다. 어떤 사물에 이름을 만들어 주는 경우이다. 다음 낱말들을 생각해 보자.

'눈깔사탕, 개좆부리, 홀아비좆, 개불알꽃'

눈깔사탕은 능금 알처럼 커다란 알사탕을 일컫는 낱말이요, 개좆부리는 고뿔감기를 가리키는 속된 이름이다. 홀아비좆은 시골에서 쟁기질을 해 본 사람이 아니면 잘 모르는 쟁기의 부분 명칭이고, 개불알꽃은 난초과에 속하는 여러해살이 풀꽃 이름이다.

그 이름들이 모두 입에 담기 거북할 만큼 상스럽다는 공통성을 갖고 있다. 어린 여학생들에게 이러한 낱말을 읽어 보라고 하면 얼굴을 붉히다 못해 눈물을 흘릴 것 같다. 다른 것은 다 그만두고라도 '눈깔사탕'의 경우 하나만 생각해 보기로 하자. '큰 알사탕'이나 '방울사탕' 쯤으로 표현해도 좋을 법한 것을 하필이면 '눈알'이요, 그것도 비속어로 바꾸어 '눈깔'이라 하는 것일까? 먹을 것이 그렇게 없어서 '눈깔'을 입속에 넣고 녹여 먹는다는 말인가?

좋게 해석하기로 마음을 돌리면, 우리 조상들은 소탈하고 순박한 분들이었다고 말할 수 있을는지도 모른다. 그러나 그것은 결국 투박하고 세련되지 못했다는 말의 완곡한 표현일 뿐이다. 돌이켜 생각을 늦춰보면 그리한 낱말을 사용하는 사람들은 교육 정도가 낮은 계층이라고 말할 수도 있을 것이다. 그래도 그러한 낱말이 우리 민족의 기층(基層)을 형성하는 서민들의 미학적 감각 내지는 기본 정서(情緒)를 반영하는 것이라고 볼 수밖에 없다.

심란한 기분으로 영어 사전을 뒤적이다가 '민들레'를 가리키는 낱말에 눈길이 머문다. 'dandelion'이라 적혀 있다. 그리고 그 옆에는 어원을 밝혀서 14세기 프랑스 말 '사자의 이빨(dent de lion : 당드리옹)'이라는 표현이 굳어져서 생긴 낱말이라 풀이되어 있다. 어원을 모르고 '댄드리온'이라 발음할 때에는 무척 시적(詩的)이라고 생각되던 그 낱말이 '사자의 이빨'이라는 뜻을 가진 것이라고 알고 나니, 오히려 우리말 '민들레'가 더 정서적 우아함을 드러내는 것 같다. 그렇다면 '할미꽃'이라는 우리말도 다른 나라 사람들에게는 꼬부랑 할머니의 처량한 모습보다는 '홀미움(Holmium)'이라는 금속 원소를 연상하면서 신비스러움을 느낄지 알 수 없는 일이다.

이렇게 군색한 변명거리를 더 찾아낸다면 우리말 속에 들어 있는 저 비속한 낱말들이 조금은 위안을 얻을까? 그래도 여전히 '눈깔사탕'은 어째서 세련된 낱말을 만들지 못했느냐고 원망하는 눈망울을 굴릴 것만 같다. 이제 우리 민족은 정신을 차려 낱말 하나라도 정성 들여 갈고 다듬는 슬기를 모아야 할 것이 아닌가!

'것'의 쓰임새

한국어를 배우고 사용하면서 가장 조심스럽고도 특이한 낱말이 무엇이냐고 외국인 선교사들이 모인 자리에서 물어본 적이 있었다. 그때, 한국에서 10여 년 선교활동을 하고 있는 한 분이 "그것은 바로 '것' 입니다." 하고 단호하게 말씀하였다. 한국어를 무척 잘하시는 분이었다. 왜 그러냐고 다시 물었더니 "이른바 불완전 명사라고 해서 그 자체는 아무것도 구체적으로 나타내지 못하면서 그 앞에는 어떤 말이건 거느릴 수 있거든요. 그러니까 이 세상에 그놈은 무엇이든 될 수 있어요. '것' 만 알면 한국어를 다 안다고 해도 과언이 아니에요."

외국인의 시각으로 한국어의 특징을 잘 지적한 말이었다.

'것'은 '이것, 저것, 그것'에서처럼 하나의 낱말이 되어 대명사의 구실도 하고, '이런 것, 좋은 것, 새로 나온 것'에서처럼 일정한 대상을 어구의 형식으로 나타내기도 하지만 '누구든지 가지고 싶어 하는 것'에서는 '것'이 그 어구 안에서 목적어의 기능을 하면서 그 내용을 어구로 만들고 있고, '해가 동쪽에서 떠서 서쪽으로 진다는 것'에서는 하나의 명제를 다시 대상으로 삼는 포용의 기능을 보여 주고 있다.

즉 '것'이란 낱말은 이 세상의 모든 표현을 하나의 사물, 또는 대상으로 만들어 안으로 감싸고 포장하는 능소능대(能小能大 : 필요에 따라 작아지기도 하고 커지기도 함)한 보자기이다. 말하자면 '것'은 복잡한 표현을 단순화할 때에 쓰는 '약방의 감초' 같은 것이라고나 할까?

그러나 이렇게 능소능대한 '것'이지만 남용하거나 잘못 사용할 때에는 좋지 않은 문장의 원인이 되어 한국어를 오염시킨다. 다음 예를 보자.

"이제 전 인류에게는 결정적인 멸망의 종말이 오게 된 것이다. 인간이 행한 악으로 말미암아 얻게 된 질병(에이즈)이니, 이를 천형(天刑)이라 말하고 있는 것이다. 그러므로 신의 능력을 힘입어 모든 질병이나 악을 이기게 됨으로써 기본 면역체를 쌓아 나아가야만 결국 승리하게 되는 것이 다. 그렇게 되려면 인간의 기본적인 양심의 성품만 가지고 는 치명적인 질병이나 악과의 싸움에서 승리할 수가 없는 것이다. 진리를 깨닫고 성령을 받음으로써 그 능력에 힘입 어 그러한 싸움에서 승리하게 되어야 하는 것이다."

어느 종도단체에서 선교용으로 길거리에서 나누어준 책 자의 몇 구절이다. 다른 것은 다 그만두고, 우선 문장의 종결 이 모두 '것이다'로 되었다는 점을 주목해야 하겠다. 이 글 의 필자는 '것이다'로만 문장을 종결시켜야 한다고 믿지는 않았을 것이다. 필경 '것이다'가 지니는 명쾌함과 단호함에 이끌려 그렇게 썼을 것이지만, 그 문장은 분명한 악문(惡文) 이요, 잘못된 문장이다.

그런데 다음 글은 어떠한가? '것'은 비교적 자주 사용되 었으나 어느 한 군데 흠잡을 데가 없다.

"내 마음속에 자리 잡은 '조촐하다'는 말의 뜻은 이런 것 이다. 물건으로 치면 그것은 양적으로 많거나 큰 것이 아니 다. 그것은 고급한 것일 수는 있어도 사치스런 것은 아니며,

절대로 야해서는 안 된다. 음식이면 가짓수가 많거나 푸지지는 않되 알차고 맛갈져야 한다. 의복이면 현란해서는 안 되며 단정하면서도 은연중에 세련된 심미안이 풍겨야 한다. 사람의 경우는 괄괄하거나 기걸찬 사람이 아니라 성정이 맑고 차분한 사람을 말한다. 용모도 보는 이의 눈이 번쩍 뜨일 정도의 미모이면 오히려 넘고 처지는 격이요, 그냥 깨끗하고 단정해야 맞는다. 중요한 것은 용모건 옷차림이건 거기에 그의 높은 기품과 교양이 내비쳐야 한다는 것이다."

이 글에 서는 것조차도 조촐한 품위를 지니고 있다.

K. S.에서 T. K까지

일본에 유학하고 돌아온 청년이 고향에서 어린 시절의 죽마고우를 만났다. 수인사가 끝난 뒤에 시골 청년이 물었다.

"그래, 자네는 일본에서 무엇을 공부했나?"

"공부랄 게 무어 있나, 데칸쇼를 조금 읽었네."

"데칸쇼가 무슨 책인가? 사서삼경(四書三經)보다 어렵던가?"

"데칸쇼는 서양 철학자 이름일세. 공맹(孔孟)보다야 못하겠지만…."

이렇게 대화를 나누었으나 그 일본 유학생은 끝내 데칸쇼가 '데카르트·칸트·쇼펜하워'라는 세 사람 철학자의 이름에서 첫 음절만 뽑아 만든 말이라는 것을 말하지 않았다. 오륙십 년 전의 일이라고 한다. 필경 그 유학생은 '데칸쇼'의 내막을 밝히면 자기 학문의 권위와 신비가 사라져 버린다고 생각했으리라. 그러나 그러한 오만(傲慢)과 치기(稚氣)는 점차 뿌리가 깊어지더니 이 땅에 일본식 줄임말 풍조를 퍼뜨리는 나쁜 영향을 끼치고야 말았다. 그 결과가 '디카룸'을 수입하였다. '디카룸'이란 무엇인가? '디스코·카페·룸살롱'이란 세 낱말의 줄임말이요, 그 세 가지 기능을 골고루 갖추고 있는 건물을 가리키는 말이다. 남녀가 어울려 술 마시고 춤추는 곳이니 이왕이면 위층 아래층에 연달이 붙어 있어서, 멀리 옮겨 다니지 않아도 되도록 설계된 건물이요, 이름이라 하겠다.

이렇게 일본에서 들여오는 얄팍한 말 줄임도 마음에 차지 않는지, 근자에는 당당한 우리말을 영문자 알파벳으로 나타내는 기묘한 풍속이 판을 치고 있다. 그 첫 번째는 K.S.이고, 두 번째는 DJ·YS·JP로 불리는 사람 이름이요, 세 번째는 T.K.라 부르는 지역 명칭이다.

K.S.는 원래 '한국표준(Korea Standard)'이라는 뜻으로 우

수한 공산품의 품질을 보장하는 표지어였으나, 한국형 수재(秀才)를 뜻하는 대명사의 구실을 하게 되었다. K와 S는 우연하게도 우리나라에서 일류로 꼽히는 고등학교와 대학교의 이름을 나타내는 첫소리와 일치하였기 때문이었다. 한국의 일류 공산품이 K.S.이듯 일류 수재가 K.S.출신이라고 말하는 것이 재미있기도 하였다.

K.S.가 우리나라 수재의 대명사로 정착될 무렵, 김씨 성을 가진 세 명의 정치가가 국민의 주목의 대상이 되었다. 그들은 모두 제6공화국의 대통령 후보로 출마했다가 낙선한 분들이기도 하다. 이분들은 언제부터인지 DJ · YS · JP라는 영문자 약자로 표시하기 시작하였다.

언론과 국민은 왜 그들을 그렇게 표기하기도 하고, 말로 부르기도 하는 것일까? 우리 한국 사람들의 심성 속에는 스스로를 특정한 부류의 사람이라고 착각하면서 보통 사람들은 잘 알아듣지 못하는 암호성(暗號性) 은어(隱語)를 즐기려는 마음이 있는 것 같다. 거기에다가 전통적으로 본명(本名)을 부르지 않고 자(字)나 아호(雅號)를 즐겨 사용하였었다. 그런데 이제 아호는 점차 사라졌고, 무언가 대신해서 부를 이름이 없으니 그 대안(代案)으로 영문자 첫 글자가 등장하게 되었는지도 모른다. 만일에 그들에게 우남(雩南)이니, 해공(海公)이니, 유석(維石)이니 하는 아호가 있었다면 얼마나 좋았을까? (물론 그들은 아호가 있다. 그러나 아마도 국민은 그들을 아호로 불러줄 만큼 존경하지도 사랑하지도 않는 것 같다.)

T.K. 이것은 우리나라의 특정지역을 가리키는 말인데 그 지역 출신의 인사(人士)들을 지칭할 때에 사용된다.

"이번에 장관이 된 ○○○도 T.K.래" 하는 식으로.

알 수 없는 일이다. 우리말을 영문자로 표기하고 그것을 다시 첫 글자만 따서 말하는 버릇이 어째서 생겼는지를. 물론 이런 표현들은 유행어의 성격을 띤 것이라 조만간 사라져 버리겠지만, 이 버릇을 고치지 못하는 동안 우리나라의 문화수준(언론문화도 포함하여)은 결코 앞선 나라의 의젓함을 지니지는 못할 것이다.

우리말의 사각死角지대

지난 십여 일에 걸쳐 대학생의 해외연수단을 거느리고 유럽 몇 나라를 둘러보고 왔다. 이 기간 중에 나는 여섯 명의 여행안내인(흔히 '가이드 : guide' 라고 한다)을 만나면서 가슴 속에 실망의 응어리를 키워야 했다.

소련 모스크바에서 만난 첫 번째 안내인은 스물서너 살쯤의 모스크바 대학생이었다. 대학에서 한국말을 전공하는 학생이었으므로 우리말이 서툰 것은 당연하였으나 돌아와 생각해 보니 제일 성실하고 똑똑한 안내인이었다고 생각된다. 그의 결점은 '참견' 과 '되고 있었습니다' 의 두 마디뿐이었다.

"페레스트로이카가 우리나라를 잘 살게 만든 데 대하여 사람들은 여러 가지 참견을 가지고 있습니다. 10년이 된다고 하고 또 30년 가야 된다고 합니다. …원편에 보이는 아파트 동네는 스탈린 시대에 건설되고 있었습니다."

두 번째로 만난 안내인은 폴란드 바르샤바에서 만난 40여 세의 여인이었다. 그는 영어를 사용했으므로 그의 영어를 문제 삼을 수는 없는 일인데 문제는 우리와 함께 간 여행사 직원의 통역이었다. 바르샤바 고궁 근처인 프레스타 거리를 걷다가 현지 안내인이 "이 거리는 지난번에 교황 요한 바오르 II세께서 고국을 방문하셨을 때, 환영 나온 시민들 특히 어린이들에게 강복을 주신 곳입니다." 이렇게 말했는데 여행사 직원은 "이 거리는 저 유명한 미국 영화감독 존 포드의 부인이 방문하여 어린이를 귀여워해 준 곳입니다."라고 통역하지 않는가! '포프 존 폴 더 세컨드(Pope John Paul the 2nd)'라는 말을 '영화감독 존 포드의 부인'으로 둔갑시키는 배짱을 목격하면서 나는 정말 놀랍고, 화나고, 우스워서 몸을 가눌 수가 없었다.

베를린에서 만난 세 번째 안내인은 '하며, 이며' 같은 연결어미의 사용만 정확했다면 흠잡을 데가 없는 한국말이었다. 서독 광부 출신의 40대 남자였다.

"자유 베를린 대학이 위치한 이 지역 대학 건물은 부잣집 동네에 섞여 있으며, 평화갈등연구소도 이 마을에 있습니다."

"동서독이 합친 이후에 독일이 겪는 진통을 보면서 우리의 통일도 치밀하게 추진되어야 하며, 독일의 선례가 우리에게 도움이 되어야 합니다."

이러한 '– 이며, – 하며'의 잘못된 용례는 외국 소설의 번역문에서도 얼마든지 찾을 수 있으니 굳이 이 안내인의 실수라고 책망할 수는 없는 일인지도 모른다.

네 번째 안내인, 그는 프랑스 파리에서 박사과정을 이수하고 있는 30 남짓한 한국 청년이었는데 그의 특징(?)은 모든 종결어미가 '되겠습니다'로 끝나는 점이었다.

"이 콩코드 광장 중앙에 높이 선 저 탑은 이집트의 상형문자가 새겨진 오빌 리스크가 되겠습니다. 오른쪽으로 보이는 공원 건너가 내일 방문하실 루브르 박물관이 되겠고, 왼쪽으로 멀리 보이는 저 문이 유명한 개선문이 되겠습니다.

지금 여기 시간은 10시 30분이 되겠는데, 여기서 30분을 드립니다. 사진을 찍으시고 11시까지 이 장소로 모이시게 되겠습니다."

어째서 이렇게 고약한 말버릇이 굳은 것일까? 우리말에는 '- 이다' 는 없다는 말인가?

다섯 번째로 영국 런던에 와서 만난 20대 후반의 한국 청년. 그는 이상하게도 '보이다' 와 '보시다' 를 구분하지 않고 하나의 낱말로 뭉뚱그렸다.

"전면에 보이시는 건물이 영국의 국회의사당입니다. 저 유명한 빅벤 시계탑을 지나, 길 하나를 건너면 보이시는 건물이 웨스트민스터 사원입니다."

우리말로 돈을 버는 여행안내인이 우리말을 잘못 쓰다니···. 그러나 무엇보다도 나를 슬프게 했던 것은 우리와 함께 간 여행사 직원, 여섯 번째 안내인의 허황한 영어통역이었다. '교황' 을 '영화감독' 으로 바꾸는···.

학위學位는 따는 것 인가

'나는 바담풍(風) 해도 너는 바람풍 하여라', '자식에게 훈계하듯 스스로를 다스려라'

예부터 전해 오는 이러한 속담이나 격언들은 자식을 가르침에 있어서 부모들이 추구하는 목표가 얼마나 철저하고 이상(理想)적인가를 증명한다. 또한 그것은 우리 부모들 스스로가 바람직한 인간상으로부터 얼마나 멀리 떨어져 있는가를 고백하는 말이기도 하다.

자신의 모자람과 못남을 알고 있으면서도 자식만은 그 불완전을 극복해 주기 바라는 이 처절한 염원, 이 염원 때문에 인류문화가 그나마 조금씩 발전해온 것이라는 논리를 편다면, 이것 또한 인류의 발전을 희구하는 어리석은 인간들의 꿈이라 할 것인가, 여기에서 말하는 '문화의 발전' 은 전적으로 윤리적 가치를 강조하는 말이다. 그러므로 '문화의 발전' 은 곧 '바람직한 사람됨' 의 뜻으로 확대해석이 가능하다.

그러면 '사람됨' 은 무엇으로 판별하며, 무엇으로 성취하는가? 사람을 '언어적 동물' 로 규정하는 언어학자들의 견해를 존중한다면 한 인간의 '사람됨' 은 그가 사용하는 언어로 판별할 수 있다. 그리고 바람직한 언어사용을 훈련시킴으로써 '바람직한 사람됨' 으로 이끌어 갈 수 있다. 언어가 인간평가의 기준인 동시에 인격연마의 도구가 될 수 있기 때문이다. 그래서 첫 선을 보는 자리에서 몇 마디 말을 시켜 보고 사람됨을 짐작하는 것이요, 오해가 발생한 경우 대화를 통하여 상대방을 이해시키고자 노력하는 것이다.

한 사회의 병리적 현상도 언어 현실을 통하여 진단할 수 있다. 욕설이 난무할 때 폭력이 설치고, 과장법이 유행할 때 진실이 숨는다. 한두 개의 낱말로도 한 사회의 특징적인 병리현상을 지적할 수 있다. 물론 그 낱말이 사회현상의 모든 것을 설명할 수는 없으나 특징적인 경향을 알아내는 열쇠가 되는 것만은 분명하다.

이제 나더러 오늘날 우리나라의 병리적 현상을 반영하는 한마디 말을 고르라고 한다면, 나는 '따다' 라는 동사의 마지막 의미를 첫손가락에 꼽고 산다. '하늘에 별 따기', '뽕도 따고 님도 보고' 같은 어구에 어울리는 '따다' 라는 동사는 원래 '열매를 따다' 에서처럼 본체로부터 일부분을 떼어내는 '적출(摘出)' 을 뜻하는 것이었다. 이러한 기본의미로부터 '종기(腫氣)를 따다', '마개를 따다', '(노름에서) 돈을 따다' 등으로 의미가 확대되다가 드디어 '(시험에서) 만점을 따다', '(올림픽에서) 금메달을 따다', '박사학위를 따다' 로까지 발전하게 되었다.

'돈을 따다' 에서 이미 부당취득의 냄새가 나기 시작했고, '만점을 따다' 나 '금메달을 따다' 에서는 경쟁을 물리치고 쟁취(爭取)하였다는 느낌을 강하게 풍긴다. 이러한 문맥과 연관되면서 형성된 표현, '박사학위를 따다' 는 자신과의 싸움에서 이겼다는 윤리적 가치보다는 다른 사람과의 경쟁에서 이겼다는 사회적 가치를 강조함으로써 박사학위가 지니는 본성을 왜곡시키고야 말았다.

그런데 요즈음 많은 사람이 심지어 알 만큼 알고 있을 것으로 여겨지는 지식인들까지도 "박사학위 땄나?", "언제 학위 따오나?" 하는 말을 입에 올린다. 이렇게 말하는 사람들은 박사학위가 노름판에서 횡재하는 돈뭉치쯤으로 잘못 알고 있는지 모르겠다. 올림픽의 금메달도 남과의 투쟁이 아니라 대부분 자신과의 투쟁에서 이긴 결과임을 모르지 않는다면, 박사학위는 결코 따는 것이 아니라 받는 것임을 깨우쳐야 할 것이다.

그러므로 우리들 못난 부모세대는 젊은 자식들에게 이렇게 말해야 할 것이다. "나는 박사학위를 땄지만, 너는 박사학위를 받아 오너라!"

'따다' 동사와 '박사학위'가 어울릴 수 없다는 사전 풀이를 기대해 본다.

표현의 빼기 현상

말하기와 글쓰기에 세계에도 '더하기, 빼기, 곱하기, 나누기'가 있다고 하면 이상하게 생각하게 생각하는 사람이 있을까? 그러나 눈치 빠른 사람이라면 "아무렴, 있고말고…" 하면서 고개를 끄덕일 것이다. '더하기'와 '빼기'는 한 언어 안에서의 문제이고, 곱하기와 나누기는 두 언어 사이의 문제라고 갈라 본다면, 일단 '더하기'와 '빼기'만을 먼저 생각해 보아야겠다.

더하기 표현은 비슷한 뜻을 갖는 말을 겹치게 함으로써 의미를 강조하거나 분명히 하려는 것임에 반하여 빼기 표현은 당연히 있어야 할 말을 생략하여 표현의 효과를 높이는 것이다. 표현 효과를 높인다는 목적은 같으나 그 방법에 있어서는 방향을 달리하는 것이라고 할 수 있다.

일반적으로 말하여, 더하기는 웅변가의 기본수단이고, 빼기는 선사(禪師)들의 기본수단이다. 말을 듣는 이나 글을 읽는 이가 말하는 이나 글쓴이의 사상과 감정에 동조하게 하려면, 그리하여 주체와 개체가 구분 없이 한마음이 되게 하려면, 듣는 이의 눈빛에서 공감의 신호가 발산되고, 독자의 가슴에서 필자의 숨소리가 들릴 때까지 말하는 이와 글 쓰는 이는 표현 바꾸기 작업을 거듭할 수밖에 없다.

여기에서 수사학이 발달한다. 그러나 해탈(解脫)의 경지를 목표로 하는 선사들은 처음부터 '언어'라고 하는 것을 믿지 않기 때문에, 어리석은 초심자들의 관심 끌기의 수단으로나 잠시 표현의 문제를 생각할 뿐, 언어는 생략에 생략을 거듭하다가 급기야는 침묵의 세계에 빠져 버린다. 여기에서 비로소 마음공부가 시작된다.

그러나 우리가 말을 공부한다는 것은 마음공부를 지향하는 수도자의 수련이 아니다. 우리들은 본성적으로 말하기를 좋아하는 속인(俗人)들이며, 수사학을 배워 달변가가 되려는 초심자들이다. 그러므로 우리는 생략의 수법을 사용한다 할지라도 그것은 엄청난 첨가의 수법을 터득한 뒤에나 생각해야 할 문제이다. (산수공부를 할 때에도 더하기 공부가 진척된 뒤에야 빼기 공부를 시작한다.)

다음 글을 보자.

> 네 개 선거를 언제 실시할 것인지부터 결정되지 않고 있다. 시간과 돈의 낭비를 줄이려면 가능한 한꺼번에 여러 개의 선거를 동시에 실시하는 게 바람직하다는 주장도 많은데, 이 문제에 대해서조차도 정부의 공식반응이 없다.

언제부터인지 '가능(可能)한 한(限)'이라는 어구가 젊은이들 사이에 '가능 한'으로 쓰이더니 이제는 글에서까지 '가능한'으로 굳어 버렸다. '한'이라는 음절이 두 번 연이어 반복되는 것이 잘못이 아닌가 하는 느낌을 갖게 하였기 때문일 것이다. 다음 글에서도 같은 현상이 발견된다.

> 미국의 부시 대통령은 '미국인들에게 일자리를 마련해 주려고' 아시아 순방길에 나서, 지금 서울에 머물고 있다.

여기에서는 '나서서'라고 했어야 올바른 표현이다. '나서다'라는 동사어간은 '나서-'이고, 여기에 순서(順序)나

인과(因果)의 기능을 나타내는 연결어미 '-(어)서'가 결합하여 '나서서'라는 표현이 만들어지는 것이기 때문이다.

위와 같은 빼기 현상은 같은 발음의 글자(또는 음절)를 반복하기 싫어하는 말하기와도 깊은 관련이 있다. 가령 '민주주의의 의의(意義)'라는 말을 할 경우, '의'를 네 번이나 정확하게 말한다는 것이 얼마나 힘든 일인가! 실제의 말하기 현장에서 이것을 제대로 발음하는 사람은 아마 찾아보기 어려울 것이다. 심지어는 '이의(異議)'라는 서로 다른 발음을 갖는 낱말조차도 사람들은 각양각색의 틀린 발음을 한다.

그래서 마음공부의 도사(道士)들은 애초부터 말하기 자체, 표현 자체를 대수롭지 않게 여기는 것일까?

우스갯말의 흐름

가마 타고 시집가고, 조랑말 타고 장가가던 시절, 옛날 어른들은 대갓집 사랑방이나 동구 앞 느티나무 밑에서 막걸리 내기의 장기나 바둑을 두다가 심심하고 무료함을 달래기 위해 무슨 얘기를 하셨을까? 삼국지(三國志)나 수호지(水湖志)의 한 대목을 반추하며 중원천하를 종횡으로 누비는 영웅호걸들의 행적에서 호쾌한 기분을 맛보기도 했을 것이요, "태산이 높다 하되…" 긴 가락을 손장단에 맞추며 시조창으로도 시간을 보냈을 것이다. 이와 같은 소설과 시의 막간을 이용하여 야담(野談)이라 이르는 웃음거리 얘기가 양념삼아 곁들이기도 하였다.

세월이 바뀌어 인심은 각박해지고, 어디에서도 느긋하게

한담을 즐길 여유가 없는 세상이 되었다. 대갓집 사랑방 대신에 저잣거리의 '다방'이 생기기는 했으나 한낮에도 어두컴컴한 조명 때문에 밝은 바깥에서 다방 안으로 들어서면 한참이나 눈을 감았다 떴다 하며 어둠을 익혀야 짙은 화장을 한 얼굴마담의 웃음을 분별할 수 있었고, 자리에 앉자마자 "커피요? 홍차요?" 하면서 채근하는 바람에 담배꽁초 풀은 듯한 커피 한 잔을 마시고 친구와 더불어 쫓기듯 다방을 나오면 갈 만한 곳을 찾을 수가 없었다. 이렇게 1950년대와 60년대가 흘러갔다.

동네마다 새벽마다 '새마을 노래'가 확성기를 타고 흘러나오는 1970년대가 시작되었다. 신기하게도 '보릿고개'라는 말이 없어지고 사람들의 얼굴에 생기가 돌았다. '하면 된다'는 말이 유행하더니 정말로 뛰는 만큼 수입도 늘었다.

그러나 주머니에 푼돈이 늘어나는 것을 느낄 무렵 하여, 백성들의 가슴속에는 자그마한 응어리가 하나씩 맺히는 것이었다. 말 타면 견마 잡히고 싶어지는 법, 배곯지 않으니까 사람답게 살고 싶다는 열망이 응어리로 뭉치는 것이었다. '대한민국'이라는 새 나라가 생긴 지 20여 년이 넘도록 '민주주의'에 대한 이상(理想)을 키워 왔으나 세상은 그 이상과는 반대방향으로 가는 것이 아닌가 하는 의심의 웅어리였다. 이 웅어리는 60년대 초에는 좁쌀만 하였는데 70년대 후반에는 콩알처럼 크고 딱딱해졌다. 병세를 의식한 백성들은 셰익스피어 비극의 주인공 햄릿처럼 독백을 시작하였다.

"죽음 같은 군사독재냐, 사람다운 자유 민주냐, 그것이 문제다."

이렇게 머뭇거리며 회의에 빠져 있는 동안에도 세월은 흘러서 1980년대로 접어들었다. 콩알만 하던 웅어리는 점점 커져서 이제는 탁구공만 하게 부풀었다. 그대로 두었다가는 가슴이 막혀 죽을 것만 같았다. 그때에 백성들이 생각해 낸 대중요법! 그것은 이른바 '○○시리즈'라는 이름의 신종 수수께끼였다. 두세 사람이 함께 앉은 버스 한쪽 구석에서도 소곤소곤 한두 마디 주고받다가 까르르 웃어넘김으로써 탁구공 웅어리를 녹인 듯한 기분을 맛볼 수가 있는 것이었다. 아마도 제일 처음 선보인 것은 '참새시리즈'가 아닌가 싶다.

〈참새 두 마리가 전선에 앉아 있었다. 포수가 쏘려 해도 날아가지 않았다. 한 마리가 총에 맞아떨어졌다. 그래도 다른 한 마리는 꿈쩍도 안했다. 마저 쏘아 떨어뜨렸다. 왜 그 참새 두 마리가 꿈쩍도 안했을까?

– 그것도 몰라? 그놈들을 해부해 보았더니 한 놈은 골이 비었고, 한 놈은 간덩이가 부었더래.〉

이렇게 하여 못난 참새에다가 공격대상이 되는 정치적·사회적 인물을 은근히 동질화시키는 풍자의 우스갯말이 하나씩 둘씩 늘어나게 되었다. 상당 부분이 단순한 말장난에 그치는 것이지만 웃고 난 뒤의 눈물 자국은 가슴을 저미는 아픔이 되기도 하였다. 더구나 근자에 이르러 '최불암 시리즈'가 생기면서 웃음소리는 더 커지고 가슴을 저미는 아픔 또한 깊어진다. 참새·개구리 등 동물을 등장시키는 이솝우화의 단계에서 인기연예인 최불암씨를 등장시킴으로써 현실적이고 구체적인 실화가 되어 우리들의 뒤통수를 내려치기 때문이다.

'최불암 시리즈'가 세 권이나 나왔다고 하는데 가슴속 응어리가 풀렸다는 소식은 아직도 묘연하기만 하다.

줄임말의 유행은 끝나려는가

나말여초(羅末麗初)니, '여말선초(麗末鮮初)'니 하는 말이 우리나라 역사를 논할 때 흔히 사용되었는데, 여기에 나오는 '나려선(羅麗鮮)'은 두말할 것 없이 '신라, 고려, 조선'을 간략하게 줄인 표현이다. 이처럼 줄인 말 또는 약어(略語)라고 하는 것은 일반적인 언어 현상의 하나로서 어느 시대 어느 사회에서나 의사전달에 지장이 없는 경우에 사람들이 즐겨 추구했던 표현방법이었다. 그러나 이러한 줄임말이 요즈음처럼 유행어의 성격을 띠고 사회의 병리적 현상을 반영한 때는 일찍이 없었던 것 같다.

금세기에 들어와서 처음으로 나타난 줄임말은 암호의 성격을 띠고 잡지에 쓰인 필명(筆名)이 아니었나 싶다. 육당 최남선(六堂 崔南善)이 혼자의 힘으로 '소년'이니, '청춘'이니 하는 잡지를 발행하던 때에 기사마다 같은 이름을 붙일 수는 없으니까 하나에는 '육당', 또 하나에는 '최남선', 또 다른 것에는 'ㅊㄴㅅ', 'CNS' 등을 사용하여 필자가 여러 사람인 것처럼 보이려는 편법을 사용했던 것이다. 그러나 그것은 사회적으로 통용되는 줄임말 현상이라고는 볼 수 없는 것이었다.

줄임말은 크게 두 가지로 나뉜다. 첫 번째 방법은 독립된 낱말의 첫 글자나 마지막 글자만을 모으는 것이요, 두 번째 방법은 독립된 두 개의 낱말에서 각각 앞부분과 뒷부분을 떼어다가 새 낱말을 만드는 것이다. 첫째 방법을 '첫자 모으기'와 '끝자 모으기'라고 한다면, 둘째 방법은 '앞뒤 모으기'라고 이름 붙일 수가 있겠다.

'앞뒤 모으기'는 혼성어(混成語)라 하여 언어학에서 새 낱말 탄생의 한 가지로 손꼽는 것이다. '오피스텔(office+hotel)', '테크노피아(rechnology+utopia)' 같은 외래어는 이렇게 앞뒤 모으기에 의해 생긴 것이고 국어에서는 '짜파게티(짜장면+스파게티)', '소텐(소주+써니텐)', '라볶기(라면+떡볶기)' 등 음식 이름에 나타나기 시작하였다.

첫 자 모으기가 본격적으로 시작된 시기는 1960년대인 '박통(박정희 대통령)' 시절로 소급한다. 그 무렵 부조리한 세태를 꼬집기 위하여 통용되던 고전적인 낱말은 '아더메치'였다. 처음 젊은이들이 이 낱말을 퍼뜨릴 때에 어른들은 "아니꼽고, 더럽고, 메스껍고, 치사하고"라는 역겨운 형용사 네 개를 반복하면서 모나리자의 웃음을 입가에 흘렸었다. 뒤틀린 세상을 헐뜯기 위해 나온 것이었으므로 공적으로 쓰일 말은 생길 수가 없었다. 대폿집에서 소주잔을 맞부딪치면서 "개나발(개인과 나라의 발전)을 위하여"라고 외치며 쓴웃음을 지었고, 직장여성들은 윗사람과 밀회를 즐기면서 "유부남(유별나게 부담이 없는 남자)이니까" 하면서 세상과 자기를 속이려 들었다.

'전통(전두환 대통령)' 시절로 접어들었다. '옥떨메(옥상에서 떨어진 메주덩이)' 여인과 어울려 '노가바(노래가사 바꿔부르기)'를 즐길 수만은 없다고 생각한 이른바 의식화 운동권은 '전민련(전국민족민주운동연합)', '전대협(전국대학생대표자협의회)', '전노협(전국노동조합협의회)' 등 '전' 자 돌림의 형제단체들을 만들어 '전통'과 맞서 싸웠다. 그래서 '노통(노태우 대통령)' 시절로 바뀌게 되었다. 그러나 '첫 자 모으기'로 새 낱말을 만드는 풍조는 가속이 붙어서 '놓털카(술잔을 놓지도 거꾸로 털지도 카소리도 내지 말 것)'와 '찡떼우(오)(술을 마시며 찡그리거나 입술을 떼거나 술잔을 오(우)래 들고 있지 말 것)'라는 기막힌 음주풍토에까지 도달하였다. 〈'놓털카'와 '찡떼우'를 앞뒤 모으기로 새 낱말을 만들어 보라〉 다행스럽게도 이러한 망국적인 음주풍토가 이 땅에서 사라질 조짐을 보이고 있다.

차제에 '박전노(朴全盧) 삼통(三統)' 시대의 부정적인 줄임말 풍조도 사라지지 않을까? 꿈꾸어도 좋은지 모르겠다.

어휘력 향상과 전문용어 문제

우리들은 수십 년을 살아오면서 우리 주위의 여러 가지 우리말 표현을 무심하게 보아 넘기고 들어 넘긴다. 수십 번 수백 번을 보고 들은 것이면서도 우리의 생활과 직접 연관이 없다는 이유로 모르는 채 넘기는 것이 한두 가지가 아니다. 벌써 오래전 일이다. 차를 타고 어디를 가는 길이었는데 우리 앞으로 트럭 한 대가 달려가고 있었다. 짐칸 뒤쪽에는 '전착도장 적재정량 4천kg'이라고 쓴 것이 보였다. 그때 내 옆에 앉았던 초등학교 3학년짜리 딸아이가 내게 물었다.

"아빠, 저기 트럭에 적힌 '전착도장 적재적량'이 무슨 뜻이에요?"

"응, 그건 저 트럭에 4천 킬로그램 그러니까 4톤까지만 실어야 한다는 거란다."

"아빠, 그러면 '4천 킬로그램까지 실을 수 있음' 이렇게 쓰면 안 될까? 우리 같은 초등학교 어린이도 다 알아볼 수 있게."

"그야 그렇지. 그렇지만 전문용어라는 것도 필요하단다. 물건을 실어 나르는 일을 직업으로 하는 운송업자들은 그들끼리 통하는 말이 있어야 하지 않겠니? 그때 그들이 쓰던 말이 저기 쓰인 '전착도장 적재정량'이란다."

나는 이렇게 아는 척을 하면서 설명을 하였지만 사실 나의 뜻풀이에는 '적재정량'에 대한 설명만 했을 뿐 '전착도장'에 대한 부분은 쏙 빠져 있었다. 그 후로도 나는 여러 해가 가도록 '전착도장'이 무엇인지를 모르고 있다가 우연한 기회에 사전을 펼치게 되었다.

〈전착도장(電着塗裝) 몡 수용성(水溶性) 또는 수분산성(水分散性) 도료에 피도물(被塗物)을 담그고 피도물을 양극, 도료통을 음극으로 하여 직류 전류를 통하여 도금과 같은 원리로 도장하는 방법, 복잡한 모양의 것도 균일한 두께로 도장

할 수 있으며, 손실이 적고 도장 시간이 짧아 경제적이며 안전하기 때문에 자동차의 몸체, 전기기기 부품 등의 도장에 널리 이용됨.〉

나는 '전착도장'의 사전 풀이를 읽고 나서야 그 뜻을 알게 되었지만 나의 마음은 계속 편안하지가 않았다.

'전착도장이 전기를 이용한 칠하기의 방법이라는 것을 알기는 했으나, 과연 그것을 자동차에 써 붙여서 일반인들에게 알려야 할 일인가? 내가 어린 딸에게 전문용어임을 강조하듯이 온 세상 사람들에게 그 전문성을 선전할 필요가 있는 것인가? 그것은 전문가들끼리만 알고 있으면 그만이 아닌가?' 이러한 생각이 들었기 때문이었다. 그런데 요즈음에는 전착도장류의 표시가 자꾸만 늘어가는 추세에 있다.

자동차의 몸체 옆에 오토매틱(automatic)이라고 쓴 것까지는 이해할 수가 있다. 이른바 기어(gear)라고 하는 톱니바퀴 변속장치를 수동으로 바꾸어가며 운전하는 것이 아니라, 자동차의 속도에 따라 그 변속장치가 운전자의 손을 거치지 않고 자동으로 조절되는 것임을 짐작할 수 있기 때문이다. 그러나 자동차에는 멀티 인젝션(multi injection)이라는 것도 보이고, 파워 스티어링(power steering)이라는 것도 보인다. 그런가 하면 첫 글자 약자 모음인 'GSi', 'GLSi', 'DOHC' 등의 표시가 자동차의 몸체 뒤쪽에 나타나기에 이르렀다.

현대사회가 기술문명의 사회이고 특히 자동차는 비교적 정교한 여러 분야의 공업기술이 한데 모여 이루어진 기계이기는 하지만, 그것을 일일이 자동차 몸체에 선전할 필요가 있는 것인가? 그것이 일반 언어생활에 미칠 영향을 자동차 회사의 사람들, 그리고 어문정책을 담당한 분들이 생각하고 있는 것일까?

역설적으로 말하여 그런 말이 일반인에게 보급되면 그것은 어휘력 향상에 도움이 되는 것이 아니냐고 반문하지나 않을까? 나는 아직도 결론을 내리지 못하고 있다.

외래어 수용(受容) 문제

납덩이에 입힌 금빛

　일상회화에서 외국어 낱말을 즐겨 섞어 쓰는 사람이 늘어
간다. 개인적인 자리에서라면 개인의 문제로 돌려 버릴 수
도 있으나 텔레비전의 공개토론이나 공적인 면담의 경우는
일반에게 끼치는 악영향이 크게 염려되지 않을 수 없다.

　작년 여름, 미국 여행 중에 우리 유학생의 어떤 모임에서
나는 옛날이야기 하나로 외국어 낱말의 남용을 다음과 같이
풍자한 적이 있었다.

　수만 냥의 돈을 가진 부잣집에 낯모를 손님이 찾아와 돈
삼천 냥만 꾸어 달라고 청하였다. 집주인이 무엇을 믿고 꾸
어주느냐고 어처구니없다는 듯 웃었다. 손님은 주인보다

더 크게 어이없다는 듯 너털웃음을 웃고 나서 자그마한 보따리를 풀기 시작하였다. 거기에는 비단 천으로 여러 번 싸고 다시 나무상자 안에 소중하게 담겨 있는 주먹만한 금덩이가 들어 있었다. "주인어른, 내가 돈 몇천 냥을 쓰려고 이 금덩이를 팔 수는 없지 않습니까? 이것을 담보로 잡힐 터이니 융통을 부탁합니다. 계약 날짜에 어김없이 이자를 붙여 돌려 드리겠습니다."

이 말을 들은 주인은 삼천 냥을 내어 주고 금덩이를 보관해 두었다. 며칠 후 금광을 하는 조카가 집에 들렀다. 그때 이야기 끝에 금덩이를 내보이고 감정을 청했다. 아뿔싸, 조카의 감정 결과는 그 금덩이가 납덩이에 금칠을 입힌 가짜라는 것이었다. 부자 주인은 한참을 꿈쩍도 하지 않고 생각에 잠겨 있다가 조카를 바라보며 입을 열었다.

"자네는 이 일을 절대로 발설하지 말게, 곧 임자가 찾으러 오겠지."

마침 그 다음날은 동네에 큰 잔치가 벌어졌다. 주인은 그 잔치에서 술을 많이 마신 뒤에 갑자기 술상을 내리치며 통곡을 하였다. 사연을 묻는 동네 사람들에게 주인은 넋두리를 늘어놓았다.

"이런 기막힌 일이 어디 있겠소. 며칠 전에 손님이 나에게 금덩이를 맡기고 돈 삼천 냥을 꾸어 갔는데 누가 알았는지 그날 밤 그 금덩이를 훔쳐 갔단 말이오. 이제 손님이 찾아와 금덩이를 내놓으라면 나는 어찌하오. 내 재산을 몽땅 내놓아도 모자랄 터이니…어이 어이."

발 없는 말이 천 리를 간다고 돈을 꾸어간 손님에게도 이 소문이 들어갔다. 손님은 의기양양하여 주인을 찾아왔다.

"주인어른, 꾸어주신 돈을 잘 썼습니다. 이제 기일도 가까웠으니 약속대로 돈 삼천 냥과 이자를 받으십시오. 그리고 제 금덩이를 돌려주십시오."

주인은 난감한 듯, 돈을 받아 챙긴 뒤에 눈을 감고 한참이나 앉았다가 머뭇거리며 말문을 열었다.

"진실로 당신처럼 신용을 지킨다면 이 세상이 얼마나 명랑하겠습니까? 감사합니다." 그러고는 금고 속에 고이 간직했던 금덩이를 내어 놓았다.

나는 이 이야기의 마무리를 다시 다음과 같이 정리하였다.

"우리말은 토씨만 가져다 쓰면 되는 줄로 아는 지각없는 유학생들은 이 이야기의 사기꾼 손님과 같습니다. '그 사람, 우리말이 빨리 생각나지 않으니 그럴 수도 있겠지.' 하면서 너그럽게 보아 줍니다. 그러나 세월이 지날수록 겉멋이 들었다고 판단하게 되고, 드디어는 결정적인 어느 순간에 인격이며, 지성이며 학력이 납덩이에 금물을 입힌 가짜라는 것을 폭로하게 됩니다."

나의 이야기를 재미있어 하면서 잔잔한 웃음을 흘리던 그 자리의 젊은 유학생들은 어느 틈에 저녁노을처럼 붉어 오는 낯빛을 하면서 이렇게 용서를 청하는 것이었다.

"선생님, 죄송합니다. 저희들의 무심한 말버릇을 고치겠습니다."

망령처럼 떠도는 낱말

여러 해 전에 들은 얘기다.

방언(方言) 조사를 나간 어느 교수님이 학생들과 더불어 조사대상이 되는 시골마을의 이장(里長)댁에 민박을 하기로 결정되었다.

마침 이장님 댁은 그 마을에서 행세하는 집안인지라 생활형편도 넉넉했고, 집안 식구들도 기품이 있고 친절하였다. 그런데 그날 저녁에 예상치 못했던 일이 벌어졌다.

바깥채 사랑방에 조사원 학생 서너 명을 거느리고 다음 날부터의 조사계획을 의논하던 교수님은 이장님의 춘부장(春府丈) 어른의 방문을 받으신 것이었다. 점잖은 노인이 의관(衣冠)을 갖추고 들어오시므로 그 교수님은 즉시 웃저고리를 입고 윗목으로 물러섰다가 주인집 어르신네가 좌정(坐定)하시기를 기다려 공손히 큰절을 올렸다. 그리고는 옛날 법도대로 수인사(修人事)를 하게 되었다.

　"○○대학교, 국문과에 있는 ○○○입니다. 폐를 끼치게 되어 송구하기 그지없습니다."
　"원 천만에 말씀이오. 워낙 누추한 시골이라 불편함이 많을 게요. 양해하시오. 나는 ○○○이라 하오. 그래 성씨(姓氏)가 ○ 씨이면 관향(貫鄕)은 ○○이시겠군."
　"그렇습니다."
　"그 집안이라면 누대(累代)로 명문거족이 아니요? 우리 집의 광영이올시다. 그래 시하이시오?"

　이 대목에서 문제가 발생하였다. 불행하게도 그 교수님은 '시하(侍下)'(집안에 조부모님이나 부모님을 모시고 있음)라는 낱말이 무엇을 뜻하는 말인지를 몰랐던 것이다.
　"네? 시하라구요?"라고 엉겁결에 반문을 하였지만 그 교수님은 (아이고 이게 무슨 망신인가?) 마음속으로 외치며 가물가물 의식을 잃는 것 같은 기분이었다고 한다. 그때에 주인댁 노인은 헛기침을 한두 번 하더니 "흠, 구존(俱存)하시

군. 엄친(嚴親)께서는 춘추(春秋) 어찌 되시오?" 아마도 주인
댁 노인은 "네, 시하입니다. 두 분 부모님을 모두 모시고 있
습니다." 이렇게 알아들은 것처럼 하고 나음 말을 해서 무안
함을 면케 하였던 것이리라.

 이쯤에서 우리는 두 분의 대화 내용을 중단하기로 하자.
그날 저녁, 어린 학생들 앞에서 체면을 잃은 교수님은 자신
의 생활문화가 옛날 양반 생활풍습의 끄트머리를 붙들고 있
는 주인댁 어른과 얼마나 많은 차이가 있는가를 학생들에게
힘주어 설명하면서 자신을 변명하였지만 그렇다고 잃어버
린 체면이 회복되는 것 같지도 않았고 자신의 마음이 편안
해지지도 않았다고 한다.

 그것은 온전히 '시하'라는 낱말 하나 때문이었다. 오늘날
에 와서는 시효(時效)를 상실하여 일상의 언어생활에서는 자
취를 감추어 버린 낱말이 망령(亡靈)처럼 되살아나서 사투리
조사를 나간 국어학 교수의 위신을 떨어뜨린 것이었다.

 이때에 우리는 그 국어학 교수의 빈한한 어휘 실력을 탓
하면서 "그래도 못 알아들은 당신이 잘못이오."라고 질책할
것인가. 아니면 "아니, 사람을 보고 말씀을 하시지. 요즘 세
상에 그렇게 문자를 쓰시면 어떻게 하십니까? 세상이 변했

으니 시류(時流)를 따라 쉬운 말로 말씀하셨어야지요."라고 시골 노인을 넌지시 공격할 것인가?

격에 어울리지 않게 한자말을 많이 섞어 쓰는 사람을 보면 나는 이 이야기가 연상된다. 계절에 따라 옷을 갈아입듯이, 시대에 따라 말투가 바뀌는 것은 예부터 자연스럽게 지켜온 법칙이다. 그 마을에서 방언 조사가 실패하였다는 후문도 밝혀 두어야겠다.

남녀평등과 아내·남편

옛날, 행세하는 양반 집안에서는 신분(身分)과 서열(序列)을 나타내기 위하여, 사람을 가리키거나 부르는 말을 구분하였다. 가령 '엄마'라는 낱말은 서모(庶母)를 가리키거나 부를 때에 사용하였는데, 어떤 경우에도 그 서모에게 '어머니'라는 낱말을 쓸 수는 없었다. 적서(嫡庶)를 엄격하게 갈라놓던 봉건사회의 질서가 호칭(呼稱)에 반영된 예라 하겠다.

이러한 사회적 관습과 전통은 언어에만 국한된 문제는 아니었다. 벼슬의 높고 낮음에 따라 몸치장이나 장신구에도 차이가 있었고, 옷감의 품질이나 색깔에도 구분이 있었다. 가옥의 규모, 분묘의 크기에도 차이가 있었다. 그때에는 차별이 없는 것은 아무것도 없었다고 말해야 옳을는지도 모른다. 중국의 임금은 황제(皇帝)라 하였고, 우리나라의 임금은 한 등급이 떨어지는 제후(諸侯)라 하여 임금을 상징하는 문양(文樣)에도 차별을 두었다. 그래서 중국의 제왕은 용(龍)으로써 위엄을 드러내는 징표로 삼았었다.

남존여비(男尊女卑)의 사상도 무엇이건 차등을 두려고 하는 봉건주의식 생각과 무관한 것이 아닐 듯싶다. 이것은 한 걸음 더 나아가 부부(夫婦)사이의 가리킴 말에도 반영되었다. 아내가 외부 사람에게 남편을 가리켜 말할 때에는 '우리 집주인', '바깥주인', '주인어른'이란 지칭(指稱)을 사용하여 남편을 웃사람으로 모신다는 점을 분명히 하였으나, 남편이 아내를 제삼자에게 가리켜 말할 때에는 '집사람', '안사람' 정도에 머물고 말았다.

만일에 어떤 사람이 '우리 집 안주인'이라는 말을 썼다면 그것은 하인이 주인집 마님을 가리키는 말로 이해할지언정 자기 아내를 지칭한 것이라고는 생각할 수가 없었다.

이제 세상은 많이 바뀌어서 남녀평등을 부르짖는 세태가 되었다. 그러나 세상 사람들은 남녀평등을 입으로는 말하고 관념적으로는 인정하지만 실제의 생활에서는 여전히 '주인

양반'과 '집사람'이라는 지칭을 사용하면서 옛날 버릇과 의식을 깨끗하게 벗어 버리지 못하고 있다. 조금 젊은 세대에서는 이 어설픈 형편을 숨겨 보려는 책략으로 영어를 사용함으로써 더 큰 실수를 범한다. 즉 남편을 가리켜 '허즈번드'라 하고, 아내를 가리켜 '와이프'라 하는 것이다. '허즈번드'를 줄여서 '허즈'라고 멋을 부리는 경우까지 있다. 오죽 답답하고 궁하면 영어를 빌려다 쓰겠느냐고, 그 궁여지책에 대한 옹호론을 폄직도 하다. 만일에 그 옹호론이 정당한 것이라면 저 신라시대에 그 아름답고 당당하던 고유어를 비속(卑俗)한 의미의 낱말로 전락시킨 과거의 잘못을 또 되풀이하는 결과가 될 것이다. 사람을 가리키는 고대어에 '－방, － 지, － 한'같은 접미사가 있었다. 그런데 이들의 품격이 어떻게 상실되었는가를 보자.

'서동방(薯童房)·서방(書房)'에 쓰이던 '－방'은 '비렁뱅이·앉은뱅이'의 '－뱅이'로 전락하였고, '막리지(莫離支)·세리지(世理智)'에 쓰이던 '－지'는 '이치·그치·저치'하는데 쓰이는 '－치'로 품위를 잃어버렸다. '거서간(居西干)·마립간(麻立干)·서발한(舒發翰)'에 쓰이던 '－한·－간'도 '불목한(佛木漢)·원두한(園頭漢)'에 쓰이는 비천한 계층의 직업인을 가리키는 '－한'으로 평가절하가 되었다. 한자를 받아들여 '시인(詩人)·소설가(小說家)·학자(學者)' 같은 말을 좋아하면서 '－인(人)·－가(家)·－자(者)'가 '－뱅이·－치·－한'을 뒷전으로 몰아낸 것이라고밖에 달리 생각할 수가 없다.

이러한 때에 '아내'와 '남편'이라는 낱말이 영어의 '와이프'와 '허즈번드'에 완벽하게 대응한다는 생각을 못하는 까닭은 무엇일까?

어떤 멍청한 사람은 제 아내를 친구에게 소개하면서 "내 부인이야, 많이 좀 사랑해 줘."라고 했다던가?

이름과 함자衡字, 휘자諱字

음력 설날이 민속명절이라는 이름으로 다시 부활하면서 복고조(復古調)의 전통문화가 활발하게 논의되기 시작하였다. 그 대부분이 가족 중심주의에 뿌리를 두고, 집안의 촌수(寸數)를 따지거나 그 촌수에 따라 서로 어떻게 부르는가를 밝히는 지칭(指稱), 호칭(呼稱)의 문제, 그리고 집안 어른의 이름을 어떻게 표현하는가 하는 것들이다. 보는 시각에 따라서는 긍정적인 면도 있고 부정적인 면도 있을 것 같다. 그러면 부정적인 요소는 무엇인가 한두 가지만 생각해 보기로 하자.

첫째, 이중과세(二重過歲)를 조장함으로써 과소비풍조를 더욱 부채질한다는 점이다. 그렇지 않아도 근검절약이 요구되는 시대에 일요일을 포함하여 나흘간이나 업무를 중단한다는 것은 국민경제에 미치는 영향이 매우 클 것이라고 생각된다. 노는 날이 많다 하여 한글날을 공휴일에서 없앤 정부가 어쩐 일로 음력 설날을 앞뒤로 하여 사흘간이나 휴무일로 정한 것일까? 신정(新正)과세를 공식적인 것으로 하였다면 구정(舊正)은 설날 하루만을 휴일로 삼아 전통적으로 차례(茶禮)를 지내던 집안의 묵은 풍습을 지키게 하는 정도에서 그쳐야 할 듯싶다. 나라가 전쟁에 시달려 곤궁하던 40년 전, 이중과세를 죄악시하던 때에 살아온 50대 이상의 어른들은 올해의 음력 설날이 반드시 기쁘지만은 않았을 것이다.

둘째, 복고조의 전통용어를 부활시킴으로써 한자문화의 굴레를 결과적으로 강화하게 된다는 점이다. 이웃이나 집안 어른들을 찾아뵙고 인사를 여쭙는 일이야 얼마든지 권장할 일이지만 그런 경우에 촌수도 따지기 어려운 먼 일가 어른에게 집안 어른의 이름을 구분하여 말하라는 해설과 계몽이 과연 시의(時宜)를 얻을 것인가는 의문이 아닐 수 없다.

텔레비전에서 어떤 분은 말씀하셨다. "아버지나 할아버지가 살아 계실 때는 그 이름을 함자(銜字)라 하고 돌아가신 뒤에는 휘자(諱字)라 합니다." 이 말을 틀렸다고는 할 수 없지만 불완전한 설명임에는 틀림없다. 즉 '함자'니, '휘자'니 하는 말은 아버지나 할아버지 등 직계조상에게만 쓰는 말로 잘못 알아들을 수 있다. 누구든 윗사람의 이름은 모두 '존함(尊銜)'이나 '함자'라는 낱말로 표현할 수 있는 것이요, 또 '휘(諱)'는 봉건왕조시대에는 살아 계신 임금의 이름에도 적용한 것임을 알려주어야만 그 낱말을 바르게 이해할 수 있기 때문이다.

이 문제는 자연스럽게 한자교육의 강화를 유도한다. 민족문화의 미래가 한글전용을 목표로 하는 것이라면 '함(銜·啣)'과 '휘(諱)'의 한자교육을 전제로 하는 구시대 유교(儒敎)문화의 잔재를 강조할 필요가 있는 것일까?

이런 때에 지방(紙榜)을 한글로 쓰는 움직임이 생겼다는 것은 매우 고무적이다. '현고학생부군신위(顯考學生府君神位)'보다는 '돌아가신 아버님 혼령을 모신 자리'라고 쓴 것이 더 좋다는 생각을 하기 전에 우리는 과연 '현고학생부군신위'의 뜻이 무엇인가를 물어야 한다. 아마도 '학생'이 관직서열을 생명으로 여기는 옛날 유교사회에서 벼슬하지 않은 백두(白頭)의 선비를 일컫는다는 것을 아는 사람은 별로 많을 것 같지 않다.

민족문화의 장래가 바른길을 잡기 위해서는 한자(漢字)가 누렸던 자리를 한글이 받아들였을 때 세상 사람들이 거부반응을 느끼지 않아야 한다.

그러므로 우리는 빌어야 한다. '함자', '휘자'를 써야 할 자리에 '이름'이란 낱말을 쓴다는 것도 망발이 안 되는 세상이 하루속히 다가와야 한다는 것을.(이것은 물론 한자교육의 당면과제와는 별도의 문제이다.)

외래어 선호의 뿌리

외래어를 즐겨 쓰는 사람이 많아지고 있다. 외래어를 즐기는 것은 무엇인가? 그것은 좋게 본다면, 우리보다 앞선 문화를 동경하고 그러한 선진문화로 발돋움하고자 하는 발전 의지의 언어적 표출 현상이다. 그렇다면 외래어 사용을 무조건 나쁘다고만 나무랄 일은 아니지 않은가? 그래서 나는 옛날 우리 조상이 얼마나 중국문화를 그리워하고, 또 그것과 같은 수준에 이르고자 애썼는가를 살펴보기로 하였다.

먼저 세종의 한글 창제에 반대하여 임금께 상소문을 올렸던 최만리(崔萬理)의 주장부터 들어 보기로 하자. 그는 상소문에서 이렇게 말하였다.

"역대로 중국 사람들은 모두 우리나라가 기자(箕子)가 남긴 풍속이 있다 하고, 문물과 예악(禮樂)을 중화(中華)에 견주어 말하기도 하였습니다. 그런데 이제 따로 언문(諺文)을 만드는 것은 중국을 버리고 스스로 이적(夷狄)과 같아지려는 것으로서 이른바 소합향(蘇合香 : 위장을 편케 하고 정신을 맑게 하는 약재)을 버리고 당랑환(蟷螂丸 : 버마재비가 굴리는 작은 말똥)을 취함이오니 어찌 문명의 큰 흠절이 아니오리까."

다음으로 내 시선을 붙잡은 것은 홍만종(洪萬宗)의 순오지(旬五志)였다. 이 책은 글자 그대로 저자 홍만종이 보름 동안에 완성했다고 전하는 책으로 속담을 수집한다든지 민족사의 주체성을 강조한다든지 하여 비교적 중화 중심사상으로부터 벗어난 것으로 알려져 있는 책이다. 그런데 다음 문장은 무엇인가?

"이두(吏讀)와 언문(諺文) 이 두 가지 문자는 중국에는 없는 것으로 우리나라에서 처음 만든 것이다. 비록 우리말을 통하고 일반 사무를 처리하는 데에는 매우 중요롭다 하지만 만일 중화 사람들이 이것을 본다면 문자가 같지 않다는 비웃음을 면하지 못할 것이다."

쓸쓸한 심정으로 유형원(柳馨遠)의 반계수록(磻溪隧錄)을 뒤적여 보았다. 그런데 이게 웬일인가? 그는 실학(實學)의 기초를 쌓은 학자로서 평생 벼슬을 살지 않았으니 무언가 다른 이야기를 할 줄 알았는데, 그는 한걸음 더 나아가서 중국어 교육의 강화를 다음과 같이 주장하고 있었다.

"중국어 학습을 강화하기 위하여, 오품(五品) 이하의 문관에게는 해마다 섣달에 승문원(承文院)에서 중국어 교과서 두 권과 이문(吏文 : 관리들이 사용하는 사무용 한문)을 일정량 암송하는 시험을 보게 한다. 능통한 사람에게는 상으로 한 품계를 올리고, 불합격된 사람은 한 등급을 강등시킨다."

더욱 놀라운 것은, 유형원 자신은 평생토록 중국여행을 해 보지 않았건만 그가 46세 되던 해, 여름에 중국 복건성(福建省)에서 표류되어 온 사람이 있다는 말을 듣고 그 중국 사람이 서울로 압송되기 전에 찾아가 중국말로 묻고 대답하다가 명(明)나라의 왕통(王統)이 끊이지 않았음을 알고 기뻐하며 시를 지어 서로 위로하였다는 사실이었다. 이것은 그 당시 중원(中原) 땅에 군림하면서 우리나라에도 종주국 노릇을 하던 만주족, 청(淸)나라에 대한 저항의식을 나타냈다고 하는 일면이 없지 않으나, 어찌 되었거나 조선왕조 오백 년 동안에 중국과 중국문화에 대한 선망과 동경은 끈질기고도 줄기찬 것이었다.

그리고 한동안 또 일본과 일본문화에 대한 엎드러짐은 얼마나 심하였던가! 이렇게 본다면 요즈음 우리나라 지식인이 서양문화를 선호(選好)하고 그쪽의 언어를 무분별하게 받아들이는 현상은 그래도 옛날보다는 심한 것이 아니라는 생각을 떨쳐버릴 수 없다. 무언가 조금씩은 나아진다는 믿음이 있기 때문에….

외래어는 어떻게 토착화하는가

코흘리개 시절, 나는 엄마의 친정 나들이 때마다 치마꼬리에 싸여서 외갓집을 즐겨 따라다녔다. 서울 하고도 서대문 밖, 에우개[阿峴] 마루터기에서 굴레방다리 쪽으로 내려가다가 왼쪽 샛길로 들어서면 초가집과 기와집이 듬성듬성 뒤섞이어 십여 채 모여 있는 마을이 나오는데, 거기에 나의 외갓집도 끼여 있었다. 진흙을 이겨 돌멩이를 쌓아 만든 야트막한 담장을 끼고 돌면 언제나 솟을대문이 활짝 열려 있고 그 앞에 뚱보 외할머니가 서 계시다가 "어이구, 심서방네 귀공자 오시는가" 하며 나를 반기셨다.

그 외할머니가 외숙모 몰래 꺼내 주시는 겨울 연시(軟枾), 외할아버지가 사 주시는 군밤, 외삼촌이 지갑을 열고 꺼내 주시는 엽전 한 닢, 외숙모가 내주시는 유과(油果) 등등, 외 갓집에서 수지 맞추는 일거리는 한둘이 아니지만 50년 세월이 흐른 지금, 우리말을 공부하다가 생각해 보면 그때 받은 선물은 의외로 우리말에 대한 놀라운 깨우침이었다.

해마다 음력 사월 초파일이면 모랫내를 지나서 큰 절로 재(齋)구경을 갔다. 그 큰 절을 외할머니는 '경텟절'이라고 하셨고, 외할아버지는 '정토사(淨土寺)'라 말씀하셨다.

"할아버지, 왜 정토사를 할머니는 꼭 경텟절이라고 해요?"

"응, 그것은 이담에 네가 커서 한문을 배우면 저절로 알게 되느니라."

나는 그때 외할아버지의 말씀에 불만이 많았지만 사실은 절 이름에 큰 관심은 없었던 터라 그 후로 흐지부지 잊어버리고 말았었다. 그러다가 '구개음화'라는 음운현상을 배울 때 '기름[油]'이 '지름'으로 바뀐다는 것, 또 이렇게 'ㄱ'이 'ㅈ'으로 바뀌는 것이 촌스럽다는 느낌을 갖는 사람들이 원래 'ㅈ'으로 발음되는 말을 'ㄱ'으로 잘못 바꾸어 놓는 '역구개음화(逆口蓋音化)' 현상이 생긴다는 것도 알게 되었다. 그래서 '점심(點心)'이란 말을 엉뚱하게 '겸심'으로 바꾸어 놓는 일이 일어난다는 것을 이해하게 되었다. 그러므로 '정톳절'은 '경퇴절, 경텟절'로 바뀔 수가 있었던 것이다.

중국어로부터 새로운 어휘를 수입하던 시절, 그 중국 기원의 외래어가 중국어라는 껍질을 벗어 버리고 고유어처럼 보이는 새 단장을 하는 과정은 낱말마다 사정이 조금씩 다르기는 하지만 새로이 탈바꿈을 한 낱말은 절대로 한자어로 되돌아가지 못하는 운명이 된다. 그러므로 현대어를 자세히 검토해 보면, 하나의 낱말이 두 가지 형태로 존재하는 것을 발견할 수 있다. 하나는 한국 한자음으로 읽히는 이른바 한자어요, 또 하나는 중국어 발음을 우리말 체계에 맞게 고쳐 놓은 가짜 고유어, 즉 의사고유어(擬似固有語)이다

'빙자(憑藉)'와 '핑계', '형용(形容)'과 '시늉'은 이러한 낱말의 대표적인 예이다. '빙자'와 '핑계'는 문법적 특성이 약간 다르기는 하나, 다른 일을 방패막이로 내세운다거나, 남의 힘에 의지하여 빠져나간다는 점에서 의미상의 동질성을 보인다. 그렇다면 이 두 낱말은 원래 하나의 낱말일 수밖에 없다. '빙자'의 중국어 발음은 '핑졔[ping tsie]'이다. 여기에서 '졔'가 '계'로 바뀌는 것은 '점심'을 '겸심'으로 바꾸는 것과 같은 역구개음화 현상의 결과이다.

따라서 '빙자'와 '핑계'는 원래 중국어를 기원으로 하여 우리말에서 두 가지 형태로 갈라져 나간 낱말임을 입증한다. '형용(形容)'의 중국어 발음 역시 고유어처럼 보이는 '시늉'과 거의 비슷한 '씬융'이다. '씬융'이란 발음에서 중국 냄새를 빼 버린 것이 다름 아닌 '시늉'이 되었다.

　이렇듯 옛날 우리 조상은 중국어를 들여다가 교묘하고도 자연스런 방법으로 때를 벗기어 우리말 어휘를 늘려 나갔던 것이다.

요즈음 대학생들의 우리말 사랑

　대학교가 민족 문화의 요람이요 진리탐구의 도량(道場)임을 확인하는 방법이 한 가지 있다. 그 대학교에 우리말 사랑을 위한 학생단체가 있는가를 찾아보는 일이다. 어느 대학교엘 가든지 대학 구내 어딘가에 '고운 말 쓰기 동아리'라든가, '국어순화 연구회' 같은 이름의 간판이 붙어 있고, 그 간판이 붙어 있는 근처 어딘가에는 고쳐야 할 말버릇이나 글쓰기 버릇에 관한 계도용 알림판이 눈에 띄게 마련이기 때문이다. 이것은 우리나라 대학교가 민족문화의 창달을 위하여 올바른 길을 착실하게 걸어가고 있다는 명백한 증거이다.

　여름방학 중이라고는 하여도, 계절 강좌가 열렸기 때문에 거의 평상시와 다름없이 붐비는 대학 구내에서 한 학생이 지나가는 사람들에게 인쇄물 쪽지를 나누어 주고 있었다. 나는 그 쪽지를 받으며 '운동권 학생들이 외쳐대는 정치적 선전물이겠지' 라고 여기면서 그 종이쪽을 들여다보다가 깜짝 놀랐다.

'뜻깊은 우리 속담을 하나라도 더 알아 둡시다' 라는 머리글 밑에 재미있는 속담과 그 해설이 소개되어 있었다. 몇 개 옮겨 보기로 한다.

- **중이 되고 나니 고기가 흔하다**
  (필요할 때는 없다가 필요 없으니 많이 생긴다는 뜻)
- **뜨거운 음식 목구멍 넘긴 다음**
  (아무리 어려운 일도 한 고비만 지나가면 어려움을 잊게 된다는 뜻)
- **돈은 나누지만, 복도 나누랴?**
  (돈은 나누어 쓸 수 있으나, 복은 해당자만 누릴 수 있다는 뜻)
- **싱겁기는 바다도 못 본 놈일세**
  (소금 구경도 못했는지 아주 싱거운 사람이라는 뜻)

- **오뉴월의 새 사돈**

  (식량이 떨어져 곤궁할 때에 찾아온 어려운 손님이라는 뜻)

며칠 뒤에는 같은 자리에서 다음과 같은 새 쪽지를 또 받았다.

우리말의 주인이 됩시다. 우리 대학 관악에 우리 것은 얼마나 됩니까? 우리가 이름을 짓고 우리가 아끼는 것은 얼마나 될까요? 오늘부터라도 하나씩 하나씩 우리 것을 찾아서 우리의 이름을 붙여 주기로 합시다. 그래서 여기가 우리의 배움터요, 우리의 공간임을 선언합시다. 먼저 식당 이름을 지어 봅시다. 아래의 이름 가운데 좋다고 생각되는 것에 ○표를 하시거나, 더 좋은 이름을 생각하신 분은 빈칸에 적어 주세요.(한자어나 외래어도 우리의 정서에 맞기만 하다면 별문제는 없을 것입니다.)

이러한 제안 설명 밑에는 '다모임, 모람터(모인 사람들의 터), 언덕방, 돌뫼식당, 샌님밥집, 대장간, 감골 식당' 등의 식당 이름 후보 명단이 적혀 있었다. 대학생들의 그 순박하고도 깔끔한 언어감각을 확인하면서 날아갈 듯 상쾌한 기분이었다. 더구나 '한자어나 외래어도 우리의 정서에 맞기만 하다면' 수용할 수 있다는 균형 잡힌 언어의식이 대견하기 그지없는 것이었다.

우리말 사랑이라고 하면 무조건 토박이말을 찾아 쓰고, 만들어 쓰는 일이라고 생각하면서, 동시에 외래어는 덮어놓고 안 쓰는 것이 제일이라고 믿는 사람들이 많은 터에, 한자어와 외래어도 받아들이겠다는 대학생들의 자세는 정말로 마음 든든한 것이었다.

누가 요즈음의 대학생들을 철부지 데모꾼으로 몰아붙였는가? 그들은 역시 우리 민족의 미래를 밝게 펼쳐 나아갈 희망의 등불인 것을.

하나·둘·셋과 일·이·삼

일사불란한 규칙에 따라 생활하기를 좋아하는 규범적인 사람들은 언어에 불규칙 현상이 존재한다는 사실에 대하여 대단히 언짢은 감정을 가지고 있을 것이다. 때로는 짜증스럽기도 할 것이다. 그러나 사람이 만들어 쓰는 것이면서 제멋대로 변화하고, 제멋대로 불규칙 현상을 보이면서 살아나가는 것이 인간의 언어이다.

숫자를 나타내는 우리말은 두 가지가 있다. 한 가지는 하나·둘·셋으로 나가는 고유어 계열이고, 또 한 가지는 일·이·삼으로 진행되는 한자어 계열이다. 물론 한자어 계열은 중국 문화와의 접촉에 의해서 처음에는 외래어의 성격을 띠고 사용되었을 것이지만 이제는 당당히 한자어라는 독립된 어휘로 우리말 속에 자리 잡고 있다. 그런데 이들 '하나·둘·셋…'과 '일·이·삼…'은 서로 좋은 사이가 아니다. 동일한 숫자개념을 나타내면서 경쟁하기 때문이다.

사람을 셀 때, '한 명, 두 명, 세 명, 네 명'은 자연스러운데, '일 명, 이 명, 삼 명, 사 명'은 어쩐지 이상하다. 그러나 숫자가 많아지면 한자어 계열이 자연스럽다. '열 명, 스무명, …아흔아홉 명'까지는 고유어가 버티지만 '백 명' 이상은 한자어가 득세한다.

시간을 헤아릴 때 '한 시, 두 시, 세 시, 네 시'는 자연스러운데 '일 시, 이 시, 삼 시, 사 시'는 어쩐지 이상하다. 그러나 '열두 시'가 넘어가면 '열세 시, 열네 시'는 쓰이지 않고, '십삼 시, 십사 시'라고 해야 오히려 자연스럽다.

고층건물의 층수를 셀 때 '한 층, 두 층, 세 층'은 어쩐지 이상하고, '일 층, 이 층, 삼 층' 해야만 제대로 된 말처럼 들린다.

이렇게 따져 나가면 대체로 적은 숫자에서는 '한·두·세·네'가 우세한 것 같지만 숫자가 많아지면 '일·이·삼·사'가 단연 기세를 떨친다.

어떤 이는 말할 것이다. 한 개·두 개·세 개·네 개 그러지, 누가 일 개·이 개·삼 개·사 개 그러느냐고. 그러면 다른 이는 이렇게 맞설 것이다. 일 원·이 원·삼 원·사 원 그러지, 누가 한 원·두 원·세 원·네 원 그러는 사람 보았느냐고.

　나이를 말할 때 어떤 이는 쉰 살 이후부터 특이한 표현을 한다. 쉰한 살, 예순두 살, 일흔세 살이라고 말하지 않고 오십한 살, 육십두 살, 칠십세 살이라고 한다. 십 단위는 한자어를 쓰는 묘한 복합표현이다. 이렇듯 숫자를 나타내는 고유어와 한자어는 서로 쓰임의 영역을 나누어 가지고 있기는 하지만 전반적으로 '한·두·세'가 '일·이·삼'에 몰리고 있다는 느낌을 준다. 가령 숫자를 나타내기 위하여 만국 공통의 아라비아 숫자를 적어 보자. '1, 2, 3, 4, …' 그러면 열 명 중 아홉 명은 별생각 없이 '일, 이, 삼, 사, …'로 읽어 나갈 것이다.

　'일·이·삼'이 세력 확장의 징후를 보인 재미있는 예는 1896년에 간행된 독립신문에서 찾을 수 있다. 그 무렵의 우체시간표 광고문은 다음과 같다.

　　〈한셩닉외 모히는 시간. 오젼 칠시 십시 오후 일시 사시,

전흐는 시간. 오전 구시 정오 십이시 오후 삼시 륙시〉

이런 표현이 입말[口語]로도 사용되었다는 확증이 없으므로 그것은 단지 글말[文語]이 아닐까 여겨지기도 하지만 '일·이·삼'은 '하나·둘·셋'을 지속적으로 밀어붙였음을 보게 된다.

한자말보다는 고유한 우리말을 살려 쓰자는 움직임이 싹트는 요즈음, 일·이·삼에 밀리는 하나·둘·셋의 세력 강화를 위해서는 어떤 일을 할 수 있을지 생각해 보아야겠다. 그러나 "맥주 이십 병 사 오너라" 대신에 "맥주 스무 병 사 오너라"를 법률로 규정할 수 없는 것인즉, 우리는 하나·둘·셋과, 일·이·삼의 대결을 끝까지 지켜보는 수밖에 없다.

우리말 사랑, 그 중용의 슬기

우리는 가끔 우리말 우리글을 바르게 알고 바르게 사용하자는 학생들의 모임이나 일반 시민의 활동이 소개되는 신문 잡지를 보면서 가슴 뿌듯한 감동을 맛본다. 우리말과 우리글은 언어문자의 순결을 강조하는 이러한 사람들, 이러한 단체 덕분에 순수성이 유지되는 것처럼 생각되기 때문이다. 그러나 언어현실을 조금만 주의 깊게 관찰해 보면, 그토록 순결을 강조하는 외침은 아랑곳하지 않은 채, 우리말과 우리글은 제 나름의 혼탁한 물줄기를 만들며 유유히 흘러가고 있는 것 같다.

어떤 이는 이렇게 힘주어 말한다. "민족정기를 바르게 지키고 발전시키려면 말과 글의 순결이 앞서야 한다. 민족의 영혼은 말 쓰기에 감추어져 있기 때문이다." 또 다른 이는 느긋한 표정을 지으며 이렇게 말한다. "말이란 의사소통의 도구 이외에 다른 것이 아니다. 외래어가 많이 쓰이는 것은 표현의 다양성 확보라는 점에서 긍정적인 평가를 받아야 한다."

이렇게 상반된 주장을 들으면 우리가 취해야 할 길은 그 어느 쪽도 아니라는 생각을 굳히게 된다. 세상살이의 어떤 분야에도 극단적인 구석으로 치달려서는 아니 될 것이기 때문이다. 지나치게 순결을 강조하다 보면 근친결혼의 결과처럼 바보 자식을 낳을 염려가 있는 것이요, 또 분별없이 혼혈 현상을 묵인한다면 그것이야말로 제 핏줄을 잃어버리리라는 것 또한 분명한 일이다. 그러면 어떻게 하여야 우리말을 바르게 발전시키기 위한 중용의 슬기를 발휘할 것인가?

우리는 이 중용의 슬기를 찾기 위하여 우선 잘못된 생각 한두 가지를 지적하기로 한다.

어느 우리말 바로 쓰기 모임에서는 책임 맡은 이들의 명칭을 다음과 같이 지었다. 고문(顧問)을 '돌봄빗', 회장(會長)을 '으뜸빗', 부회장을 '버금빗', 학술담당을 '배움빗', 홍보담당을 '알림빗' 등. 이들 명칭은 순수한 한글 표기요, 옛

말 살려 쓰기 정신의 반영이어서 재미있기는 하나 사회적 공인이나 일반의 호응을 얻기는 어렵다는 점. '빗'의 어원이 몽고어라는 점 때문에 문제가 된다. 특히 '빗'은 고려시대 몽고말에서 들어온 '비져치(必者赤)'에 소급하는 것으로 원뜻은 관리(官吏)를 나타낸다. 따라서 '으뜸빗'이니, '배움빗'이니 하는 말로 고유어를 살린 것처럼 생각하는 것은 하나의 착각이요, 오류임을 알 수 있다. 옛날의 외래어를 다시 살려 우리말에 정착시키는 것은 좋은 일이요, 최근의 외래어는 배격하여야 한다면 이것은 새로운 복고사대주의(復古事大主義)라고나 할 일이 아닌가?

또 오늘 아침 신문광고에도 '샤프·코아·쇼핑·센터'라는 백화점이 임대광고를 내고 있었고, 어느 백화점의 겨울 의상 특설매장 이름에는 다음과 같은 유럽 언어가 나열되어 있었다.

'로즈느와, 케이시박, 르네아펄레, 디노아루치, 깜파넬라, 자이로, 원웨이, 빨레두오모, 모데싸, 핀란디아, 아반테, 디스, 타코, 허스, 캐리어, 벨라지, 아르마니, 볼카노, 머퀸 마디아스, 쿠스'

이런 상호를 갖고 있는 점포 주인들은 아마도 이렇게 말할 것이다.

"아니, 그러면 우리 가게 이름을 '춘향이 너울' 쯤으로 바꾸란 말입니까? 그러면 대우자동차 회사에 가서 새로 나온 차종 '에스페로(espero)'를 우리말로 '희망'으로 바꾸라고 하십시오. 그 '희망'이란 차가 단 한 대라도 팔렸다면, 나도 우리 가게를 '곱단이 치맛자락'이라고 붙일 용의가 있습니다. 이것이 다 시대감각을 살리는 것 아니겠습니까?"

우리가 취할 중용의 슬기는 과연 어디에 있는 것일까?

한자말 쓰기를 벗어나려면

'우리말 북돋우기 동아리'에 들어 있다는 학생들이 나를 찾아왔을 때의 일이다. "자네들, 정말 좋은 일 하네. 그렇지만 행여나 우리말의 순수성을 고집하다가 외래문화를 너그럽게 받아들이는 포용력을 잃어버리고 배타적 국수주의(國粹主義)에 빠지자고 하는 것은 아니겠지?" 나는 마음속으로만 눈을 껌벅이면서 그들이 어떻게 나오는가를 기다리고 있었다.

"물론입니다. 선생님. 한자말이나 외래어를 되도록 안 쓰고 좋은 우리말 표현을 캐내어 쓰자는 것이 저희들의 목적이거든요. 그래서 저희들은 구라파 여러 나라의 국어운동 사례도 열심히 공부하고 있습니다."

"구라파의 국어운동 사례?"

나는 짐짓 눈을 크게 뜨고 놀란 표정을 지었다.

"예." 그들은 이상하다는 표정으로 나를 바라보았다.

"구라파가 어디에 있는 장소인가?"

그들은 내가 의도하고 있는 덫에 걸렸다는 것을 모르고 있었다. 나는 말을 이었다.

"한자말을 쓰지 않으려면 구라파란 말도 쓰면 안 되지. 그것은 한자 歐羅巴를 우리나라 한자음으로 읽는 것인데 원래 중국 사람들이 유럽(Europe)이란 서양말을 한자로 비슷하게 옮겨 적은 이른바 취음(取音)표기이거든. 정식 한자어도 아닌 취음 한자어까지 사용하면서 한자어 사용을 배격한다면 그야말로 자가당착(自家撞着) 아닌가?" 그들은 뒤통수를 긁으며 다음 말을 잇지 못하고 있었다.

"언어는 관습의 체계이기 때문에, 그처럼, 우리들이 뜻하는 목적과는 어긋나는 말이 무의식중에 터져 나올 수도 있어요. 특별히 자네들이 무식해서만은 아니야."

나는 슬쩍 그들을 위로하면서 고유한 우리말 북돋우기가 어휘 수의 증대, 표현의 다양화라는 측면에서도 긍정적으로 받아들여지려면 어떤 경우에고 고유어만 쓰기를 고집하는 것은 잘못임을 역설하였다.

그리고 가령 개화기에 일본 사람들이 서양 외래어를 받아들일 때, 한자가 지닌 뜻글자로서의 특성을 살려 클럽(Club)을 '구락부(俱樂部)'로 바꾸고, 북 키핑(Book Keeping)을 첫 음절 모으기 방식으로 '부기(簿記)'라 번역한 것은 외래문화 수용의 적극적 면모라는 것. 오늘날 중국 사람들이 코카콜라(Coca Cola)를 可口可樂으로, 에이즈(AIDS)를 愛死(病)으로 바꾸는 것은 당연한 일이라는 것. (물론 중국에 국한한 문제이다.) 또 우리나라에서 '붙임성, 묶음표, 맞춤법'이라고 할 때에 '성(性), 표(標), 법(法)'을 한자어라 하여 배격할 수는 없다는 것 등을 차분하게 설명하였다.

나는 그날 저녁 그 학생들과 '비전'이란 다방에서 다시 만났다.

"내가 왜 이 다방에서 만나자고 했는지 알아?"

"글쎄요." 그들은 다방 안을 두리번거리며 둘러보았다.

그러다가 그들은 그 다방 이름이 한글 한자 영자의 세 가지로 적혀 있는 것을 발견하였다.

〈비전 - 秘殿 - Vision〉

"영어의 Vision은 미래를 내다볼 수 있는 직감력 같은 거 아니겠어? 젊은이들이 지녀야 할 야망 같은 것일 수도 있구. 그런데 그것을 다방 이름으로 삼을 때에는 공간개념이 들어가면 좋겠지?

신비스러운 궁전, 또는 비밀리에 만나는 장소라는 뜻으로 말이야. 아마 이 집주인은 그것을 노려서 '秘殿'이라 했을 거야. 그런데 우리 글자 '비전'에서는 아무런 느낌도 받을 수 없지 않아?"

그제서야 그들은 내가 낮에 했던 우리말 북돋우기 운동의 문제점을 다시 논의한다는 것을 깨닫는 듯하였다.

민족문화의 꽃,
우리말 우리글

한글 창제의 민족문화사적 의미

이 글은 1995년 4월 15일 토론토대학에서 개최된 한글학교 교사대상 세미나에서 발표된 강의 내용을 추가 보충해서 정리한 것입니다. 이 강의는 우리글을 가르치고 보급하는 한글학교 관계자뿐 아니라 일반 교민들에게도 좋은 교육 자료가 될 것으로 보여 본보는 수회에 걸쳐 논문을 연재할 계획입니다.(토론토판『한국일보』, 편집자 주)

1. 머리말

우리 민족이 이 세상에서 비교적 똑똑한 민족이요, 또 오랜 역사적 전통과 아름다운 문화유산을 지닌 민족이라는 것을 우리들은 믿고 있다. 이 믿음은 이른바 민족적 긍지를 갖게 하여 이 세상 어디에 살든지 우리가 한국 사람이라는 것과 한국말을 사용한다는 것을 자랑으로 생각하게 한다. 더구나 이 믿음은 한국말을 적기 위한 '한글'이라는 문자가 있으므로 하여 더욱 분명하고 움직일 수 없는 확신으로 굳어진다. 그것은 '한글'이 이 세상에 가장 훌륭한 문자라고 온 세상 사람들이 입을 모아 말하기 때문이기도 하다.

그러면 한글은 정말로 이 세상에 존재하는 어떤 문자보다도 훌륭한 문자인가? 훌륭한 문자의 조건이 무엇이기에 한글을 훌륭한 문자라고 하는가? 또 훌륭한 문자만 있으면 그 민족이 우수한 민족이고 또 문화 민족이라고 자랑할 수 있는가? 한 걸음 물러서서 '한글'이 훌륭한 문자라고 한다면 그러면 그것은 어떻게, 그리고 어떤 과정을 거쳐서 만들어진 것인가? 그리고 그러한 한글이 우리 민족의 미래에 어떤 의미를 갖는 것인가?

이 글은 이러한 문제를 살펴보고자 한다. 필자는 이런 문제를 이 짧은 글에서 만족할 만한 정도로 자세하고도 완벽하게 표현할 수는 없다. 그러나 민족적 긍지를 지니고 사는

데 도움이 될 만큼의 지식을 정리하도록 힘쓰고자 한다. 부잣집 아들이 자기가 얼마나 많은 재산이 있는지조차 모르고 산다면, 그리고 가난하고 궁상맞게 산다면 그것은 얼마나 불행한 일이겠는가? 그래서 필자는 우리 민족이 문화적으로 너무나도 풍요롭고 넉넉한 집안의 자손이라는 것을 이 글에서 확실하게 해 두고 싶다.

이 글을 읽은 분들도 틀림없이 필자의 이러한 소망에 깊은 이해와 사랑을 보내 주시며 공감하시리라 믿는다.

그러면 이제부터 한글 창제에 관한 우리의 생각을 정리해 보기로 하자. 이 문제를 풀기 위해서는 거쳐야 할 커다란 하나의 관문이 있다. 그 관문은 '한글'이 이 세상에 나오기까지 우리 조상들이 어떤 문자를 썼는지를 살펴보는 일이다. 이 세상에 어떤 사건이건 그 사건이 열매 맺기 위해서는 그러한 결과를 낳게 한 필연적인 사건들이 그 앞에 있었음을 알아야 하기 때문이다. 그래서 처음에는 한자를 빌어서 우리말을 적던 시대, 즉 한자 차용 표기 시대(漢字借用表記時代)의 문자 생활상을 간략하게 훑어보고, 그다음으로 한글 창제 당대의 세상 형편을 살핀 다음 한글 문자의 효용 범위, 문자 체제상의 특징, 그리고 한글 창제가 감추고 있는 창제자들의 이상이 무엇인가 하는 문제들을 점검하기로 하겠다.

이러한 이야기는 궁극적으로 한국 문화의 특징이 무엇인가 하는 문제를 건드리게 되는데, 이것 역시 한국 문화를 총체적으로 다룰 수는 없는 것이므로 한글 창제와 관련된 범위 안에서 우리 문화의 특성을 이해하면서 한국어의 미래가 한국 민족의 미래에 어떤 함수 관계가 있는가를 이야기하는 것으로 이 글이 마무리될 것이다.

2. 한글 창제 이전의 문자 생활

우리 조상들은 한자(漢字)를 받아들이면서 비로소 문자 생활을 시작하였다. 우리 민족이 언제부터 한자를 사용했느냐를 정확하게 밝힐 수는 없으나 한사군(漢四郡)의 일부가 한반도에 있었다는 역사적 사실을 상기한다면 서력기원을 전후한 시기부터 우리 조상들은 중국인들과 이웃하여 살면서 그들이 일찍부터 사용하고 있던 한자를 사용했던 것으로 짐작된다.

근자에 어떤 학자는 한자가 모두 중국인 조상들이 만든 것이 아니요, 우리 조상인 동이족(東夷族)도 한자를 만드는 데 한몫을 했다고 주장하고 있다. 그러나 우리는 지금 아득한 옛날의 그런 문제까지 검토할 시간적 여유가 없다. 한자가 예나 지금이나 동양 여러 민족의 공통의 문자였다는 사실만 분명하게 짚고 넘어가기로 하자.

　그런데 한자는 그 본질이 낱글자 하나하나가 뜻을 나타내는 것이요, 그것이 실제로 발음되는 입말(spoken language)과는 거리가 있는 것이었다. 사물을 그림으로 그리는 것으로써 시작된 글자이기 때문에 그 출발부터가 입말과는 차이가 생길 수밖에 없었다. 더구나 우리말은 토(吐)를 붙여야 하는 알타이어족의 하나이기 때문에 토가 거의 없는 중국어보다는 한자로 적는 데 더 큰 어려움이 따르는 것이었다.

　한 가지 예만 들어보기로 하자. 조선 왕조를 세운 이성계 태조대왕의 비밀스런 스승이었다고 전해지는 스님의 이름은 무학(無學)이었다. 그러면 이 ‘무학’을 어떻게 새길 것인가? 요즈음 우리들은 초등학교 공부도 못하여 한글도 제대로 읽지 못하는 나이 많으신 할머니를 가끔 ‘무학’이라고 부른다. ‘없을 무(無), 배울 학(學)’이니 ‘배운 것이 없는 분’

을 무학이라 하는 것이다. 그러나 임금님의 스승 노릇을 한 유식한 스님을 '배운 것이 없는 분'이라 말할 수는 없을 것이다. 물론 스님이 자신의 학문과 인격을 겸손하게 낮추기 위하여 "저는 배운 것이 아무것도 없는, 별 볼 일 없는 중입니다." 이렇게 겸양의 뜻으로 '무학'이란 이름을 붙였을 수도 있다. 그러나 원래 불가(佛家)에서는 '무학'을 세상에서 배울 것은 모두 배워서 이제는 더 이상 '배울 것이 없는 분'을 '무학'이라고 부른다. 아마도 무학대사는 스스로 '배운 것이 없는 사람'이라는 겸양의 뜻으로 자기 법명을 '무학'이라 하였을 것이요, 세상 사람들은 그 스님의 높은 학덕을 칭송하기 위하여 '배울 것이 더 없는 스님'이라는 뜻으로 '무학대사'라 하였을 것이다.

이처럼 한자는 간단한 하나의 낱말도 정반대로 해석할 수 있는 결함을 지니고 있다. 그래서 한자와 한문을 아는 사람끼리만 통하는 제한된 지식층을 만들 수밖에 없었던 것이다. 그렇지만 우리 조상들은 지금부터 약 이천 년 전에 이용할 수 있는 문자는 이 한자밖에 없었다.

그래서 이것을 가지고 우리말을 적는 방법을 개발하기 시작하였다. 이 시기가 한글을 창제하기 전까지였으니 자그마치 일천오백 년 가까운 세월이었다. 문헌에 전하는 것만을 따진다면 대략 일천이삼백 년을 헤아린다.

이 시기를 한자 차용 표기 시대(漢字借用表記時代)라 하는데, 크게 삼국시대, 통일신라시대, 고려시대의 연이은 세 개의 역사적 시대를 아우르는 긴 기간이다.

한자를 이용하여 우리말을 적는 방법은 크게 두 가지이고, 그 방법을 이용한 글쓰기의 종류는 크게 네 가지이다.

먼저 이용 방법부터 살펴보자. 한자 하나하나는 고유한 글자 모양(形)과 그 모양을 입으로 발음할 때의 소리, 즉 음(音)과 그 모양, 그 소리가 나타내는 뜻, 즉 의(義)라는 세 가지 요소로 되어 있다.

'하늘 천'이라는 글자 모양은 '天'이요, 음은 '천'이며 뜻은 '하늘'이다. 그러므로 '天'이라는 글자를 이용하려면 '천'이라는 음을 표기하는 방법으로도 쓸 수 있고, '하늘'이라는 뜻을 표기하는 방법으로도 쓸 수 있다. 즉 한자 하나하나는 음 적기와 뜻 적기의 두 가지로 이용될 수 있는 것이다.

다음으로 글쓰기 종류 네 가지는 고유명사 쓰기, 일반 문서 쓰기, 시(詩) 쓰기, 그리고 고전 한문 번역하여 쓰기이다.

이들 네 가지 글쓰기에 앞에서 말한 '음'을 이용하는 방법과 '뜻'을 이용하는 방법이 모두 활용되었음은 물론이다. 고유명사 쓰기를 차명(借名)이라 하고, 일반 문서를 쓰기를 이두(吏讀)라 하며, 시 쓰기를 향찰(鄕札)이라 하고, 고전 한문 번역하여 쓰기를 구결(口訣)이라 구분한다. 마치, 문학작품을 편의상 시니 소설이니 희곡이니 하듯이 차명, 이두, 향찰, 구결을 구분하여 부르기는 하지만 한자 이용 방법이 음 적기와 뜻 적기의 두 가지밖에 없으므로 이들 네 가지 글쓰기 종류가 모두 음 적기와 뜻 적기를 적절히 이용했다는 점에서 근본적으로 차이가 있는 것이 아니다. 그렇다면 네 가지 글쓰기 종류를 구분하는 이유는 무엇인가? 그것은 음 적기와 뜻 적기를 활용한 시기와 활용 방법의 정밀성의 정도, 그리고 우리말을 적으려고 한 것인가, 아니면 한문을 번역하려고 한 것인가를 밝히기 위한 방편이다.

차명(借名)은 한자 차용 표기의 가장 초기 단계부터 나타난다. 사람 이름, 땅이름, 벼슬 이름, 나라 이름 같은 것이 문자를 이용하여 적어야 할 가장 첫 번째 대상이라는 것은 두말할 필요가 없을 것이다. 오늘날까지 전해지는 삼국시대의 고유명사는 상당수가 신라 경덕왕 때 중국식 한자 이름으로 고쳐 놓은 것이어서 그 이전의 순수한 우리말이 어떤 것이 었는지를 가늠하기조차 어렵게 되었지만 그래도 『삼국사기(三國史記)』와 『삼국유사(三國遺事)』 같은 역사책에 삼국시대의 우리말 모습을 전하는 고유명사들, 즉 차명(借名)이 많이 남아 있다. 불교 중흥을 위해 순교한 이차돈(異次頓)은 염촉(厭髑)이라고도 적혔는데, 앞의 것은 음 적기에 따른 차명이고, 뒤의 것은 뜻 적기와 음 적기가 다 쓰인 차명이다. 고구려 장군 을지문덕(乙支文德)이나 연개소문(淵蓋蘇文)도 지금은 음으로만 읽어서 을지문덕이요, 연개소문이요 하지만 그 당시에 그들의 이름을 정확하게 어떻게 불렀는지는 지금 알 수가 없다. 을지문덕, 연개소문이란 글자가 각각 어느 것이 음 적기 방식이고, 어느 것이 뜻 적기 방식인지 현재로서는 확인할 방법조차 모르고 있는 실정이다.

그렇지만 오늘날 땅이름을 면밀하게 조사하면 놀랍게도 천오백 년 전 옛날, 또는 천 년 전쯤 옛날의 이름을 찾게 되는 수가 있다.

서울을 상징하는 삼각산(三角山)은 언제부터 삼각산이라 했을까 궁금한 사람은 삼각산 한쪽 기슭을 차지한 동네 이름 우이동(牛耳洞)에서 그 실마리를 찾을 수 있다. '우이동'을 한자의 뜻을 빌리되 그 뜻의 음을 이용한 것이라고 본다면 '소귀골'이 된다. '소귀'는 '쇠귀', 또는 '세귀'의 표기 방법이었다고 추정할 수 있다. 그러면 그것은 세 봉우리를 나타내기 위하여 한자의 원뜻에 맞추어 적은 '삼각(三角)'의 또 다른 표기에 지나지 않음을 발견하게 된다. 그러므로 '삼각산'과 '우이동'은 적어도 신라시대부터 그 이름, 그 모습으로 존재했었음이 증명되는 셈이다.

이와 같은 차명 표기의 전통은 고려시대에 간행된 『향약구급방(鄕藥救急方)』이라는 책에는 180여 개의 풀 이름, 짐승 이름, 광물 이름을 적는 데 이용되었다. 가령 '도라지나물'의 '도라지'는 한자 이름이 '길경'인데 "길경향명도라차속운도라차(桔梗鄕名道羅次, 俗云刀羅次)"라 하여 '도라지'를 '도라차'로 적고 있다. 조선시대에도 차명 표기가 옛날 관습에 따라 더러 적혔으나 『훈민정음』의 창제는 그런 표기의 번잡성과 비과학성을 조용히 극복하는 사건이 되었다.

이두(吏讀)는 한때 한자 차용 표기 방법 전반을 통틀어 가리키기도 했으나 지금은 우리말 순서에 따라 한자로 우리말을 적은 문서 양식을 가리킨다. 그러므로 완전한 표기 방법일 수가 없었다. 비석이나 종탑 같은 곳에 새겨 넣은 것도 있고, 종이에 적힌 것도 있는데 삼국시대부터 조선왕조 말기까지 사용되었다.

한글이 창제된 뒤에도 관공서에서 아전들이 상관에게 보고하는 글은 이두로 적는 것이 관례였다. 자손들에게 재산을 나누어주는 유언장을 조선왕조시대에 분재기(分財記)라 하였는데, 그 분재기도 역시 이두로 적는 것이 보통이었다.

현재 금석문(金石文)으로 가장 오래된 이두문은 6세기 초엽의 것으로 추정되는 임신서기석(壬申誓記石)과 6세기 말에 세운 남산신성비문(南山新城碑文) 같은 것이 남아 있고, 종이로 적혀 전하는 것으로는 8세기 중엽의 신라화엄경사경발문(新羅華嚴經寫經跋文)이 있다. 이 발문에는 화엄경을 베껴 적기 위하여 얼마나 정성을 들였는가 하는 내용이 매우 자세히 적혀 있어서 신라인들의 신앙심이 어떠했는가를 알아보는 귀중한 자료가 되고 있다. 그 내용의 일부를 읽어보기로 하자.

이 경을 만드는 절차는 다음과 같다. 닥나무 뿌리에 향수를 뿌려가며 나무를 키운 다음에 여린 닥나무 껍질을 벗기고, 벗긴 껍질을 잘 다듬는다. 종이 만드는 이, 경문을 베끼는 이, 경심을 만드는 이, 불보살을 그리는 이, 심부름하는 이들이 모두 보살계를 받게 하고, 부처님께 공양한 밥을 먹게 한다. 또 모든 종사자들이 만일 대소변을 보거나 누워 잠을 자거나 음식을 먹을 때에는 반드시 향수를 사용하고 목욕을 하게 한다. 그래야만 작업장에 나아갈 수 있다. 경을 베낄 때에도 몸을 깨끗하게 하는 의식을 치른다. 새로 지은 깨끗한 옷을 입고 어깨걸이 천관들을 장엄하게 갖춘 두 명의 푸른 옷 입은 동자가 관정침을 받들고 나아가며, 네 명의 기악인이 기악을 연주하며 한 사람은 향수를 길에 뿌리고, 또 한 사람은 꽃을 뿌리며 한 명의 법사가 향초를 받들고 나아가고, 또 한 명의 법사는 범패를 부르며 나아간다. 그리고 여러 필사(筆師)들이 각기 향화를 받들고 부처님을 찬송하며 행진하여 작업장에 도달하면 모두 삼귀의(三歸依)를 염하며 세 번 이마를 땅에 조아려 예배하고 불보살에게 화엄경을 공양한 다음에 자리에 올라가 경을 베꼈다.

위와 같이 해석되는 사경발문은 지금 경기도 용인에 있는 삼성미술관에 특수 처리되어 보관되어 있다. 아마도 불경을 베낄 때의 정성 못지않은 정성을 기울여야 이 문서를 앞으로도 오래오래 보존할 수 있을 것이다. 이것은 우리나라에 전하는 가장 오래된 고문서이기 때문에 국보 196호로 지정되었다.

이와 같은 이두 표기의 전통은 조선왕조 말, 그러니까 19세기 말까지 면면히 사용되었다. 한자로 적어야만 문서로 생각하는 아전들의 편견과 고집이 한글이 창제된 후에도 이러한 이두글을 사용하게 하는 힘이 되었으니 지금 생각하면 실로 어처구니없는 일이라 아니할 수 없다.

향찰은 시 적기의 방법을 일컫는 것으로 향가(鄕歌) 25수를 남긴 가장 완벽한 한자 차용 표기 체계이다. 노래는 한 글자도 잘못 적거나 빠뜨리면 노래로서의 생명이 사라지는 것이기 때문에 이두문처럼 한두 개의 토를 적당히 쓰거나 빠뜨릴 수가 없다. 그래서 가장 정교한 방법으로 쓰게 되었는데, 그것은 뜻 적기와 음 적기를 엄격하게 구분함으로써 성취된 것이었다. 즉 모든 낱말의 어간은 첫 글자를 뜻 적기 방식으로 쓰고, 그 낱말 어간의 끝소리를 음 적기로 마무리 짓는 것이었다. 그리고 토씨나 어미(語尾)는 대체로 음 적기 방식을 따랐다. 가령 '마음'이란 낱말은 '心音'이라고 적어서 '心'으로 '마음'이란 뜻을 적고, '音'을 적어 그 낱말이 '미음자'(ㅁ)로 끝남을 표시하는 것이다. 그래서 '가을'은 '秋

察'로 적었으며, '나는 간다'를 '吾隱 去內如'로 적었다. 이 글에서는 향찰 표기법을 더 자세히 논할 수 없으니 향가 가운데 가장 문학적 향취가 높은 『제망매가(祭亡妹歌 : 죽은 누이를 애도하며 극락왕생을 기원하는 노래)』한 수를 감상하는 것으로 아쉬움을 달래기로 하자.

> 죽고 사는 길은 여기에 있다 하여
> 머뭇거리며 "나는 갑니다" 하는
> 말 한마디도 못하고 떠나갔느냐.
> 어느 가을 이른 바람에
> 여기저기로 떨어지는 낙엽같이
> 한 나뭇가지에서 태어났건만
> 네가 가는 곳을 몰랐단 말이냐.
> 아아, 그러나 미타찰 극락에서 만날 것이니
> 나 또한 도를 닦으며 기다리겠노라.

이 『제망매가』는 현대어로 풀어 놓은 것이라 운율도 맞지 않고, 시의 맛도 살아나지 않지만 그런대로 누이를 애도하는 심정이 간곡하게 드러난다. 또 인생이 어차피 뜬구름 같은 것이므로 비록 사랑하는 가족 형제를 두고 이 세상을 떠나는 것이 애달프고 서글픈 일이기는 하지만 결국은 저세상 미타찰에서는 다시 만날 수 있으니 부지런히 도를 닦으며 슬픔을 삭이겠다는 이 노래에서 우리는 신라인들의 돈독한 불교 신앙, 미래에 대한 확고한 믿음을 발견한다.

이러한 향찰 표기법은 고려 중엽까지도 지식인들 사이에 즐겨 사용되었고, 또 노래로도 전파되었던 것으로 짐작되지만 오늘날과 같이 인쇄 문화가 발달하여 책으로 전해진 것이 아니라 담벼락에 '대자보' 형식으로 세상에 알려졌기 때문에 간혹 잘못 전해진 글자와 빠진 글자들이 있어서 오늘날 그것을 바르게 독해해 내는 데 어려움을 겪고 있다.『균여전』에 전하는『보현십원가(普賢十願歌)』11수는 그래도 나은 편이고,『삼국유사』에 전하는 14수는 아직도 여러 군데 해결이 안 되는 글자가 들어 있다. 행여나 타임머신을 타고 천삼백 년 전 또는 천이백 년 전 신라의 서울, 경주에 가서 향가를 노래로 부르는 사람의 목소리를 녹음으로 채취해 오면 얼마나 좋을까 생각해 본다. 그러나 그것이 가능하다고 하여도 말소리와 말뜻이 현대의 우리말과는 또 엄청나게 다를 것이므로 여전히 향가를 해석하는 데에는 어려움이 따를 것이다.

이제 우리는 한자 차용 표기의 마지막 부분을 설명할 단계에 이르렀다. 앞서 말한 바와 같이 한문으로 된 불교 경전이나 유교 경전을 우리말로 번역할 때 한자어에 덧붙여지는 모든 토(吐)를 일컬어 구결(口訣)이라 한다. 이 '구결'이란 낱말도 사실은 이두식으로 적은 우리말 '입겿'의 표기이다. '입겿'이 다름 아닌 한문 원문 이외에 우리말 토를 가리키는 말이기 때문이다. 이 '입겿', 즉 '구결'은 명사 다음에 오는 조사(助詞)와 동사 어간 다음에 오는 어미(語尾)의 두 가지로 크게 나뉜다. 한문에는 우리말의 조사와 어미가 들어있지 않으므로 우리말로 번역하려면 이러한 문법적인 요소를 덧붙여야만 한문은 우리말로 바뀌게 된다. 그러면 이러한 번역을 가장 잘한 사람은 어떤 사람이었을까? 신라시대에 이름난 스님들, 예컨대 원효(元曉), 원측(圓側), 원광(圓光) 같은 분이었을 것이다. 그러나 그분들이 실제로 번역을 해놓은 글이 존재하지 않으므로 그분들이 한문 번역에 능숙했다는 사실은 알 수 있지만 그 실제의 모습은 측량할 길이 없는 것이다. 다만 『삼국사기』의 설총에 관한 기사에 다음과 같은 말이 있어서 설총이 '구결'을 체계화한 분이라는 것을 믿게 되었다.

설총은 성품이 명민하고, 나면서부터 도리를 깨달은 인물이었다. 장성한 뒤에는 우리말로 아홉 가지 경서를 읽게 하여 후생들을 가르쳤으므로 지금에 이르기까지 학자들이 그를 으뜸으로 모신다.

그러나 이러한 기록이 있다고 하여도 여전히 우리말 번역의 실제 방법을 알 수 있는 것은 아니었다. 번역문이 실제로 존재하지 않는 한 구결이 어떤 모습인지는 알 수가 없었다. 그런데 1973년 가을에 『구역인왕경(舊譯仁王經)』 낙장 5장이 발견됨으로써 그 궁금증은 드디어 풀리게 되었다. 전쟁의 소용돌이 속에서 옛날의 문서와 문화재들이 대부분 불에 타 없어져 버렸는데, 어쩌다가 이런 보물이 아직도 남아있게 되었는지 참으로 불행 중 다행한 일이었다. 『인왕경』은 신라 말과 고려 초에 나라를 지키는 호국의 불경으로 널리 읽힌 불경이다. 황소의 머리 위에 뿔이 두 개가 있어서 그 두 뿔은 각각 독립된 것 같으나 결국은 하나의 머리의 일부분인 것처럼 부처님의 나라와 현실의 나라는 독립된 두 개의 뿔처럼 보이나 결국은 하나의 나라에 귀착된다는 논리를 편 것이 『인왕경』의 기본 사상이다. 그러므로 『인왕경』이 발견되었다는 것은 그것이 아무리 새것이라도 고려 말기를 넘어설 수가 없다. 『인왕경』 법회를 12세기 말경까지밖에 열지 않았기 때문이다.

이 『인왕경』에 적힌 구결은 한문의 문장 구조를 우리말로 바꾸고자 할 때에 장애가 되는 요소를 아주 현명하게 극복했다는 점에서 후대의 구결과는 그 성격을 달리한다. 한문은 다 아는 바와 같이 영어처럼 동사가 앞에 나오고, 목적어가 뒤에 있어서 우리말의 어순과는 다른 구조를 갖고 있다. 따라서 번역을 할 때에는 중간에 놓인 술어 동사를 건너뛰었다가 목적어를 해석한 다음에 끝에 가서 술어 동사를 풀이해야 하는 번거로움이 따르게 된다. 이 번거로움의 이치를 깨닫는 것이 한문과 우리말의 차이를 이해하는 것이다.

그러면 『구역인왕경』에는 이 번거로운 번역이 어떻게 처리되었는가 살펴보기로 하자.

大衆ㄱ 歡喜ソ3 散ソ白ロヒ乙ホ 金花乙·
1 2 3 4

"큰 무리는 기뻐하면서 금꽃을 흩뿌리며"라는 구절이 이와 같이 적혀 있다.

(원문은 위아래로 내려쓴 것임. 위쪽은 원문의 오른쪽, 아래쪽은 원문의 왼쪽임.)

번역된 우리말은 3과 4가 바뀌어 있음을 보게 된다. 그런데 원문 4번에는 구결토에 • (점)이 찍혀 있다. 그러니까 이점은 중간에 빼놓고 번역하지 않은 원문의 3으로 올라가 읽으라는 표시점인 셈이다. 이렇게 구결자를 좌우로 갈라놓고 오른쪽만 읽어가다가 점을 만나면 빼놓았던 왼쪽 부분을 읽어서 우리말 어순에 맞추는 것이다. 진실로 절묘한 방법이 아닐 수 없다.

더구나 이들 구결자는 한자의 해서(楷書), 행서(行書), 초서(草書) 등의 첫 부분이나 끝부분만을 택하는 약체(略體)를 사용하여 필기상의 편의를 최대로 도모하였다는 것도 주목할 일이다.

일본 문자 가타가나(片假名)는 다 아는 바와 같이 한자의 일부분을 이용한 것이어서 인왕경 구결자와 형태상으로는 비슷한 모습을 보인다. 일본의 가타가나가 7, 8세기경 완성된 것이니까 우리의 구결자도 사실은 그 무렵, 즉 설총이 아홉 경서를 번역하여 후생들에게 가르칠 무렵에 완성된 것으로 추측할 수 있다. 다만 현재 발견된 『구역인왕경』이 여러 가지 정황으로 미루어 12세기 초의 것이니까 우리가 분명하게 말할 수 있는 것은 고려시대에 오면 한문을 번역하는 데 있어서 구결자가 광범하게 활용되었다는 것이다.

또 이 구결자의 특징은 대체로 50개에서 60개 정도의 한자 약자로 모든 토를 원만하게 표기해 냈다는 사실이다. 그리고 음절 끝의 자음 'k, -n, -t, -r, -m, -p' 등을 표시하는 글자가 개발되었다는 사실이다. 고려시대 구결자가 적힌 문헌으로는 『유가사지론(瑜伽師地論)』, 『화엄경(華嚴經)』 등 몇 개가 더 발견되어서 고려시대 불경 번역의 실상도 알려졌을 뿐 아니라 구결자의 활용이 얼마나 불경 번역에 널리 이용되었는가를 짐작할 수 있게 하였다. 가만히 생각해 보면 인류 문화의 진보에 엉뚱한 비약이나 놀라움은 있을 수 없는 것 같다. 한걸음 한걸음의 부단한 시행착오와 수정 작업을 거치면서 조금씩 조금씩 발전하는 것이 아닌가 싶다. 적어도 구결은 한문 경서를 번역하던 삼국시대부터 고려 말까지 일천오백 년 동안 갈고 다듬어진 것이었다. 설총 때부터라 하더라도 고려 말까지 약 팔백 년의 세월이 흐른 것이었다. 이 오랜 세월 동안 우리 조상이 구결자를 이용하여 한문을 번역하면서 그 문자에 만족하였을까? 비록 5, 60개 글자로 조사와 어미 등 모든 토를 별 불편 없이 표시할 수 있다 하여 그분들이 마냥 행복하였을까?

필자는 절대로 그렇게 생각하지 않는다. 설총의 시대로부터 세종대왕이 한글을 창제하기까지의 약 팔백여 년은 구결자의 불완전을 어떻게 좀 더 슬기롭게 극복할 것인가를 심각하게 고민하는 시대는 아니었을까? 그래서 세종과 같은 영특한 임금을 만났을 때에 그 불완전을 딛고 일어서는 해탈의 기쁨, 초월의 영광을 실현한 것이라고는 생각할 수 없는 것인가?

이제 우리는 다음 장에서 세종을 위시한 집현전 학자들이 어떻게 그 영광을 현실화하였는가를 살펴보고자 한다.

3. 한글 창제

우리는 앞에서 실로 정황하게 한자 차용 표기 시대의 차자표기의 모습을 살펴보았다. 어림잡아 천년을 훨씬 웃도는 긴긴 세월, 한자를 이용하여 우리말을 적어오면서 우리 조상들이 느꼈을 갈등과 고뇌에 비한다면 그 장황한 설명도 오히려 너무나 간결한 것이라고 생각하지 않을 수 없다. 그러므로 삼국시대, 통일신라시대는 생각하지 않는다 하더라도 최소한 고려왕조 오백 년이라는 기간은 이두, 향찰과 구결, 그중에서도 구결자를 사용하면서 그 불편과 불완전성을 가슴 아파하며 괴로워하던 시절이라고 보아야 한다. 그런데 이제 조선 왕조가 열렸고, 세종이란 분이 임금의 자리에 나아가게 되었다. 그리고 또 20여 년의 세월이 흘렀다. 1440년대가 된 것이다. 우리는 이 시대를 다시 한 번 생각해 보자. 고려 말기에 극도록 문란했던 나라 안의 경제 형편은 할아버지 태조대왕과 아버지 태종대왕 시절에 전제 개혁(田制改革)을 통하여 말끔히 정리하였고, 임금의 자리를 놓고 피비린내 나는 골육상잔의 싸움을 벌였던 일도 부왕(父王) 시절에 깨끗하게 잊혀졌다. 나라 밖으로는 우리나라에 가장 큰 영향을 미치는 중국 천하가 조선 왕조보다 한발 앞서서 명나라를 세워 안정을 유지하고 있었다. 새로이 솟구치는 나라의 힘은 해안을 어지럽히는 왜구를 대마도까지 쫓아가 쳐부술 만큼 기세가 있었고, 북쪽으로는 육진(六鎭)을 새로 다져둘 만큼 여유가 있었다. 이러한 형편에 새로운 문화사업을 벌이지 않는다면 무엇을 할 것인가? 세종대왕이 새로운 문자 창제에 관심을 기울인 것은 너무도 당연하고도 자연스런 귀결이었다. 세종의 문화 사업은 사실 한글 창제 하나에 그치는 것이 아니었다. 신하를 부리면서도 그 재주와 바탕에 따라 알맞은 자리에서 능력을 발휘하게 하였으니, 정초(鄭招)에게는 천문을 연구케 하고, 장영실(蔣英實)에게는 물시계를 만들게 하고, 박연(朴堧)으로 하여금 음악을 정리하게 하는 등, 자연과학 분야의 업적 또한 놀라운 것이었다. 1442년에 완성된 측우기는 서양보다 200년이나 앞섰다는 것도 잊어서는 안 된다. 이러한 분이 문자 창제에 관심을 두신 것이었다.

우선 세종대왕은 집현전에 젊고 명민한 학자들을 불러 모았다. 최항(崔恒), 박팽년(朴彭年), 신숙주(申叔舟), 이선로(李善老), 이개(李塏), 성삼문(成三問) 등과 동궁(東宮 : 왕세자를 뜻함)을 비롯한 여러 대군들이었다. 이들은 세종의 지휘 아래 새로운 문자 제작을 위한 기초 연구에 들어갔다. 이때에 고려 오백 년간 주춤거리고 머뭇거리던 불완전한 차자표기 체제가 홀홀 묵은 때를 벗고 훈민정음(訓民正音)이란 모습으로 환골탈태하였다.

그러면 훈민정음 창제의 목적부터 정리해 보기로 하자. 우리는 흔히 훈민정음 서문에 나타난 대로 어리석은 백성의 어려움을 풀어주기 위해서, 즉 우리나라 말을 적기 위해서만 한글이 만들어진 것이라고 생각한다. 그러나 그것만이 유일한 목적이었는지 한 번 따져볼 필요가 있다.

한 나라의 문자를 새로 만든다고 하는 엄청난 사건은 그 나라 문화 전반과 긴밀한 관계 속에서 이루어진다는 것은 두말할 필요도 없는 일이다. 우리들이 잘 아는 것처럼 세종 당시에 국제 외교 정세는 조선 왕조가 독립국가로서의 당당한 위치를 누리고 있었던 때는 아니었다.

독립국가로서의 인정은 받았으나 중국(그때는 명나라)으로부터 다소간의 정치적 간섭을 받는 것은 사대모화(事大慕華)라는 명분 아래 지극히 당연한 것으로 여겨졌었다. 더구나 한자를 사용한다는 것은 문화 민족의 긍지라고까지 생각하는 양반 관리들이 많이 있었다. 이러한 상황에서 세종대왕은 고유문자 창제를 구상하였다. 그렇다면 정치지도자로서 탁월한 역량을 지닌 세종대왕은 분명히 고유문자가 여러 가지 목적에 부합하여야 창제의 명분이 서리라는 것을 알고 있을 것이다.

그 첫 번째 명분은 한자음(漢字音)이었다. 운학(韻學 : 한자음을 연구하는 중국의 음운학)에 조예가 깊던 세종대왕은 우리나라 한자음이 중국의 한자음과 너무나 많은 차이를 보인다는 점에 착안하였다. 한자음 문제는 중국에서도 오랜 골칫거리였다. 방대한 중국 전역에 시대의 흐름에 따라 하나의 한자가 여러 개의 음으로 읽혀진다는 것은 어쩔 수 없는 자연스러운 현상이었다. 그러나 문화적 통일을 염원하는 관점에서는 모든 한자음이 통일이 되어 하나의 글자를 온 나라가 하나의 음으로 읽는 것이 좋겠다는 생각을 하게 마련이었다. 그래서 명(明)나라가 자리를 잡자, 그 한자음 통일 사업을 이룩하기 위하여 『홍무정운(洪武正韻)』이라는 책을 만들게 되었던 것이다. 우리의 세종대왕도 우리의 한자음을 정리하여 중국의 『홍무정운』과 같은 책을 만들어야 하겠다고 생각하였다. 이것이 곧 『동국정운(東國正韻)』이란 책으로 나타나게 되었던 것인데, 바로 이 『동국정운』이란 책을 구상하게 되면서 세종대왕의 머릿속에 떠오른 고유 문자의 필요성은 대의명분을 찾기에 이른 것이 아닌가 생각된다. 오백여 년이 훨씬 지난 지금에 와서 세종대왕의 심중에 있었던 탁월한 치세(治世)의 경륜을 우리가 모두 짐작할 수는 없겠지만 그런대로 세종대왕의 생각을 정리해 본다면 다음과 같이 정리할 수 있을 것이다.

"우리 배달민족은 수천 년 동안 독자적인 나라를 이룩하고, 고유한 우리말을 사용하며, 우리 나름의 독특한 문화생활을 누려왔다. 그러므로 우리 민족도 이웃해 있는 중국 민족이나 몽고 민족처럼 고유한 우리말을 적는 우리만의 문자를 가져야 하겠다. 이웃나라가 모두 자기네 문자가 있는 터에 우리가 우리의 고유문자가 없다는 것은 말이 안 된다. 이제 만일 새로운 문자를 만든다면 그것을 훈민정음(訓民正音 : 백성을 가르치는 바른 소리)이라고 하자. 그러면 이 문자는 다음과 같은 세 가지 방면으로 활용될 수 있을 것이다.

첫째, 한자를 모르는 무식한 백성들이 쉽게 이 글자를 익혀서 자기의 생각과 느낌을 나타낼 수 있을 것이 아닌가? 한자를 배우지 않고도 일반 백성들에게 글을 안다는 자부심을 심어주고, 또한 생활에 편의를 준다면 이 얼마나 좋은 일인가?

둘째, 우리나라도 오랜 세월 한자음이 제멋대로 변천해 왔으므로 한자음을 통일할 필요가 있다. 가능한 한 중국 명나라의 한자음과 같게 하되, 우리나라 사정에 맞추어 개혁해야 하겠다. 이때에 새로 만든 '훈민정음'으로 그 한자음을 적도록 하면 좋을 것이다. 종래에 한자음을 표기하기 위하여 다른 한자를 이용하는 반절법(反切法)을 써왔는데, 이런 방법은 부정확을 면하기 어려우니 '훈민정음'의 필요성은 대단히 시급한 것이다. 이제 그 한자음 사전을 『동국정운(東國正韻)』이라 하고, 거기에는 '훈민정음'으로 한자의 음을 적도록 해야겠다.

셋째, 우리나라도 국제 사회의 일원인 만큼 이웃 나라와의 외교관계가 원활해야 하고, 문화 교류도 활발하여야 한다. 우리나라는 중국의 명나라하고만 상대하고 살 수는 없다. 그러므로 다른 이웃 나라의 말도 배워야 하고, 풍습도 익혀야 하겠다. 이때 그 나라의 말을 새로 지은 '훈민정음'으로 적는다면 역관(譯官 : 통역을 맡아보는 조선시대 관리)들이 얼마나 쉽게 외국어를 배울 수 있을 것인가."

세종대왕의 이러한 생각은 세종대왕이 아니고는 상상할 수도 없는 탁견이었다. 간단히 요약하자면 훈민정음을 창제하여 (가) 고유어 (나) 외래어(즉, 한자) (다) 외국어의 세 가지를 두루 적고자 하는 것이니, 이 얼마나 효율성이 높은 것인가?

이렇게 하여 세상에 빛을 보게 된 훈민정음은 그 세 가지 목적을 유감없이 성취하여 오늘날까지, 아니 우리 민족과 함께 영원히 그 참값을 발휘하고 있는 것이다.

　그러면 이제는 이토록 훌륭한 훈민정음(한글)이 어떤 원리로 만들어졌는가를 궁리해 보기로 하자. 한글의 글자 모양은 무엇을 바탕으로 하였고, 그것은 어떤 원리를 적용하여 결정한 것인가? 이러한 의문은 한글이 창제된 후로부터 학자들 간에 끊임없이 제기되었던 의문이었다. 세종 28년(A.D. 1446)에 간행하여 반포한 『훈민정음해례본(訓民正音解例本)』에는 제자해(制字解), 초성해(初聲解), 중성해(中聲解), 종성해(終聲解), 합자해(合字解), 용자례(用字例) 등이 있어서 훈민정음의 초성자〔곧 자음(子音)〕와 중성자〔곧 모음(母音)〕들이 어떻게 그런 모양을 지니게 되었는지를 밝히고 있다. 우리가 다 아는 사실은 모두 이 책에 근거한 것인데 모음자의 기본인 '丶, ㅡ, ㅣ'는 하늘, 땅, 사람을 상징하는 천지인(天地人) 삼재(三才)가 기초가 되었고, 자음자의 기본인 'ㄱ, ㄴ, ㅁ, ㅅ, ㅇ'은 그 발음을 내는 입안의 특정 부분을 본뜬 것이다.

　즉, 'ㄱ'은 어금닛소리로 혀뿌리가 목구멍을 막는 형상을 본뜬 것이고,

　'ㄴ'은 혓소리로 혀끝이 입천장 위쪽에 붙는 모양을 본뜬

것이고,

'ㅁ'은 입술소리로 입 모양을 본뜬 것이고,

'ㅅ'은 잇소리로 이빨이 맞닿은 모양이고,

'ㅇ'은 목구멍소리로 목구멍 뚫린 모양을 본뜬 것이라고 해설되어 있다.

그런데 여기서 의문이 되는 것은 어째서 모음은 동양철학의 기본개념인 삼재를 토대로 하고, 자음은 발음 기관을 추상하는 음성학적 개념, 곧 오음을 토대로 한 것일까 하는 점이다. 모음과 자음이 동시에 유기적으로 연관된 기본 도형은 생각할 수 없는 것일까를 궁리하지 않을 수 없다. 우리는 옛날 학자들처럼 산스크리트 문자를 본떴으니, 중국의 고전(古篆 : 한자의 옛날 글자꼴의 한 가지)을 본떴으니, 또 몽고 문자를 본떴으니 하는 여러 가지 학설이 있었음을 알고 있다. 그것들은 모두 한글의 글자 모양의 일부가 그러한 글자들의 어떤 것과 부분적으로 비슷하기 때문에 그렇게 생각해 본 것에 지나지 않는다. 그러나 이 문제는 아주 단순한 사실에 근거하지 않으면 안 될 것이다. 모든 진리는 너무도 간단하고 평범한 곳에 있기 때문이다. 우선 우리 인간이 생각해 낼 수 있는 가장 단순하면서도 서로 넘나들 수 없는, 개성을 지닌 도형(圖形)이 무엇인가를 생각해 보기로 하자. 그것은 두 가지 계열이 있다. 하나는 평면성을 띤 것이고, 또 하나는 단순히 선으로 된 것이다. 선(線)이 1차원의 세계라면, 면(面)은 2차원의 세계일 것이다. 이때에 우리는 불가(佛家)의 스님들이 명상의 재료로 삼았던 기본 도형 원방각(圓方角)을 떠올려야 한다. 이 원방각(동그라미, 네모, 세모)이야말로 인간이 2차원의 평면 세계에 그려놓을 수 있는 가장 기본적인 도형이 아닐까?

이 원방각은 우연하게도 "하늘은 둥글고, 땅은 모나고, 그 중에 사람이 우뚝 섰다.(天圓, 地方, 人立)"는 삼재 사상(三才思想)을 표상하는 것으로 해석되는 것이었다. 우리는 물론 세종대왕과 세종을 도운 당시 학자들의 심중을 올바르게 이해한다는 것이 영원히 불가능할지도 모른다는 것을 알고 있다. 그렇지만 인간이 그려낼 수 있는 기본 도형이 동그라미, 네모, 세모요, 그것이 하늘, 땅, 사람을 표상한다면 일단 그 모형으로부터 문자의 발전, 전개를 생각하지 않을 수 없었으리라는 가정이 가능한 것이다. 그 원방각을 1차원으로 단순화했을 때는 점(點), 횡선(橫線), 종선(縱線)이 되리라는 것도 추론할 수 있다. 그리고 기본 발음이 다섯이라면 원, 방,

각의 세 가지 도형으로부터 어떻게 하든지 다섯 개의 도형을 만들고자 하였을 것이다. 그 결과 네모로부터 ㄱ, ㄴ을 더 얻게 되었다. 그러므로 어디까지나 기초가 되는 것은 동그라미, 네모, 세모에 국한하는 것이다. 이것을 그림으로 보이면 다음과 같다.

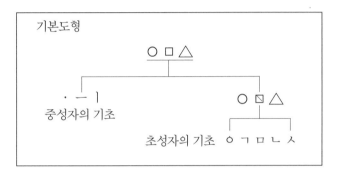

기본도형

○ □ △

중성자의 기초   · ─ ㅣ

초성자의 기초   ○ □ △   ㅇ ㄱ ㅁ ㄴ ㅅ

이 글자들을 가만히 들여다보노라면 훈민정음 창제자들의 그 심오한 슬기에 저절로 고개가 숙여진다. 어쩌면 이렇게 간단한 도형을 토대로 하여 그토록 복잡한 우리말의 음운체계를 그야말로 체계적으로 획수를 덧보탬으로써 만들어 낼 수 있었을까? 더군다나 그 당시 중국에서 발전한 수준 높은 음운학과 동양철학의 심오한 음양 사상을 유효적절하게 응용하여 우리말을 거의 완벽하게 적을 수 있었다는 것은 문자 그대로 신령(神靈)의 능력이지, 그것을 인간의 지혜라고는 말할 수 없는 것이 아닌가? 그러나 훈민정음은 분명 우리 조상이 만든 것이요, 자손만대까지 우리 민족과 영원히 함께 할 우리의 문자이다.

그런데 여기에 한 가지 또 짚고 넘어가야 할 항목이 있다. 훈민정음이 아무리 신령한 문자요, 온 세상 사람들이 그 오묘한 제자 원리에 감복해 마지않는다 할지라도 그것은 엄연히 15세기 중엽 조선왕조 시대에 창조된 사회적, 역사적 산물이라는 사실이다. 그 시대는 한자문화와 불교문화가 오랜 전통을 쌓았고, 유교 사상이 바야흐로 꽃피기 시작하는 때였음을 주목해야 한다. 그러므로 훈민정음 문자에는 분명히 한자 문화의 특성과 불교문화의 특성이 들어 있을 것이다. 그러면 그것이 무엇인가를 생각해 보아야 한다.

첫째, 훈민정음 문자에 반영된 한자 문화의 특성은 훈민정음이 소리를 적은 소리글자이고, 모음과 자음이 독자적인 체계를 갖는 음소문자이기는 하지만 한자와 함께 쓰일 수 있도록 합자(合字)의 원리를 적용했다는 점이다. 다시 말해 네모반듯한 정사각형 공간 안에 음절문자의 형태로서만 사용된다는 것이다. 서양의 알파벳처럼 자모가 옆으로 연이어

적히지 않은 이유가 바로 그것이다.

그래서 한때 서양 알파벳처럼 풀어쓰기를 하자고 하는 의견이 가끔 나오는데, 이는 필자의 생각에는 매우 잘못된 것이 아닐 수 없다. 한글은 애초에 모아쓰기로 만든 문자이므로 그 모아쓰기를 버리면 한글이 아니기 때문이다.

이것을 어느 학자는 음절문자(alphabetic syllabary)라고 이름 붙였는데, 사실은 현행 철자법을 들여다보면 거기에는 어간을 밝혀 적는 경우, 뜻글자의 기능을 하는 것도 더러 발견된다.

'많', '없', '늙', '닮' 같은 글자는 그대로 '多', '無', '老', '似'의 뜻 외의 뜻으로는 아니 쓰이지 않는가? 그래서 한글은 소리글자요 음절글자이면서 약간의 뜻글자 노릇도 하게 되었다. 참으로 신기하고 자랑스럽지 아니한가.

둘째, 훈민정음에 반영된 불교문화의 특성은 무엇인가? 그것은 은근하게 감추어졌는데, 불교의 궁극적인 이상인 극락을 현세에서 실현시키겠다는 복지 사회의 꿈이 들어있는 것이다. 누구든지 이 말을 들으면 고개를 갸우뚱할 것이다. 조선왕조는 유교를 국가 건설의 이념으로 삼았음을 알기 때문이다.

그러나 세종대왕이 얼마나 불교를 숭상했고, 또 그 뒤의 세조대왕도 얼마나 불교를 존중했는지 모두 잘 알고 있다. 그러면 어떻게 불교의 복지 사회 이상을 훈민정음이 나타내고 있는가? 그것은 세종이 지은 훈민정음 서문을 읽어보는 것으로 충분하다. 한문으로 된 훈민정음 서문은 54자로 되었고, 한글로 풀어 놓은 것은 한문의 배수인 108자로 구성되었다. 사실 확인을 위해 적어보기로 한다.

國之語音 異乎中國 與文字 不相流通
故愚民 有所欲言 而終不得伸其情者多矣
予 爲此憫然 新制二十八字
欲使人人 易習 便於日用耳

나랏말쑴이 중국에 달라 문자와로 서로 사뭊지 아니할쎄
이런 전차로 어린 백성이 이르고자 할 배 있어도
마침내 제 뜻을 시러 펴지 못할 놈이 하니라
내 이를 위하여 어엿비 여겨 새로 스물여듧 자를 맹가노니
사람마다 하여 수비 익혀 날로 쑴에 편안케 하고자 할 따름이니라.

(글자 수 때문에 옛글대로 쓰면서도 현대 철자법을 따랐음)

위의 한문과 한글을 비교해 보면 글자 수를 맞추기 위해 불필요한 말이 덧붙었다는 느낌을 주는 곳이 있다. 일례로 '이런 전차로' 같은 것은 빼도 좋은 부분이다. 불교에서는 이 세상의 고뇌와 번민을 모두 108가지라 하여 인생고해 백팔번뇌(人生苦海 百八煩惱)라는 말을 한다.

그러니까 한글을 깨쳐서 문자생활을 시작하면 백팔번뇌를 벗어나고, 당당한 시민 생활을 할 수 있다는 숨은 이상을 그렇게 훈민정음 서문에 감추어 놓은 것이다.

그러면 왜 세종대왕은 이렇게 궁색한 방법을 쓰셨을까? 그것은 그럴 수밖에 없었다고 생각된다. 훈민정음을 만드는 것조차 오랑캐 나라의 일이라고 반대한 유생(儒生) 양반이 많은 터에 불교의 이상까지 표면화시킨다면 아마 유교를 신봉하며 새 나라를 세우는 데 힘쓰고 있는 유생들은 죽기를 무릅쓰고 반대했을 것이기 때문이다.

여기에 이르러 세종대왕의 위대함이 더욱 돋보이는 것이다. 불교가 추구하는 자비 사회의 실현이 유교가 추구하는 도덕 사회의 실현과 상충되지 않음을 꿰뚫어보시고 그 좋은 점을 종합하고자 하면서도 현실적 여건을 참작하여 은근하게 뒤로 감출 것은 감추어 두면서, 그러나 그 비밀을 풀 수 있는 열쇠는 슬며시 보여주시는 그 멋스러움! 이것이 세종 대왕의 너그러움이요, 감싸 안음이며, 굳은 구원관이 아니 었던가!

세종대왕의 그 인품을 이해하는 것 하나만으로 우리는 우리 문화의 특질을 찾아낼 수 있을 것 같기도 하다. 이렇게 하여 한글이 우리 민족의 영원한 보물이 되었다.

4. 마무리

지금까지의 논의를 통하여 훈민정음, 곧 한글이 얼마나 우수한 문자이며, 그 속에 얼마나 심오한 인류의 이상이 감추어져 있는가를 살펴볼 수 있었다. 물론 이 논의는 학술적인 전개 방식을 따르지 않았으므로 여러 곳에 상당히 미진한 부분이 있다. 우리는 한글 자모의 과학성과 체계성을 말하면서 그것을 자세히 언급할 수 없었다. 세계의 문자 학자들이 이구동성으로 인류가 쌓은 최고의 업적 중 하나라는 찬사를 아끼지 않지만 왜 그런 찬사를 받는가는 따져볼 수 없었다.

하나만 예를 들어 보겠다. 제프리 샘슨이라는 분의 『문자 체계(Writing System)』라는 책에 있는 일절이다. "한국 사람들에게 있어 이 한글 문자가 궁극적으로 최상의 문자인지 아닌지는 알 수 없으나 의심할 바 없이 이 문자는 인류가 쌓은 가장 위대한 지적 성취의 하나로 손꼽히지 않으면 안 된다."

한글이 이렇게 훌륭한 문자라고 하여 세상에 있는 모든 언어를 완벽하게 표시할 수 있는 것은 아니다. 그러나 한글 창제 당시의 세계, 즉 우리나라를 중심으로 하고, 우리와 문화교류를 해야 했던 나라들의 언어를 표기하는 데는 조금도 불편이 없었다고 말할 수 있다. 만일 20세기 후반에 다시 세종대왕과 집현전 학자들이 부활하신다면 그때의 '훈민정음'은 아마도 전 세계의 모든 언어를 유감없이 표현하는 놀라운 만국 음성 기호의 기능도 갖추도록 창안할 수 있을 것이다.

이렇게 말할 때 우리는 생각해 보아야 한다. 우리는 세종대왕과 집현전 학자들의 부활이 무엇을 의미하는가 하는 점을. 그 부활은 분명 우리들 자신이어야 한다. 만일 우리가 정말 한글을 만국 음성 부호로 삼고자 한다면 제2의 '훈민정음'을 만드는 것은 문제없으리라는 자신감을 가져야 한다. 그러나 현재로서는 그럴 필요성을 느끼지 않으므로 우리의 노력이 다른 곳으로 쏠리는 것이라고 생각하여야 한다.

한글이 15세기 당대의 사회적, 역사적 여건 아래서는 두말할 것도 없이 최고 최상의 문자였다. 동양의 철학 사상과 음운학을 이용하고, 구결 문자의 불완전성을 극복한 점에 있어 그것은 우리 문화의 종합성을 보여주는 좋은 표본이다. 우리나라의 문화가 모든 외래 사상을 적절하게 수용하여 그것을 우리 것으로 녹여내는 놀라운 종합성을 발휘하는 것이라고 한다면 한글이 바로 그런 종합성을 보여준다.

또 우리나라의 문화가 정서적 관점에서 볼 때 숨긴 듯 드러내는 멋스러움, 즉 탐미적 은일성(隱逸性)이 있다고 말할 경우, 한글 창제 과정에서 그러한 감춘 듯 드러내는 멋을 부리고 있다.

훈민정음 서문에 감추어 놓은 불교적 이상은 안목을 가진 사람의 눈에만 드러나는 숨김의 아름다움이다. 고려청자의 그윽한 비취 색깔과 조선백자의 은은한 유백색이 숨겨져 있는 멋의 극치라고 한다면 한글 문자의 제작 과정에서도 그렇게 숨긴 멋스러움을 간직하고 있다.

우리 민족은 언제나 느긋하고 너그러웠다. 전쟁에 시달린 요즘 '빨리빨리'가 한국인의 대명사가 되었다고 꼬집는 사람들이 있음을 우리는 알고 있다. 그러나 그 '빨리빨리'는 목숨을 유지하기 위한 비상수단으로 생겼던 일시적 현상임도 우리는 알고 있다.

우리 민족은 이제 다시금 본연의 모습으로 돌아와 모든 인류 문화를 감싸 안으며 숨은 듯 아름다움을 간직하고, 진실로 여유 만만한 모습으로 세계 역사를 이끌어가는 선두 대열에 나설 것이다. 그때가 멀지 않아 오리라. 그리고 그 때에 가서는 일찍이 해외에 진출하여 민족정기를 세계에 뿌리내린 해외 동포들의 피땀 어린 노력과 업적이 제일 먼저 기억될 것이다.

그러나 한 가지 잊지 말아야 할 것이 있다. 해외에 있는 동포들이 그렇게 기억되기 위해서는 '한글의 위대성'과 '우리말의 중요성'을 절대로 잊어버려서는 안 된다는 사실이다. 한글이 없는 우리 민족은 생각할 수 없기 때문이다.

(토론토판 『한국일보』, 1995. 4. 24 ~ 5. 15)

남북한 언어 차이 어떻게 볼 것인가?

　오천 년 역사를 자랑하는 우리 민족이 현대사의 끝부분을 남북으로 양단하여 서로 반목하고 상잔하며 살아온 지 오십 년 가까운 세월이 흘렀다. 이 50년은 5000년 역사에 비하면 한순간에 지나지 않는 짧은 세월이지만 그 기간이 우리가 당장에 처하고 있는 사실이라는 것 때문에 안타깝고 막막한 시간이라는 느낌을 받는다. 그동안의 반목과 상잔은 역사상 어떤 다른 민족과의 갈등보다도 날카롭고 심각한 것이었다.

　우리는 이제 이 50년 세월의 간극을 메꾸고 그동안에 입었던 상처를 아물게 하려는 노력을 기울이기로 마음을 고쳐 먹었다. 돌이켜 생각하면 우리 민족의 심성 속에는 애초부터 남북이 반목을 거듭해야 할 이유가 없다는 것, 그리고 언젠가는 화해와 일치 속에 공동의 번영을 꾀할 수 있으리라는 소망을 키워왔던 것이다. 그 소망이 도도한 인류 역사의 흐름 위에 제자리를 찾으려는 기미가 보이기 시작하였다.

이 글은 이러한 소망을 남북한의 언어 사실을 통해서 찾아보고자 하는 것이다. 교류가 끊긴 채 이념과 사회 체제를 달리하며 살아오는 동안 남북한은 각기 독자적인 언어 사회를 구축하였다. 그것은 필연적으로 언어의 이질화를 몰고 왔다. 그러나 원래 하나의 뿌리였던 만큼 근원을 거슬러 올라가면서 차이가 난 것을 어떻게 풀어버릴 것인가를 궁리한다면 해결의 실마리가 의외로 쉬울 수도 있으리라는 기대를 가져본다.

1. 방법론적 근거

그러기 위하여 우리는 무엇보다도 남북 언어의 이질화가 발생하기 이전, 서로가 일치된 시대에 지니고 있었던 공동의 '시대정신' 같은 것을 생각해 보아야 한다. 시야를 멀리

해 돌이켜 보면 19세기 말 개화 의식이 고조됐던 때로 거슬러 올라갈 수도 있겠고 좀 더 가까운 시기까지 내려온다면 1930년대를 생각할 수도 있다.

19세기 말의 개화 의식이 중국으로부터의 민족적 자각과 주체 의식의 발로였다면 1930년대의 문화 의식은 일제 식민지 상황으로부터의 민족적 자각과 주체 의식의 발로였다고 할 수 있다. 이 두 시기가 모두 민족정신에 뿌리를 두고 있다는 점에서 공통점이 있다.

이 글에서는 1930년대를 주목하는 것이 좋겠다. 식민지 상황에서도 민족의 언어를 올바로 지키고 가꾸기로 다짐하면서 바로 그러한 민족 언어 지키기가 민족 자체의 수호로 연결되었다는 사실은 금세기에 들어와 언어 문제를 논하는 시발점이 되었기 때문이다. 이것은 언어의식의 공동 기반이 무엇인가를 확인하는 절차이기도 하다. 원래 하나였으며, 결국에 가서는 하나이어야 하므로 갈라지기 이전에 굳건했던 지점을 확인하고 점검하는 것은 동질성 회복 논의에 반드시 있어야 할 선행 과업이라고 생각된다.

여기에서 우리는 1930년대의 '민족정신'이라는 공통의 기반을 발견한다. 너무도 당연하고 분명한 사실이기 때문에 지나쳐 버리기 쉬운 것이지만 이것이야말로 민족의 미래를 논할 때 언급하지 않을 수 없는 뚜렷한 역사적 기반이다. 이 시대는 국권을 일제에 빼앗긴 정치적 암흑기였다. 그러니 이 시대야말로 20세기를 통틀어 온 민족이 하나가 되어 민족문화의 동질성을 확립하려는 노력을 보였던 때이다. 이 시기에 나온 다양한 문학 작품들은 우리 민족의 언어가 얼마나 아름다운가를 증명하였다. 이 시기에 전통 시가의 맥을 이은 시조가 새롭게 부흥되어 민족 문학의 독특한 장르로 재확인되었으며 새로운 서정시와 소설들이 민족의 언어 자산을 더욱 풍부하게 하였다.

후세의 문학사가들이 20세기 우리 문학을 논할 때 가장 역점을 두어 강조할 부분이 1930년대에 있다는 것은 아무도 부인하지 못할 것이다. 더구나 이 시기에 우리 할아버지들이 『한글 맞춤법 통일안』을 확정함으로써 민족 언어의 서사 체계를 정비하였다. 나라 없는 민족이 그 민족의 말과 글을 다듬었다는 것은 세계 어느 나라 역사에도 찾아볼 수 없는 일이다. 그런데 그런 업적을 우리 조상은 성취하였다. 따라서 1930년대는 문학 작품을 통하여 민족 정서를 풍부하게 펼치고 맞춤법을 통하여 민족의 통합 의지를 뚜렷하게 드러낸 시기라고 할 수 있다.

그 후 1940년대의 남북 분단과 1950년대의 동족상잔을 거치면서 첨예화한 대립과 이질화가 지속되었지만 그 바탕에는 1930년대의 민족 정서와 민족 의지가 – 이것은 '민족 정신'이라는 용어로 통합할 수 있을 것이다 – 깔려 있다고 보아야 한다.

이질화를 극복하고 동질성을 회복하고자 할 때 잊어서는 안 될 또 하나의 자세는 이질화한 언어 현실을 어떤 시점에서 바라보고 해결의 실마리를 푸느냐 하는 것이다. 우리는 남북한의 언어 현실을 한 덩어리의 빙산에 비유하고자 한다. 그러면 수면에 떠있는 부분은 이질성을 표상하고 수면 밑에 감추어져 있는 부분은 동질성을 표상한다고 할 수 있겠다. 이질성을 나타내는 윗부분은 겉으로 드러난 것이기 때문에 커 보이고 많아 보인다. 그리고 동질성을 나타내는 밑 부분은 보이지 않기 때문에 없는 것 같이 생각될 정도이다. 그러나 우리는 수면에 접한 중간 지점에서 위와 아래를 넘나들며 그 언어 뭉치가 비록 달라진 것처럼 보일지라도 본질적으로 '하나임'을 의식하는 자세를 가져야 할 것이다.

그동안 언어의 이질화를 근심하는 분들이 간과했던 것은

아마도 빙산의 하단 부분이 아니었던가 싶다. 물론 이질화를 확대 해석하려는 심리의 저변에도 이미 동질성을 전제하고 있었으리라는 것을 의심할 수는 없다. 그러나 그러한 근심의 논조가 진실을 가리고 있었음도 또한 숨길 수 없는 것이다.

이와 같은 객관적이고도 합리적인 시점의 확립은 근자에 새롭게 태동하고 있는 언어 서술의 통합 이론과도 일맥상통하는 것이다. 통합 이론에 따르면 한 언어의 다양성 내지 문법 체계의 다양성까지 한 단계 높은 차원에서 깨끗하게 수용하고 설명해 내는 융통성을 확보한다. 그러면 이제부터 남북한 언어가 얼마만큼 달라졌는가, 그 달라짐은 전체 언어 뭉치에서 어느 정도의 의미를 갖는가를 개괄적으로 살펴보기로 한다.

2. 남북한 언어문자의 실상

맞춤법

북한의 맞춤법은 『조선말 규범집』(1966)을 따르고 남한의 맞춤법은 『한글 맞춤법』(1988)을 따른다. 이 둘은 모두 조선어학회가 제정한 『한글 맞춤법 통일안』(1933)을 뿌리로 하고 있다. 움직일 수 없는 공통점은 형태 음소적 원리에 따라 낱말의 줄기(어간)를 고정 표기하며 부분적으로 음소적 표기에 의한 변이형을 나타낸다고 하는 것이다. 그리고 음운 현상 가운데 평양을 중심한 서북방언의 특징인 구개음화 거부 현상이 북한의 맞춤법 표기에 반영되지 않음으로써 결과적으로 '둏다, 톄면' 등이 '좋다, 체면'으로 표기되어 남한의 언어 현실과 일치된다는 점이다.

띄어쓰기는 남한이 과거보다 좀 더 붙이기 방향으로 나아가고, 북한이 과거보다 좀 더 띄기 방향으로 나아감으로써 은연중 서로 접근하는 양상을 보이고 있다.

다만 차이가 있다면 북한에서는 한자어 표기에서 어두에 'ㄴ, ㄹ'을 사용한 것, 합성어 표기에서 과거에는 사이표(')를 사용하다가 최근에 그것도 폐지하여 '새별'이 金星(샛별)인지 新星(새별)인지 구분할 수 없게 되었다는 것, 그리고 자모의 명칭과 자모수(40자모)의 처리 방법이 다르다는 것 등을 손꼽을 수 있다. 그러나 남북한 간행물을 엇바꾸어 읽을 경우 결코 오해의 소지가 발생하지는 않는다.

언어예절과 화법

북한의 언어예절과 화법은 『조선말 례절법』(김동수 1983), 『화술통론』(리상벽 1964)에 나타난 것, 북한의 간행물 및 영상 자료 등을 통하여 짐작할 수 있는데 대우법의 체계가 '합니다, 하게, 하오, 해라, 해요, 반말' 등 6개 등급이 있어서 남한과 전혀 다름이 없다. 존경과 겸양에 쓰이는 선어말어미의 사용 역시 차이점이 없다. 다만 북한의 화법이 정치 선동적 요소에 많은 비중을 두고 있고 남한 사람들의 귀에는 다분히 조작적인 억양이 감지된다는 것, 그리고 최고 통치자에 대하여 어휘에 의한 존경 표시가 두드러진다는 것이 지적될 수 있겠다. 이것은 그 사회 체제의 특성상 부득이한 현상이라고 본다면 예절과 화법도 남북한에 본질적인 차이는 존재하지 않는다.

어휘

남북한 언어의 이질화를 논의하는 분들이 가장 크게 우려하는 것이 다름 아닌 어휘의 이질화 현상이다. 북한은 '문화어'라는 이름의 표준 공통어를 설정하였고, 남한은 '표준어'라는 이름으로 표준 공통어를 삼고 있다. 더 나아가 북한은 1960년대 이래 말 다듬기 운동을 줄기차게 벌이면서 그 동안 5만 개의 어휘를 새로 만들어 보급하는 성과를 거두었다. 이것이 남북한에 가장 돋보이는 이질화 부분이라는 것이다. 겉보기에는 분명한 이질성의 노출이다. 그러나 이것도 한 걸음만 깊이 있게 들여다보면 오히려 동질화 방향으로의 접근이라고 할 수 있다. 북한의 말 다듬기는 곧 남한의 국어 순화 사업과 같은 것이기 때문이다. 북한이 국가 행정력을 동원하면서까지 광범하고 체계적으로 움직였는데 반하여 남한이 국민의 자발적인 순화 운동에 이끌리면서 미온적이었다는 것이 남북한의 차이였을 뿐 양쪽의 목적이 모두 민족 주체성의 함양이라는 면에서는 완전한 일치를 보이고 있다.

물론 실제의 어휘에는 '문화어'와 '표준어'에 차이를 보이는 경우가 없지 않다.

몇 예만 들어 본다.[(　)안이 문화어]

끄나풀(끄나불) 강낭콩(강남콩) 숫양(수양) 미장이(미장공, 미쟁이) 튀기(트기) 호루라기(호루래기) 윗도리(웃도리) 윗목(웃목) 절구(절귀, 절구) 빔(비음, 빔) 샘(샘, 새암)

솔개(소리개, 솔개) 시누이(시누이, 시뉘) 아내(안해) 다다르다(다닫다) 길품-삯(보행삯) 양파(둥글파) 생인손(생손) 진봇대(진선대, 전보대) 옥수수, 강냉이(강냉이) 빌리다(빌다, 빌리다) 설거지하다(설것다, 설것이하다)

그러나 위의 예를 통하여 우리는 아무런 이질성도 느끼지 않는다. 표준어와 문화어는 약간의 방언적 차이가 존재한다는 사실을 확인할 뿐이다.

물론 다음의 예에서는 방언적 차이의 벌어짐이 조금 더 심하기는 하다.

일러주다(대주다) 경단팥죽(동그레 팥죽) 돌아서다(돌따서다) 작은어머니, 숙모(삼촌어머니) 눈치(짬수) 새우잠(쪽잠) 거위(게사니) 멍게(우렁성이)

그러나 이것들도 결코 의사소통에 장애를 일으킬 정도까지는 이르지 않는다. 새로운 방언을 만나는 생소함, 그리고 거기에 따르는 가벼운 충격 정도가 이들 낱말 사이의 관계라고 말하면 충분한 것이다.

관용표현

북한의 속담과 남한의 속담은 다른 점이 있는가? 우리는 이 질문에 대하여 즉각적으로, 그리고 단정적으로 "아니오"라고 대답할 수 있다. 약 8,000여 개의 속담을 수록하고 있는 북한의 조선 속담은 1984년에 간행되었는데 남한의 속담사전(이기문 1962)을 참조하였다는 증거가 여러 곳에 나타난다. 거기에는 남한의 속담사전에는 수록되지 않는 속담들도 상당수 수록되어 있는데 그것은 수집과 채록의 미비로 남한에서 수록하지 못했을 뿐 남한의 어느 곳에선가 분명히 사용됨직한 것들이다.

ㅇ가면서 안 온다는 님 없고 오마 하고 오는 님 없다

ㅇ급하기는 콩마당에 서슬 치겠다

ㅇ나막신 신고 돛단배 빠르다고 원망하듯

ㅇ눈물은 내려가고 숟가락은 올라간다

ㅇ닭 길러 족제비 좋은 일 시킨다

ㅇ독수리는 모기를 잡아먹지 않는다

ㅇ란시에 앉은뱅이 없다

ㅇ래일 소 다리보다 오늘 메뚜기 다리에 끌린다

○ 미련한 송아지 백정을 모른다

○ 미끄러진 김에 쉬어간다

아마도 이러한 속담을 들으면서 남한 사람들은 북한 사람들과 똑같이 무릎을 치며 "암, 그렇고말고."를 연발할 것이다. 이것은 남북한이 50년의 독자적인 생활환경 속에 살면서도 공통의 민족 정서를 조금도 훼손시키지 않고 유지하여 왔음을 입증하는 것이다. 이러한 현상은 속담 이외의 관용표현에서도 예외가 아니며 심지어 풍자와 야유의 의미를 함축하고 있는 유행어에도 그대로 반영된다. 북한의 사회상을 반영하는 한두 개의 유행어만 지적해 보자. '남풍(南風)'을 "자유통일"의 숨은 뜻으로 쓰는 것이라든지 '3체 주의'를 당 관료들의 위선성을 폭로하는 뜻으로 "① 없으면서 있는 체, ② 못하면서 하는 체, ③ 모르면서 아는 체"를 나타내는 것 등은 억압받는 서민 감정의 자연스런 발로임을 발견한다. 은유를 생성해 내는 심리적 기제에서 남북한 서민의 감정에 털끝만큼의 차이도 존재하지 않는다는 것은 너무나도 당연한 것이면서 새롭게 놀라운 사실로 받아들이게 된다. 이토록 가까운 사이를 멀리 두고 보았다는 놀라움 때문이다.

국어 연구

북한의 『문화어 문법』(1979)은 ① 품사론에서 8품사를 설정하고 조사를 인정하지 않는 대신 '토'를 확대 적용하여 격조사와 활용어미를 모두 아우른다는 점, ② 대부분의 문법 용어를 고유어로 사용한다는 점이 남한의 문법체계와 현격한 차이를 보이는 것이라 할 수 있다. 그러나 북한의 언어 연구는 언어가 사회 개조에 가장 유효한 도구라고 하는 언어관에 입각하여 규범성과 체계성 및 실용성을 앞세웠기 때문에 그러한 결과를 낳았다고 이해할 수 있다.

이것은 문법 연구가 실용적 체계화와는 상관없이 자유롭게 연구된 남한의 문법 연구 풍토와는 상당한 거리가 있는 것처럼 보인다. 그러나 남한에서도 학교문법이라고 하는 교육용 규범문법을 생각할 경우 북한식 방법론이 때로 효과적일 수도 있겠다는 느낌을 갖게 한다. 한편 국어사 연구 분야는 고구려, 백제, 신라의 언어 사실을 어떻게 보느냐 하는 것으로 집약된다. 지금까지 북한의 연구 결과를 요약하면 다음과 같다.

첫째, 한자 차용 표기의 원류가 고구려라고 주장한다는 점, 그리고 현대국어의 원류도 고구려 쪽에 비중을 두고자 한다는 점, 이것들은 자료의 실증적 검증만이 해답을 줄 수 있는 것이기 때문에 앞으로의 면밀한 연구만이 해답의 열쇠를 쥐고 있다. 다만 문화의 전이 과정이 한반도에서는 북에서 남으로 이동하였으리라는 추론이 가능하기 때문에 자료의 밑받침만 받는다면 고구려에서 먼저 한자 차용 표기를 개발했다는 주장을 경청할 필요가 있을 것이다.

둘째, 고구려, 백제, 신라의 언어는 원천적으로 같았다고 주장한다는 점, 이것은 방언적 차이를 얼마만큼 중요시하느냐 하는 시점 논의에 귀착된다. 우리는 남북이라는 지역적 제약에 구애되어 북한은 고구려를, 남한은 신라를 선호하는 분파주의를 고집해서는 안 될 것이다.

어문 정책

남북한이 공통으로 저지른 어문정책상의 두 가지 실책이 있다. 그 하나는 한때 잠시나마 한글 풀어쓰기 문제를 심각하게 생각하였던 점이요, 다른 하나는 한글 전용을 지나치게 강조하다가 전통문화의 기본 자산인 한자 교육에 차질을 일으켰다는 점이다. 한자 교육과 한글 전용이 공존할 수 있다는 사실을 뒤늦게 깨달은 것까지 남북한은 공동의 보조를 취한다. 전혀 상대방으로부터 영향을 받지 않으면서 똑같은 실수를 범하고, 똑같은 어문 정책과 문자 교육의 궤적을 밟는다는 것은 무엇을 의미하는 것인가? 그것은 남북한 사이에 문화적 기반이 같기 때문에 일어난 것이라고밖에 달리 해석할 길이 없다.

이상으로 우리는 매우 소략하나마 남북한 사이에 존재하는 언어 사실과 언어 연구 경향을 일별하였다. 이 과정에서 우리는 세부적인 차이가 존재함에도 불구하고 검토해 보면 볼수록 동질성이 더 크게 부각된다는 점을 숨길 수가 없었다.

우리는 그것을 앞에서 이미 언급한 바와 같이 동일한 민족 정서에 바탕을 두고 통일을 성취하겠다는 민족적 통합 의지가 언어 사실과 언어 연구에 나타난 것이라고 할 수 있겠다. 그러나 이러한 통합 의지를 실현시키는 절차는 이제부터 만난을 무릅쓰고 서로의 가슴을 열어젖히고 웃으며 만나는 일이 아니겠는가!

(기업은행 사보, 1993년 10월호)

우리 민족 언어의 어제·오늘·내일

1. 언어와 민족

우리는 이 글에서 우리 민족 언어가 걸어온 길을 돌아보고, 또 앞으로 걸어갈 길을 전망해 보고자 한다. 다시 말하면, 민족 언어의 과거 역사를 점검하고 미래를 진단하려는 것이다. 그러나 논의에 들어가기 전에 '민족 언어'라는 낱말부터 살펴보아야 하겠다. 어째서 '민족'과 '언어'라는 두 개의 낱말이 연이어 붙어 있는가? 이 세상에는 수천에 이르는 민족이 있고 또 그 숫자만큼의 언어가 있다. 그리고 대체로 하나의 민족은 하나의 언어를 소유하고 있다. 그래서 일찍이 우리 민족 언어의 연구에 선구적 업적을 남긴 주시경

선생은 1897년 '국문론' 이라는 글에서 언어와 민족은 표리 일체임을 주장하면서 민족을 발전시키고 살리는 길임을 역설하였다.

물론 현재의 세계 형편을 둘러보면 반드시 하나의 민족이 하나의 언어만을 갖고 있지는 않다. 하나의 민족이 여러 개의 언어를 사용하는 수도 있고, 여러 민족이 하나의 언어를 사용하는 경우도 있다.

그러나 하나의 민족으로 특징지어지는 사회 집단은 단일한 언어, 단일한 풍습, 단일한 문화 배경을 지니는 것이 가장 이상적임을 우리는 알고 있다. 그러므로 하나의 민족은 하나의 언어를 갖는 것이 가장 바람직한 것인데, 다행스럽게도 우리 배달민족은 역시 배달말 하나만을 사용하고 있다. 따라서 민족의 과거를 돌이켜 보는 것과 민족 언어의 과거를 돌이켜 보는 것은 두 개의 일이 아니요, 하나의 일이다. 이제 우리는 민족 언어의 과거를 돌이켜 보고 미래를 내다봄으로써 민족의 과거와 현재와 미래를 살펴보기로 하겠다.

2. 단일 언어 기반

우리 민족은 적어도 이천 년 전에 이미 만주 일대와 한반도 전역에 걸쳐 여러 개의 부족국가를 이루어 살고 있었다. 단군신화에 의하면 이 연대는 5천 년 정도로 거슬러 올라가며, 근자에 속속 발굴·정리되는 고고학의 연구 성과에 의하면 일만 년에서 이만 년 전까지 이 땅에 우리 조상이 살지 않았는가 추정되기도 하는 실정이다. 그렇지만 우리의 논의는 확실한 역사 연대인 이천 년 전쯤에서 시작하는 것이 좋을 것 같다.

이천 년 전, 만주 일대에 흩어져 살고 있던 우리 조상들은 분명히 각 지역 부족들 간에도 서로 통하는 단일한 언어를 사용하고 있었다. 옛날 중국의 역사책,『삼국지 위지 동이전 (三國志 魏志 東夷傳)』에 이 사실이 아주 명쾌하게 기록되어 있다. 즉, '고구려 말은 부여 말과 같고, 동옥저 말은 고구려 말과 같으며, 예나라 말도 고구려 말과 아주 비슷하다.' 고 적혀 있다. 이 기록을 보면, 결국 '고구려'를 중심으로 하고, '부여', '동옥저', '예'의 네 부족국가들이 하나의 언어를 사용하였다는 결론을 얻을 수 있다. 한반도 남쪽에 흩어져 살던 '마한', '진한', '변한'도 서로 비슷한 말을 사용한 것으로 추정된다.

그러면 고구려, 백제, 신라가 솥발[鼎立]처럼 버티며 살던 삼국시대는 어떠하였는가? 이때의 세 나라말도 방언적인 차이야 있었겠지만 서로의 의사소통이 원활한 하나의 언어를 사용하였음을 알 수 있다. 그 하나의 예로 642년에 신라의 김춘추-나중에 태종무열왕이 됨-가 고구려를 방문한 사실을 손꼽을 수 있다. 그때 김춘추는 백제의 침공을 막기 위하여 고구려의 협조를 얻으려고 평양을 찾아간 것이었는데, 그때에 서로 말이 통하지 않아서 통역관을 대동하였다는 증거는 어디에도 발견되지 않는다. 아마도 김춘추와 연개소문은 책상을 사이에 두고 마주 앉아 피차의 자기 사투리로 서로 이야기를 나누었을 것이다. 그러니까 연개소문은 지금 평양말의 조상이 되는 평안도 말을 하였을 것이요, 김춘추는 오늘날 경주 말의 조상이 되는 경상도 사투리로 이야기를 나누었을 것이다.

3. 외래 영향(1)

이와 같이 우리 민족은 이천여 년 전부터 비록 나라를 달리하여 여러 쪽으로 나뉘어 살기는 하였지만 한결같이 하나의 배달말을 사용하여 왔다. 그렇다고 하여 주위의 다른 민족의 언어와는 아무런 교섭이 없었던가? 물론 그렇지는 않다.

역사책의 기록에 의하면, 고구려 초기에 중국은 우리 민족이 사는 영토 안에 자기네 식민지 같은 것을 두어 300년 가까이 버티고 있었다. 한사군(漢四郡 : 樂浪, 玄兎, 眞番, 臨屯)이 바로 그것인데, 이 기간 중 고구려 사람들은 자연히 그들 중국 민족과의 접촉이 있었을 것이요, 그것은 중국어 ─ 곧 한사군의 언어 ─ 가 고구려에 외국어 또는 외래어로 작용하였을 가능성을 보여준다. 그러나 광개토대왕 시절에 한사군이 완전히 소멸되었으므로 그 시절의 언어 접촉은 고구려어의 일방적인 승리로 끝났을 것이라고 생각된다.

그 후 고려시대에 오면 우리 민족은 몽고 민족에게 오랫동안의 시달림을 받게 된다. 살례탑의 고려 침공이 1231년(고종 18년)이요, 원나라 연호 사용의 폐지가 1369년(공민왕 18년)이니 원나라에 시달린 기간이 줄잡아 일백 년이 넘는다. 이 기간 동안 우리 민족은 처음으로 중국 이외의 민족의 언어를 외래어로 받아들이는 경험을 하였다.

그 무렵 고려의 왕자가 왕세자로 책봉되면 원나라 서울로 옮겨가서 살다가 원나라 공주와 결혼하고, 개경으로 나오는 것이 관례였었다. 그렇게 임금이 된 경우는 25대 충렬왕에서 31대 공민왕에 이르기까지 7대에 걸쳐 있었다. 이런 형편이었으므로 고려 왕실은 물론 귀족과 일반 사회에 몽고말이 상당히 많이 퍼져 있었을 것은 짐작하기 어렵지 않다. 그러나 현재 확인할 수 있는 몽고 외래어는 40여 개에 지나지 않는데, 그것은 크게 4계열로 나뉜다.

첫째는 말[馬]의 종류를 구분하는 낱말이요, 둘째는 매[鷹]의 종류를 구분하는 낱말이고, 셋째는 군사 용어(軍事用語)이며, 넷째가 일상용어 몇 개인데, 이 가운데에서도 오늘날까지 일반에게 알려진 낱말은 단지 두 개, '수라' 와 '보라' 가 있을 뿐이다. '보라' 는 '보라색' 이라고 할 때 색깔 이름으로 쓰이는 그 '보라' 로서 '보라매' 라는 매 이름에서 옮겨와 우리말에 정착하였다. '보라매' 는 가슴 털이 보라색을 띤 매의 한 가지이다. '수라' 는 잘 알려진 바와 같이 임금님의 진지를 가리키는 낱말인데, 원래 '탕(湯) 국물' 을 뜻하는 '술런' 이라는 낱말이 변한 것으로 짐작된다. 오늘날의 설렁탕도 이 '술런' 과 관계가 있을 것으로 보인다. 어찌 되었건, 고려를 일백 년 이상이나 지배했던 몽고는 6백여 년의 세월이 흐른 오늘날, 우리나라에 오직 두 개의 낱말, '보라색' 과 '설렁탕' 을 남겨 놓았을 뿐이다.

한편 중국과의 문화적인 접촉은 19세기 말까지 면면히 이어져 왔으므로 우리 언어에 중국어가 미친 영향은 광범위하고도 다양한 것이었다.

첫째로 손꼽을 수 있는 것은 중국 문자인 한자의 수입과 통용이고, 둘째로는 중국어의 수입과 통용이다. 한자의 수입은 5·6세기경에 이르러 일 단계 정착이 이루어졌고, 그 뒤에 우리나라 한자음이 독자적인 길을 걸어간 것으로 생각되며, 중국어의 수입과 통용은 당(唐)나라·송(宋)나라·명(明)나라·청(淸)나라에 걸쳐 지속되었으나, 가장 큰 영향을 미친 것은 아마도 조선왕조 오백 년의 전반기와 중반기가 아닌가 싶다. 그 당시는 명나라와 청나라가 문화적으로 앞서 있었으므로 그곳의 문물을 수입하고 문화를 소화하는 것이 선진국 대열에 나아가는 것이었기 때문이다.

유형원의 『반계수록』에 다음과 같은 기록이 전한다.

세종대왕 시절에 무릇 물건의 이름을 부름에 있어서 고유한 우리말이 쓰이지 않고 모두 중국말로 부르는 습관이 널리 퍼졌다. 그렇듯 중국말로 오랫동안 통용하여 익숙하게 된 것으로 지금도 쓰이는 낱말이 많이 있으니, 당디(當直), 갸스(家事), 햐츄(下處), 퉁(銅), 투퀴(頭), 다홍(大紅), 자디(紫的), 야칭(鴉青), 갸디(假的), 망긴(網巾), 튄령(闡領), 텨리(帖裡), 낟반(腦胞), 쳔량(錢糧), 간계(甘結), 텨즈(帖子) 같은 것들이다.

이로 미루어 보면 새 문물의 수입 창구가 중국 쪽으로 열려 있던 조선조 초·중기에는 조정이나 양반 지식층에서 즐겨 중국어 낱말을 입에 올렸음을 알겠다. 이러한 당시 외래어 가운데에서 오늘날까지 쓰이는 것은 '다홍, 자주, 비단, 보배, 무명, 모시, 사탕, 수수, 배추' 같은 낱말이다. 그렇지만 몇 개 남지 않은 이 낱말들도 오래 사용하는 동안에 모두 우리말 음운체계에 동화되어 전혀 중국어라는 느낌을 주지 않는다.

따라서 이런 어휘는 우리말의 어휘의 자산을 늘리는 결과가 되었다.

4. 외래 영향(2)

19세기 말까지는 이렇게 중국어와 몽고어로부터 약간의 간섭을 받으며, 우리 민족 언어는 그 순수성을 유지하여 왔다. 그러다가 20세기에 접어들면서 우리 민족 언어는 일본어로부터 유사 이래 유례가 없는 간섭을 받게 된다.

1910년 강압적으로 이루어진 한일합방은 민족적 자존심과 자주적 생존권을 박탈하여 갔을 뿐만 아니라, 그 말기에 이르러서는 민족 언어의 파괴와 말살을 획책하는 단계에까지 이르렀었다. 민족 언어의 역사를 점검해 보면서, 우리는 20세기 전반기에 이르러 한편으로는 붓을 놓고 망연자실하게 되고 또 한편으로는 주먹을 부르쥐고 분노를 삭이지 못해 쩔쩔매게 된다. 우리 민족이 외세의 침략을 받아 정치적·사회적 압력을 받은 적이 고려조에도 있었고, 조선조 중기에도 없지 않았으나, 고유한 언어에 심대한 훼손을 입힌 적은 없었다. 몽고의 침입은 군사 용어를 중심으로 약간의 흔적을 남기는 것이었고, 중국어의 침입은 선진 문화를 수입하는 과정에서 빚어지는 고급문화 지향의 유행성에서 벗어나는 것이 아니었다. 그러나 일본 통치 36년간에 자행된 일본어의 침입은 과거와는 명백하게 구별되는 심각함이 있다. 악랄함이 있었다고 말하여야 더 정확한 표현이 될 것이다.

그것은 두말할 것도 없이 우리 민족 언어의 말살 정책을 폈다는 사실이다. 이 정책은 매우 교묘하고도 은밀한 수법으로 체계적이고 단계적으로 수행되었다. 처음에는 한·일 양국어 동계론(同系論)을 펴서 두 언어가 형제 관계에 있음을 내세웠다. 그다음에는 일선동조론(日鮮同祖論)을 내세워 두 민족이 원래 하나의 뿌리에서 나왔다고 주장하였다. 이런 식으로 변죽 울리기를 스무해 가까이하다가, 일본의 군국주의자들이 중일전쟁을 일으킨 1937년 이후에는 학교에서 우리말 가르치는 시간 수를 줄이기 시작하였다. 그리고 드디어 1938년 3월에 와서 소위 조선총독부는 조선어 과목을 모든 학교에서 전면 폐지하기에 이르렀다. 그리고 1940년엔 창씨개명(創氏改名)을 강요하였다. 성씨(姓氏)와 이름을 모두 일본식으로 바꿈으로써 외형상 일본 사람과 동등하게 한다는 것이 그들의 명분이었다.

조선어 과목을 학교에서 가르치지 않고 성명을 일본식으로 바꿨다고 하여 우리 민족이 일본 사람이 되는 것은 아니었다. 우리말을 쓰는 한 우리는 우리 민족일 수밖에 없었다. 그래서 나중에는 일본말 쓰기를 강요하기에 이르렀다. 이 세상에 한 민족이 다른 민족을 침탈하고 지배한 일이 많이 있지만 이러한 민족 언어 말살정책은 일찍이 유례가 없는 일이었다. 더구나 이 시기에 우리나라는 전근대의 농경사회에서 근대 공업사회로 전환하여야 하는 시기였으므로, 정치는 주권을 빼앗겼으니 말할 것도 없고, 경제, 문화, 사회 등 각 분야에 걸친 모든 전문용어, 기술용어가 일본어로 학습되고 일본어로 전수되었다. 일상용어가 일본어로 확산되는 것은 두말할 필요도 없는 일이었다.

1945년에 조국 광복의 기쁨을 얻었으나 일본 사람들이 물러간 우리 강토에는 그들의 그림자처럼 온 나라 방방곡곡에 일본어가 스며들어 있었다. 보다 정확하게 표현하면, 산더미처럼 쌓여 있었다고 말해야 좋을지 모른다. 그러므로 광복 이후에 우리 민족이 일본어 찌꺼기 없애기에 열성을 기울인 것은 너무도 자연스럽고 당연한 일이었다. 그러나 아직도 일본어의 잔재는 우리 주위에 남아 있다. 그것은 크게 세 가지로 나누어 볼 수 있다.

첫째는 일본식 발음이요, 둘째는 일본어 낱말이요, 셋째는 일본식 한자들이다. 다음에 그 예를 보인다.

▶ 일본식 발음 : '슬리퍼(slipper)' 를 '쓰레빠' 로, '글라스(glass)' 를 '가라스' 로, '칼라(coller)' 를 '가라' 로, '콘크리트(concrete)' 를 '공구리' 로, '컵(cup)' 을 '고뿌' 로.

▶ 일본어 낱말 : '풍로·화로' 를 '곤로' 로, '수레·달구지' 를 '구루마' 로, '선심·호기' 를 '기마이' 로, '고루펴기' 를 '나라시' 로, '큰대야·함지박' 을 '다라이' 로, '나사틀개' 를 '네지마와시' 로, '손톱깎이' 를 '쓰메끼리' 로, '전구' 를 '전기다마' 로, '접시' 를 '사라' 로.

▶ 일본식 한자어 : '처지(處地)' 를 '입장(立場)' 으로, '인도(引導)' 를 '안내(案內)' 로, '보온병(保溫甁)' 을 '마호병(魔浩甁)' 으로, '맞선' 을 '미아이(見合)' 로, '이쑤시개' 를 '요지(楊枝)' 로, '인사(人事)' 를 '경례(敬禮)' 로.

위의 예는 일상으로 자주 쓰이는 몇 개의 보기에 불과하다. 아마도 이러한 낱말을 모아 본다면 수백 단어에 이를 것으로 생각된다. 우리는 이러한 일본어의 잔재를 하루빨리 청산하여야 한다. 여유 있는 자세로 한걸음 물러서서 보면 '서양 외래어를 인정하듯 일본어를 인정하는 것도 무방한 것이 아니냐?' 고 생각하는 사람이 있을 수도 있다. 그러나 현재 우리 언어 사회에 남아 있는 일본어의 찌꺼기는 평등 관계의 문화적 교류에 의하여 수입된 것이 아니라, 식민지 침탈의 굴레 속에서 일방적으로 강요하여 사용했던 낱말들이라는 점을 우리는 분명히 돌이켜 보아야 한다. 우리가 우리말 속에 남아 있는 일본어의 잔재를 없애버려야 하는 까닭이 여기에 있다. 이것이야말로 자존심의 회복이요, 민족적 긍지의 제자리 찾기이다.

그동안 우리는 웬만큼 일본어의 잔재를 씻어내기는 하였으나, 그 상처를 입은 시기가 최근이어서인지, 앞에 예시한 것처럼 아직도 없애버릴 낱말이 일상용어에서만도 수백에 이른다. 우리는 이 일본어 찌꺼기가 완전히 우리 언어생활에서 몰려 나간 뒤에 가서야 비로소 진정한 조국 광복을 쟁취한 것이라 할 수 있을 것이다. 이러한 관점에서 우리는 한걸음 더 나아가, 민족 언어를 발전시키는 방책으로 어려운 한자어를 좀 더 정겨운 우리 고유어로 바꾸는 작업도 더욱 열심히 펼쳐 나아가야 할 것이라고 생각된다.

5. 한자어 문제

앞에서도 언급한 바와 같이 한자어가 우리 민족 언어에 어휘 자산으로 정착한 것은 적어도 이천 년 가까이 소급하는 오랜 역사를 갖고 있다. 그러므로 한자어 가운데에는 우리말 음운체계에 동화되는 과정에서 한자로 복원할 수 없을 만큼 변화되어 고유어처럼 보이는 것이 더러 있으나, 우리말 어휘자산의 60%를 웃도는 대부분의 한자어는 중국어 통사 구조에 따른 어휘들이다. 따라서 고유어로 바꿀 수만 있다면 하루빨리 바꾸어 우리말의 순도(純度)를 높여야 한다. 또, 그 한자어 가운데에는 일제 통치 기간에 자리 잡은 것도 엄청난 양에 이른다.

이러한 한자어를 우리말로 바꾸어 보려는 노력은 그동안 여러 분야에서 그런대로 상당한 연륜을 쌓아 왔다. 그럼에도 불구하고 그 성과는 크게 드러나는 것이 없는 것처럼 보인다. 그러나 언어생활이라는 것은 넘실대며 흐르는 넓고 큰 강물과 같아서 겉보기에 급작스런 변화는 눈에 띄지 않으나, 언어 대중이 어떤 의식을 갖고 변화하고 있느냐 하는 것을 매우 느리기는 하지만 분명히 보여 준다.

잠시 다음 문장을 살펴보기로 하자.

① 言語의 存在와 先後하여 必有할 것은 文字며, 文字는 言語와 共存치 아니치 못할 必然의 關係가 있나니 이는 免치 못할 自然의 理勢라(1923년 權悳奎 『古代朝鮮文의 有無』).

② 新羅時代에 表記法 體系가 存在하였음은 疑心할 餘地가 없지만, 그 中 地名, 人名의 表記法은 어느 程度 作名上의 技巧가 可能하며, 더욱 人名의 用字에서는 作名者 自身의 主觀的 技巧가 後世에 내려올수록 그 濃度가 짙을 것이나, 文章表記로서의 鄕歌에 있어서는 이러한 恣意性이란 것이 存在할 수 없으며, 存在하여서도 아니 된다(1955년 李崇寧 『新羅時代 表記法體系에 關한 試論』).

③ 이 글은 우리나라가 中國의 文字 文化를 輸入하여 消化하는 過程에서 겪었던 하나의 文化 現象을 究明하기 위하여 構想된 것이다(1975년 沈在箕 『口訣의 生成・變遷과

體系』).

　위의 세 글은 1920년대, 1950년대, 1970년대의 글이다. 이것들이 반드시 그 시대를 대표한다고는 볼 수 없는 것이지만 문체와 한자어 사용에서 뚜렷한 시대 차이를 보여주고 있다. 이처럼 우리말은 비록 느리기는 하지만 고유어를 살리면서 될 수 있는 대로 평이한 문장을 쓰려는 흐름이 지속적으로 이어져 오고 있다.

　요즈음 성급한 마음을 가진 사람들이 한자를 전면적으로 부정하고 한글말 쓰기를 주장하기도 하고, 한자어를 모두 고유어로 바꾸어 쓰자는 주장을 펴기도 한다. 이러한 주장을 하는 이들의 마음은 충분히 이해되지만 그들은 언어의 사회성과 역사성을 너무 가볍게 보는 것이 아닌가 여겨진다. 하찮은 낱말 하나일지라도 그것이 사회적 공인을 얻으면 그 낱말은 여러 세대, 수백 년에 걸쳐 언어 대중과 더불어 끈질긴 생명을 이어가는 것이 보통이다.

　이러한 문제와 관련하여 우리는 지난 30여 년간 북한이 추진했던 말 다듬기 운동의 성과가 좋은 본보기가 되리라 생각된다.

6. 북한의 언어 정책

북한은 1964년, 1966년 두 차례에 걸쳐 언어 정책을 밝히는 김일성의 담화문을 발표하고, 이 담화문을 지침으로 삼아 그 후 최근에 이르기까지 거국적인 행사로 말 다듬기 사업을 펼쳐왔다. 남한에서 매우 소극적으로 추진해 온 국어 순화 운동과 전적으로 성격을 같이하는 사업이었다. 이 사업의 기본 취지는 1966년의 담화문 '조선어의 민족적 특성을 옳게 살려 나갈 데 대하여'에 비교적 자세히 언급되어 있다.

그 요점만 간단히 옮기면 다음과 같다.

우리나라는 정치·경제·문화의 교류로 외래 요소가 많이 들어왔다. 언어도 서양의 외래어, 중국어, 한자어, 일본어가 많이 쓰인다. 특히 남한의 서양화, 일본화, 한자화는 심각하여 민족적 특성을 상실할 위험에 놓여 있다. 따라서 더 늦기 전에 북한에서만이라도 한자어와 외래어를 고유한 우리말로 고치고 체계적으로 발전시켜야 한다.

외래어는 국어사정위원회에서 제때에 새말을 만들어 보

급해야 하고, 한자어를 고칠 때에는 그대로 두고 사용할 것, 뜻폭이 같지 않은 것은 조심해서 고쳐나갈 것, 단어들의 결합 관계도 고려하여 고쳐나갈 것 등을 유념해야 한다.

이렇게 시작된 말 다듬기 사업은 1972년에 이르면 약 5만 개에 달하는 한자어 및 외래어를 고유한 우리말로 바꿔놓고 있다. 이 5만 개의 낱말을 얻기까지 북한 사회가 기울인 노력은 진실로 엄청난 것이었다. 학술단체, 언론기관, 교육기관, 산업체, 일반 백성이 총동원이 되어 토론을 벌이고 의견을 조정한 노력의 결정들이었다.

그러나 1987년에 국어사정위원회에서 간행한 『다듬은 말』에는 2만 5천 개의 낱말만 수록되어 있다. 20여 년에 걸친 말 다듬기의 결과가 2만 5천 개의 낱말로 최종적인 결실을 맺은 셈인데, 이것도 실제의 언어 현실에서 생명력을 얻은 것인지 아닌지는 아직 확실하게 말할 수 있는 형편이 아니다.

실례로, 5만 개의 다듬은 말속에는 '아이스크림'이 '어름보숭이'로, '맹장(盲腸)'이 '군밸'로 다듬어져 있었다. 그러나 최종 마무리 단계에서 '어름보숭이'와 '군밸'은 다시 옛

말에 밀려나 끝내 사라지는 운명이 되었다. 이와 같이 언어 대중이 호응하지 않는 급진 정책은 결국은 실패한다는 것을 알 수 있다.

물론 우리는 북한의 말 다듬기 운동이 전적으로 실패하였 다고는 보지 않는다. 아직도 그것은 언어 대중이 즐겨 사용 할 것인지, 아니면 망각 속에 묻어버릴 것인지를 판결하는 단계에 머물러 있는 것이기 때문이다. 그리고 우리말이 어 떤 방향으로 정리되고 다듬어지는 것이 올바른 것인가를 깨 우치고 그 방향을 잡아주었다는 점에서는 그 말 다듬기 운 동이 앞으로의 언어 정책을 수립하고 실천하는 데 분명한 타산지석이 되었다.

7. 앞으로 할 일

그러면 앞으로 우리가 우리 민족 언어를 아름답게 가꾸기 위하여 무슨 일을 하여야 할 것인가를 생각해 보기로 하자.

무엇보다도 우리는 지금보다 더 많은 국어 공부를 하여야 한다. 그러기 위해서는 평소에 우리말에 대한 섬세하고도 깊은 관심이 요구된다.

관심이 있는 곳에 문제점이 노출되기 때문이다. 그러한 의미에서 비록 성과가 미미하기는 했지만 온 국민이 머리를 맞대고, 좋은 말을 찾아내느라 노력했던 북한의 말 다듬기 운동은 어떤 형태로든 부활되는 것이 바람직하다. 다만 그것이 정치적 목적에 사용되거나, 강제성을 띠고 실행되어서는 안 될 것이다.

초등학교나 중학교에서 낱말 뜻 바로 알기를 권장하고, 또 바른 낱말 뜻을 힘들여 교육시켜야 한다. 글짓기 대회와 말하기 대회도 연중무휴로 실시하여야 할 것이다. 웅변대회에서 상을 주듯 낱말 경시대회 같은 것을 정기적으로 개최하여 고유한 우리말 보급에 힘쓰고 민족 언어에 대한 자긍심을 높이는 운동을 전개하여야 한다. 고등학교나 대학교에서는 낱말의 뿌리를 캐묻는 차원으로 낱말 뜻 바로 알기 운동과 경시대회가 열려야 할 것이다.

불완전하거나 비속한 문장을 어떻게 아름다운 문장으로 바꿀 것인가를 묻는 현상모집도 해야 할 것이다. 일반 시민들은 조금만 한가하면 낱말 맞추기 같은 퀴즈놀이에 관심을 갖도록 하여야 한다. 이와 같은 '우리말 가꾸기'의 분위기가 국민의 기본 정서 속에 깔려 있게 되는 날, 우리 민족 언어는 우리 민족과 함께 서서히 세계를 향하여 날개를 펼칠 것이다.

바야흐로 우리나라는 세계화의 길로 들어섰다. 모든 국민이 적어도 외국어 하나둘쯤은 능숙하게 구사할 수 있는 시대가 머지않아 다가올 것이다. 그러면 그때에 가서 어떤 사람이 외국어를 잘하게 될 것인가?

지금까지 많은 언어학자가 연구하여 밝힌 바에 의하면, 제나라말, 자기의 모국어에 능숙한 사람이 외국어에도 능숙하다는 결론을 내리고 있다. 따라서 세계화의 과정에서 필연적으로 부딪치는 것은 다른 나라말과의 당당한 공존 관계인데 그때에 제 나라 언어에 대한 정확한 지식, 풍부한 어휘력, 그리고 제 나라말에 대한 자부심과 자신감은 그대로 외국어의 능숙한 구사력에 직결된다는 점을 명심하여야 한다.

우리는 민족 언어를 사랑하고 아끼는 것과 동시에 세계 모든 민족과 언어에 대해서도 편견 없는 마음으로 대하는 너그러운 자세가 필요하다.

이 너그러운 자세가 곧 우리의 민족 언어를 발전시키는 지름길이기도 하다. 함께 사는 사회의 열린 마음은 내 것의 소중함과 남의 것의 소중함도 결코 둘이 아니요, 하나임을 지금까지의 세계 역사가 가르쳐 주고 있기 때문이다.

(도서유통을 위한 잡지 『책』, 1995년 10월호)

국어
강화 (國語講話)

21세기와 국어국문학

I

20세기를 마감하는 현재의 시점에서 다가오는 21세기에는 국어국문학이 어떤 모습으로 발전해야 하는가를 생각해 보려는 것이 이 글의 목적이다. 경험해 보지 않은 미래의 세계를 그것도 일백 년 단위의 시간대를 예언해 보라는 주문이다. 20세기의 변화 속도로 추정한다면 21세기의 후반기는 전혀 예측이 불가능할 것 같은데 이제 그것을 우리는 진단해 보려는 것이다. 가령 1899년에 우리 조상 가운데 한 분이 백 년 뒤인 지금의 모습을 어느 정도나 예측할 수 있었을까를 생각해 본다면 지금 우리의 작업이 얼마나 무모한 일인가를 짐작해 낼 수 있을 것이다.

무엇보다도 백 년 전인 1899년에는 국어국문학이라는 이름의 학문 영역이 존재하지 않았다. 국어 연구나 국문학 연구가 단편적으로 이루어지기는 했겠지만 그것이 하나의 독립된 학문 영역을 이룬다는 뚜렷한 의식은 존재하지 않았다. 그런데 지금은 국어국문학이라는 말을 아주 편하게 사용한다. 그렇다면 앞으로 100년 뒤에 국어국문학이란 학문은 지금과 동일한 개념으로 동일한 학문의 범주를 유지하고 지속될 것인가? 사실은 이것부터가 의문에 찬 화두(話頭)가 될 수 있다.

그러나 우리의 논의는 국어국문학이 현재의 개념 규정대로 발전해 가리라는 가정 위에서 출발한다. 그러므로 우리의 논의는 현재의 국어국문학이 백 년 뒤에도 단선적인 연장선상에서 이러저러한 정치적·사회적·문화적 변화를 입으면서 적어도 이러한 모습은 띠어야 하지 않겠느냐는 당위론을 펼치는 작업이 되어야 할 것이다. 다시 말하여 우리의 논의는 현재 우리가 생각하고 있는 국어국문학의 세포 분열적인 확대 재생산을 논의하는 것이 되어야 할 것이다. 과연 우리의 추론이 그렇게 진행될 것인지 우리 스스로도 확신이 서지 않은 채 이 논의는 진행된다.

II

이제 우리가 해야 할 첫 번째 작업은 지나온 100년의 발걸음을 뒤돌아보는 작업이다. 지나온 행적의 점검을 통하여 나아갈 길을 찾아낼 수 있을 것이기 때문이다. 그러나 그 일백 년간의 발자취를 이 글에서 세밀하게 분석할 수는 없다. 큰 줄기는 듬성듬성 짚어 보면서 앞날을 설계해보는 방법을 택하기로 하겠다.

1900년에서 1910년까지는 명목상의 대한제국이 그 이름을 보존하던 시기이다. 갑오경장이란 사회 개혁을 경험하고 새로운 패러다임으로 사회가 재정비되면서 국어가 민족 국가와 표리일체(表裏一體)로 인식되는 시기였다. 이 시기에 주시경의 일련의 저작이 국어학을 주도하였다. 그의 학문적 열정은 국어에 대한 일반의 대오각성을 촉발하였으나 지나치게 민족의 고유성을 강조하면서 과거의 전통을 불신하였기 때문에 그의 학풍은 은연중 배타적 민족주의를 드러내게 되었다. 그래서 한편으로는 한문에 대한 무조건의 반감을 조장하였고, 다른 한편으로는 대중적 한글 선호 사상을 퍼뜨리는 결과를 가져왔다. 이와 같은 학문적 성향은 자연스럽게 서구 지향의 모습을 띠게 되었으나 그것도 서양 선교사들에 의해 전수된 단편적이고 인상적인 수준을 벗어나는 것은 아니었다.

이 시기에 국문학 연구는 아직 자리를 잡지 못하였다. 개화 계몽의 차원에서 국어국문에 대한 각성이 고조된 것과는 대조를 이루는 현상이었다. 그러나 이인직에 의해 신소설이 간행되어 과거와는 다른 형태의 문학의 세계가 열렸다는 것은 주목해야 할 사항이다.

여기에서 우리는 20세기 처음 10년이 국어학에 주시경, 국문학에 이인직이라는 두 분에 의해 착수(着手)되었다는 사실에 접한다. 그리고 주시경에 의한 서구 지향적 학문 성향과 이인직에 의한 일본 지향적 문화 성향을 발견하게 된다. 이것은 반일적 서구성과 친일적 서구성이라는 말로 바꾸어 볼 수 있겠는데, 이러한 두 방향의 문화적·학문적 흐름이 결국은 20세기 전 기간에 걸쳐 지속되어 왔다는 사실에 우리는 놀라지 않을 수 없다. 그러므로 20세기의 처음 10년에서 공교롭게도 20세기 전체를 꿰뚫는 학문의 진로가 미리 그 조짐을 보이고 있었음을 알 수 있다.

1910년에 국치를 당하고, 1919년 3 · 1운동이 일어나기까지 10년간은 국치의 충격에서 벗어날 수가 없었던지 국어학이나 국문학 분야에 이렇다 할 업적을 찾기가 힘들다. 굳이 손꼽아 보자면 최남선의 외로운 행보를 눈여겨볼 수 있을 것이다. 그는 조선광문회(朝鮮光文會)를 만들어 고전 간행에 힘쓰는가 하면 『붉은 저고리』, 『少年』, 『새별』, 『아이들 보이』 등 어린이 잡지에 이어 잡지 『靑春』을 발간함으로써 우리나라 문화사에 잡지 시대를 열어 대중문화의 발판을 만들었다. 그러나 이것은 어디까지나 대중 계몽의 성격을 벗어나는 것은 아니었고 오늘날 우리가 논의하고자 하는 체계화된 학문과는 거리가 있는 것이었다.

이렇게 1910년대가 넘어가고 1920년대에 접어들면서 비로소 근대적 의미의 학술적 업적이 싹을 보이기 시작한다. 국어학 분야에서는 권덕규의 『조선어문경위』(1923)와 김두봉 · 김윤경 · 최현배 등의 『깁더 조선말본』(1923), 『조선말본』(1925), 『우리말본 첫째매 소리갈』(1929) 같은 국어 문법서를 손꼽을 수 있겠고 국문학 분야에서는 안확의 『조선 문학사』(1922)가 눈에 띈다. 이때까지도 문학 분야는 연구보다는 창작 활동이 문제 되는 시대이어서 『創造』를 필두로, 『開闢』,『廢墟』, 『白潮』 등이 간행되어 서서히 문학 인구를 넓힌 시대였다. 이 시기에 특별히 잊지 않아야 할 사항은 일본인 학자에 의해서 조선어문학이 비교적 깊이 있게 연구되었다는 사실이다. 그들의 조직적이고 체계적인 연구는 그것이 우리 문화의 진정한 발전과 관련되느냐 아니 되느냐와는 관계없이 그 나름의 성과는 있는 것이었고 그러한 성과는 우리 민족의 민족적 자존심과 학문적 열의를 자극하는 데에는 손색이 없는 것이었다. 그리하여 1930년대에는 일본인 학자들의 연구 성과에 도전해야 하겠다는 결의는 성숙하지만 그것이 구체적인 연구 업적으로 나타나기에는 아직 시기가 이른 때였다. 그러나 민족적 정체성을 확립하려는 문화 운동으로서의 국어 운동과 국문학 운동이 1930년대를 지배한다. 그것이 다름 아닌 한글 맞춤법 통일안 사업이요, 시조 부흥 운동이다. 학술적인 연구가 아니라 문화 운동이 앞서야 할 만큼 아직 우리의 학문 풍토는 보잘 것이 없었던 것이다. 그렇지만 이러한 문화 운동의 바탕 위에서 학문이 뿌리를 내릴 수 있다는 교훈을 배운 것은 식민지 시대의 암울한 분위기 속에서도 우리 민족이 독자적인 문화를 누리고 그 문화의 근원을 탐색하는 문화 민족의 자긍심을 키우는 기회이기도 하였다.

이렇게 하여 1940년대에 접어들자 비로소 우리는 주목할 만한 연구 성과를 만나게 된다. 물론 그것들은 크게 보면 일본인들의 연구 성과를 이겨보자는 안간힘의 성격을 띠는 것들이었다.

그 첫째가 국어학 분야에서는 양주동의 『조선고가연구』(1942)요, 국문학 분야에서는 조윤제의 『국문학사』(1949)이다. 광복을 전후하여 발표된 이들 일련의 연구 성과는 대개 1930년대부터 착수된 것으로서 이것으로 말미암아 국어국문학이 학술 면에서도 일본으로부터 독립을 선언한 셈이 되었다.

Ⅲ

그리고 1950년대에 접어든다. 20세기의 전반을 일본의 영향 아래서 국어 연구와 국문학 연구를 진행하면서 일본인

학자들의 한계를 극복하고 독자적인 방법론을 개척해야 할 시점에 이른 것이었다.

그러나 민족의 분단이라는 비극과 뒤미처 찾아온 6·25전쟁은 우리나라의 학문을 피난 짐 속에 묶어 두는 결과를 가져왔다. 1950년대가 국어국문학에 기여한 것이 있다면 모든 대학에 국어국문학과를 설치함으로써 외형상 국어국문학이 독자적인 학문 영역을 확고하게 구축하였다는 점, 그리고 그에 따른 상당한 수의 연구 인력을 확보할 수 있게 되었다는 점일 것이다.

무엇보다도 1952년 국어국문학회가 결성되었다는 것은 주목할 만한 사건이었다. 대학의 증설에 비례하여 국어국문학과가 증설되어 교수와 학생이 폭발적으로 늘어났다. 학과가 생겼으나 학과목을 담당할 교수는 형편없이 부족한 상태가 되어서 한때는 석사학위를 받을 예정인 사람이 대학의 전임강사로 부임하는 일도 심심치 않게 일어났다. 새로운 강좌를 개설해 좋고 그것을 담당할 마땅한 전공자가 없어서 쩔쩔매는 국어국문학과도 많이 있었다. 전공 분야의 외국 이론서(흔히 원서라고 불렀음.)를 구한다는 것도 쉬운 일이 아니었다. 1950년대 초기에는 미군부대 도서관에서 흘러나

온 책을 보물처럼 여기기도 하였고, 일본어 번역본을 읽고 원서를 읽은 것처럼 위장하는 교수들도 있었다. 이렇게 1950년대가 흘러갔다.

1960년대에 오면 서구 이론서에 대한 갈증은 대체로 해소되었다. 서양 서적을 전문으로 수입하는 책방이 생겨서 대학원 학생들도 쉽게 서구의 이론 서적을 접하게 된 것이 1960년대의 일이었다.

이 무렵부터 서구의 이론을 도입하여 국어에 적용하고, 우리나라 문학 현상에 적용하는 연구를 경쟁적으로 벌이게 되었다. 현대문학을 공부하는 사람들은 르네 웰렉, 노드롭 프라이, 롤랑 바르뜨, 루카치, 골드만 등 서양학자들의 이름을 언급하지 않고는 문학 현상을 말하지 못하는 풍조가 생겼고, 국어학을 공부하는 사람들은 예스페르센, 로만 야콥슨, 노암 촘스키 등을 말하지 않으면 행세를 못하는 분위기가 퍼지기도 하였다. 이러한 현상은 학문의 발전에 분명히 긍정적인 요소로 작용하였다.

그러나 외래 이론을 적용하는 것이 우리나라 언어와 문학을 설명하는 유일의 수단이 아니라고 말하면서도 그 속에서 헤어나지 못하는 폐단이 없지 않았고, 또한 이러한 연구 경향은 원서의 이론을 깊이 있게 이해한 상태에서 적용하는 것이 아니라 지극히 인상적이고 표피적인 작용에 그치는 사례도 발생하게 되었다. 더구나 일부 초보적인 연구자들은 원서를 읽고 연구에 들어가는 것이 아니라 번역본에 의지하여 논문을 쓰는 사례까지 등장하게 되어 이것이 국어국문학의 진정한 발전이 될 수 있을 것인지를 깊이 고민하게 하였다. 국어국문학과의 과포화 상태가 빚은 심각한 후유증이었다.

이런 상태에서도 물론 양질의 연구 성과가 국어국문학 연구의 상층을 형성하고 있었다. 아마도 1970년대 이후 오늘에 이르기까지의 기간은 우리나라 학문사상 유례없는 국어국문학의 호황이라고 보아야 할 것이다. 군사 독재라는 정치적 분위기하에서도 한강의 기적이라고 부르는 경제 개발 붐은 국어국문학의 연구 열기를 가중시켰다. 외국 이론의 영향을 받지 않는 분야도 그 나름대로 차분하게 발전을 모색하였고 세분화된 전공 영역을 확대하여 나아갔다. 그렇지만 1990년대에 들어서면서 20세기 후반기 학풍에 대한 반성의 기운이 일어나기 시작하였다.

그 대표적인 사건이 바로 국어국문학회 40년을 맞아 국어국문학 40년을 회고한 일이었다. 그 보고서에 의하면 그동안 국어국문학이 크게 보아 몇 개의 학문 영역으로 가지치기를 하였는가를 알 수 있다. 잠시 제목만을 훑어보기로 하자.

고전문학 분야

1. 고전문학의 자료와 방법론

2. 향가·여요 연구의 회고와 전망

3. 시조·가사 연구 60년 개관

4. 고전 소설 연구사 검토

5. 구비 문학 연구사

6. 고려조 한문학 연구의 현황과 과제

7. 조선시대 한문학 연구사 검토

현대문학 분야

1. 현대문학 연구의 쟁점과 전망

2. 한국 현대시의 회고와 반성

3. 현대 소설 연구의 성과와 과제

4. 수필 문학 연구사

5. 현대 희곡 연구 약사

6. 비평의 정론 편향성 극복과 실용화 문제

7. 비교 문학 연구사

국어학 분야

1. 국어학의 자료와 방법론

2. 국어 음운론 연구 1세기

3. 국어 통사론 연구사

4. 국어 형태론 연구의 흐름과 과제

5. 국어 의미론 연구사

6. 어휘론 연구사

7. 국어 문체론 연구의 현 단계와 어학적 문체론

별도

1. 국어국문학 40년의 회고 – 어문 정책을 중심으로

IV

위의 항목에 추가해 넣어야 할 것도 있으나, 20세기 후반기 40년의 국어국문학의 행적은 양적 팽창에 있어서는 일단

자랑할 만한 정도에 이르렀다고 할 수 있다. 그러나 질적인 문제에 이르면 만족하다고 말할 수는 없을 것 같다. 이미 이들 보고서에서도 산발적으로 밝히고 있는 문제점은 다음의 세 가지로 요약된다.

첫째, 언제까지 외국 이론의 보세가공만 할 것인가?
둘째, 북한의 연구 성과를 소상하게 파악하고 논의할 수는 없는가?
셋째, 19세기 이전의 전통을 어떻게 접목시킬 것인가?

위의 첫 번째 과제는 시점에 따라 해석을 달리할 소지가 있다. 즉 외국 이론은 부단히 흡수하여 그것을 내 것처럼 알고 이용할 수 있는 능력을 항상 비축하고 있어야 하기 때문에 외국 이론의 수입과 적용을 수준 향상의 문제로 처리해야 한다는 점이다. 또한 외국 이론이 적용되지 않는 분야는 처음부터 해당이 되지 않는 사항이다.

가령 국어학 중 어원론과 한자차용 표기 분야는 특별히 서양 이론에 기댈 필요가 없는 것들이다. 특히 1970년대 중반부터 새로이 발굴되어 구결학회라는 학회까지 만들게 된 구결 자료는 외국의 이론과는 인연을 맺지 않고 상당한 연구의 진척을 보이고 있다. 이러한 자료가 발견되어 전기 중세국어 내지 고대국어 연구에 새로운 빛을 던지리라는 기대는 1970년대까지 꿈도 꾸지 못했었다.

둘째, 북한의 연구 성과에 깜깜하다는 한탄과 자괴(自愧)의 목소리는 1980년대 이후 어느 정도 해소가 되었지만 이것은 학문 외적 요소이기 때문에 논의해 본들 소용이 없는 것인지도 모른다. 그렇지만 지금 이 순간에도 우리들의 가슴속 한쪽에 북한의 연구 성과는 무시해도 별것 아니지 않겠느냐는 잘못된 인식이 있는지 깊이 반성해 보아야 할 것이다. 이러한 숨겨진 생각이 건재하는 한 학문의 발전도 민족의 통일도 모두 기대하기 어려울 것이기 때문이다.

셋째, 전근대의 단절된 우리나라 학문이 아직도 상당 부분 재조명을 기다리고 있다. 그것을 무시한 채, 20세기에 들어와 일본과 서양의 학문에 눌려 지내왔음을 반성하는 일은 조금 때가 늦기는 했지만 새롭게 정비해야 할 것이다. 근대적 학문의 개념은 없었으나 그 연구 결과가 오늘의 시점에서도 유효한 것이 있을 수 있기 때문이다. 그것이 때로는 자료의 수준인 경우도 있고, 또 때로는 형안(炯眼)이 번뜩이는 해석일 수도 있다.

V

그러면 이제 위와 같은 학문적 성과를 토대로 하여 21세기의 국어국문학을 예견해 보기로 하자. 이 글의 첫머리에서도 이미 밝힌 바와 같이 우리의 예측은 앞으로의 100년 전체를 꿰뚫어볼 수는 없을 것이다. 아마도 21세기의 초반 일이십 년 정도를 내다본다면 그나마 다행일지 모르겠다.

1960년대에 아직도 카드 상자에 필사 형태의 자료를 모으던 분들은 일이십 년도 지나지 않은 1980년대에 복사기의 보급이 그렇게 일반화되리라는 것은 상상도 하지 못했다. 또 1980년대에 조금씩 보급되던 컴퓨터가 10여 년이 지난 지금 어느 정도에 이르렀는가를 돌이켜 보면 학문의 풍토가 앞으로 어떻게 바뀔지 정말로 예측하기 어렵다.

그러나 분명한 것 두 가지가 있다. 그 하나는 새로운 자료가 계속 발굴되어 예전에는 생각지도 못했던 연구 분야가 탄생되리라는 것이요, 또 하나는 자료에 대한 정확한 해석은 연구 방법론 이전의 문제로 여전히 중요성을 가지리라는 것이다.

이상과 같은 전제하에 21세기 초반에 우리 국어국문학계에 밀어닥칠 변화의 물결은 무엇인가? 그것은 이미 예견되는 다음의 세 가지일 것이다.

첫째는 통합화요, 둘째는 정보화이며, 셋째는 세계화이다.

첫째, 통합화라는 말은 현재의 학문 영역이 새로운 체계로 헤쳐 모이는 것을 뜻한다. 지금, 편의상 어학과 문학으로 나누고 문학을 고전문학과 현대문학으로 나누며, 다시 그것을 장르별, 시대별로 구분하는 연구 방법론은 아마도 지양될 것이다. 어문학뿐만 아니라 사회학, 역사학 등 관련 분야가 종횡으로 엮이는 새로운 형태의 학문 패러다임이 짜이지 않을까 생각된다. 이미 대학원 과정에서 많은 과목이 협동 과정으로 운영되어 있어서 그 초기 형태는 나타났다고 말할 수 있다. 가령 향가 연구 같은 것이 어문학의 경계를 초월하여 사회사 · 정치사 등과 어울리며 연구된다면, 그리고 그것이 한 사람에 의해서가 아니라 몇 사람의 합동 연구로 수행된다면 그것은 새로운 형태의 연구 방식이 될 것이다. 여기서 덧붙여 문학 연구에서 원초적인 과제 하나를 짚고 넘어가야겠다. 연구 내상 작품의 정본(正本, Text) 확립의 문제는 연구 방법이 어떻게 변모하여도 그 연구 이전의 문제로 엄존한다는 사실이다. 또한 그 정본에 대한 정확한 해석은 역시 이론 적용 이전의 문제이다.

최근에 김소월의 "진달래꽃" '사뿐히 즈려 밟고 가시옵소서'에서 '즈려'와 이육사의 "절정" '겨울은 강철로 된 무지갠가 보다'에서 '강철로 된 무지개'에 대한 새로운 해석은 정본 텍스트의 문제를 새삼스럽게 제시한 좋은 사례가 되었다.

둘째, 정보화라는 말은 요즈음 너무 자주 들어서 새로울 것도 없는 이야기일지 모른다. 그러나 앞으로는 상당 부분의 초보적인 연구는 컴퓨터의 사이버 공간 안에서 연구자들 사이의 대화로 진행될 수도 있다. 그 대화가 곧 논쟁이요 세미나일 수 있으며 그 과정에서 새로운 결론을 몇 사람이 공동으로 제출할 수도 있다. 그렇다면 학문의 프라이버시, 즉 개인적 창의성 보장의 문제는 어떻게 될 것인가? 아마도 그러한 부분이 요구되는 학문에서는 정보 감추기가 큰 문젯거리가 될 것이다. 그만큼 연구 대상이 되는 정보는 모두 사이버 공간 안에 축적되어 연구에 활용이 될 터인데 그때에는 학문의 프라이버시가 문제가 아니라 연구 성과의 공유에서 오는 쾌락이 더 큰 문제가 될지도 모른다. 이 정보화 분야만큼은 학문을 어디로 몰고 갈지 아무도 예견을 못하게 한다.

셋째, 세계화라는 말은 우선 국어국문학이란 명칭을 위협할 것이다. 국내용으로 쓰이는 이 명칭은 한국어 한국문학이라는 국제용으로 바뀌지 않으면 안 될 것이기 때문이다. 명칭만 바뀌는 것이 아니라 학문의 성격도 그것이 한국 사람을 주제로 하는 한국어학·한국문학이 아니라 세계인 전체를 주체로 하는 한국어학·한국문학이 될 것이다. 물론 여기에 만고불변이라고 할 대전제가 있다. 그것은 우리 민족이 독자적인 통일 국가를 건설하고 세계무대에 주도적 역할을 한다는 다분히 민족주의적 발상이 여전히 바닥에 깔려 있는 것이다.

아무리 그렇다 하더라도 한 지붕 한 식구로서의 세계인 통합화는 가속될 것이고 학문도 그러한 방향에서 이루어질 것이기 때문에 국어국문학은 한국어 한국문학이어야 존립이 가능하게 되리라는 점이다. 따라서 그 연구 성과는 한국어와 적어도 또 하나의 다른 언어로 동시에 발표되지 않는다면 의미를 상실할 것이다. 이미 이 20세기에도 한국어 이외의 언어로 발표한 국어국문학 연구 업적들이 세계의 주목을 끄는 현상이 일어났었다. 그리고 외국 이론의 도입 적용도 크게 보면 외국어 구사 능력과 함수 관계가 있었으며 그러한 능력의 보유자가 학계를 이끌어 온 요소가 없지 않았다. 그런데 21세기에는 이러한 현상이 더욱더 가속화할 것이다. 문학 작품의 경우 1950년을 전후로 하여 이미륵의 『압록강은 흐른다』와 김은국의 『순교자』가 각각 독일어와 영어로 발표되었는데 아마도 앞으로는 이중 언어 작가가 나와서 하나의 작품을 한국어와 다른 외국어로 동시에 발표하는 일도 일어날 것이요, 논문의 경우에는 더더욱 그러한 현상이 일반화하지 않을까 상상해 본다. 그리고 나서야 한국어문학의 세계화는 제자리를 잡을 것이기 때문이다.

이것으로 우리의 상상력을 접기로 하자. 21세기 중반쯤 접어든 때에 이 글이 어떤 평가를 받을까 한편으론 흥미롭고 다른 한편으론 가슴이 조인다.

21세기 국어학의 과제

I

두 달 남짓이면 새롭게 전개될 새천년을 맞이하게 되었습니다. 사람이 인위적으로 구획 지은 시간이요, 세월이지만 과거의 인류 역사와 대비해 보면 새천년이 시작하는 21세기에는 지금까지의 역사와는 다른, 경이(驚異)의 시대가 펼쳐질 것이라는 예감으로 가득 차 있습니다.

우리는 오늘 이 경이의 21세기에 우리의 국어학이 어떤 모습이어야 할 것인가를 생각해 보고자 하여 이 자리에 모였습니다. 그런데 새로운 시대의 전개라는 장밋빛 전망에도 불구하고 그것이 국어학 분야에 국한될 때에는 장밋빛이 아니라 회색빛 암운이 드리울 것이라는 대단히 불길한 예감에 휩싸여 있습니다. 따라서 오늘의 이 모임은 어떻게 하면 그 잿빛 암운을 거둘 수 있을 것인가 하는 해결책을 생각해 보는 자리이기도 합니다.

21세기를 앞두고 사람들은 B.C.와 A.D.를 아주 흥미롭게 묘사합니다. 21세기가 A.D.에 해당하고 그 이전이 B.C.인데 그 B.C.는 Before Computer이고 A.D.는 Anno Digital이라는 것입니다. 기발한 묘사라 하여 한번 웃어넘겨 버릴 재담이라기엔 그 속에 매우 깊은 암시와 풍자가 깃들여 있습니다. 우리는 이렇게 변혁의 분수령을 넘어가고 있습니다.

이러한 시점에서 우리는 국어학 분야에 국한하여 과거와 현재와 미래를 간략하게 정리해 볼 필요가 있습니다. 논의의 편의를 위하여 과거를 19세기 말까지로 하고 현재를 20세기로 한정해 보기로 하겠습니다. 그러면 미래는 자연히 우리가 집중적으로 조망하고자 하는 21세기가 될 것입니다. 편한 대로 19세기, 20세기, 21세기를 과거, 현재, 미래로 나누었다고 생각하면 좋겠습니다. 이렇게 나누었을 때 우리는 즉시 우리나라 문화사가 대체로 이 세 시기별로 구분되는 특징이 있음을 발견하게 됩니다.

19세기는 한마디로 전통문화의 시기였습니다. 그때까지의 우리나라는 동북아시아라는 지역 문화권 안에서 중국 문화의 동반자 노릇을 하였습니다. 그렇다고 하여 민족적 주체 의식을 약화시켰다거나 상실한 적이 있었던 것은 아니었으나 중국 문화, 좀 더 포괄적으로 말하여 동양 문화권 안에서 때로는 동양 문화와의 일체감으로, 또 때로는 동양 문화 속의 특수 문화라는 분리 의식을 가지며 살아왔습니다. 민족적 위기가 닥쳤을 때에는 동이(東夷) 문화의 특수성을 강조하였지만 전체적인 맥락은 동양 문화(조금 정확하게 말하면 중국 문화)와 구분 짓지 않은 문화적 동질성을 유지하였습니다. 가령 18세기 이래 강력한 발언권을 행사했던 실학 사상만 해도 그것이 우리의 목소리가 아니라 이미 중국 대륙에서 외쳤던 함성에 대한 화답의 성격이었음을 숨길 수가 없습니다. 거듭 말하거니와 19세기는 중국에 대한 사대(事大), 모화(慕華)를 중심축으로 하는 동양 단독 문화의 시기였습니다. 물론 19세기 말엽에 20세기의 징조, 곧 서양 문화의 입김이 일본을 통해 전달되었음을 간과할 수는 없습니다. 그리고 20세기로 넘어왔습니다.

20세기는 크게 두 시기로 갈라집니다. 전반 50년과 후반

50년이 그것입니다. 전반 50년은 일본 문화의 영향력 아래 있었던 시기이고, 후반 50년은 미국 문화의 영향력 아래 놓여 있었던 시기입니다. 그러나 일본 문화를 통한 것이었건, 미국 문화와 직접 대치되었던 시기였건 이 일백 년 동안은 서양 문화를 어떻게 수용할 것인가를 놓고 대립과 갈등을 겪은 시기였습니다. 전반기에는 서양 문화에 대한 비판적 안목이 투철했다고는 보기 어렵습니다. 오히려 전통적인 것에 대한 맹목적 반감이 더 많이 작용했다고 말할 수 있습니다. 왜냐하면 서양 문물에 대한 지식의 결여가 식민지 시대를 초래한 것이 아닌가 하는 반성 때문에 일본은 미워하면서도 서양을 일찍 배운 일본 문화는 선호하는 기현상이 나타난 것입니다. 그리고 후반기에는 일본의 후속 타자로서의 미국 문화를 통하여 서양 문화를 거의 무비판적으로 받아들입니다. 간간히 동도서기(東道西器)니 동체서용(東體西用)이니 하는 말을 쓰면서 서양 문화와 적당히 거리를 두는 시각이 없지도 않았지만 전반적으로는 서양 문화를 흡수하여 적용하고 재해석하는 동서 문화 양립의 시기였습니다.

II

이제 이러한 20세기의 고비를 넘기고 바야흐로 21세기에 들어가고 있습니다. 이 새로운 세기에는 동서양뿐만 아니라 제삼 세계까지를 폭넓게 아우르는 전 세계적인 융합과 조화의 문화, 곧 세계 종합 문화가 펼쳐질 것입니다. 크게 보면 19세기에서 20세기를 거쳐 21세기에 오는 동안 우리나라는 동북아라고 하는 동양의 지역 문화에서 동서 대립 문화의 20세기를 거쳐 지구촌 한 가족이라는 세계 문화 시대에 들어가고 있습니다.

그러면 이와 같은 세 시대의 국어학은 어떤 모습이었으며, 또 어떠한 모습이 되어야 할 것인가를 생각해 보아야 하겠습니다.

먼저 19세기 국어학의 양상은 어떠하였습니까? 쉽게 기억되는 것으로 정약용의 『아언각비(雅言覺非)』, 『이담속찬(耳談續纂)』, 유희의 『언문지(諺文志)』, 『물명류고(物名類考)』, 조재삼의 『송남잡지(松南雜誌)』, 박경가의 『동언고(東言考)』 같은 책이 19세기 전반에 선을 보이고 후반에는 서양 선교사들에 의한 문법서와 사전류가 간행됩니다.

전반의 연구 업적은 그것이 국어학이라는 뚜렷한 개별언어학적 인식을 지니고 있었던 것은 아닙니다. 전근대(前近代) 학문의 특성인 문사철(文史哲) 종합 학문의 성격이었고 그 속에서 우리말 어원, 관용 표현. 음운, 어휘 등에 대한 소견들의 집적이 이루어졌던 것입니다. 이러한 연구 성과는 어쩌다가 안목을 넓힌 분의 특별 관심의 범위를 넘어서는 것이 아니었습니다.

후반의 연구 업적을 구체적으로 밝히면 다음과 같습니다. 리델의 『한어문전』과 『한불자전』, 언더우드의 『한영문법』과, 『한영·영한사전』, 다불뤼의 『나한사전』, 게일의 『사과지남』 등입니다.

이런 것은 엄격한 의미에서 국어학의 연구물이 아닙니다. 굳이 이 시기에 주목할 것이 있다면 주시경의 등장이라고 할 수 있습니다. 물론 그의 업적은 20세기에 들어와서의 일입니다만 1896년에 독립신문이 창간되고 그해에 주시경이 국문동식회(國文同式會)를 만들어 비로소 국어학의 싹이 텄다는 사실은 거듭 주목해야 할 일입니다.

20세기 초반은 주시경과 그의 뒤를 이은 일군의 민족주의 성향의 국어학자(흔히 '한글학자'라고 불러왔음.)들이 주도

합니다. 국어학(당대에는 조선어학이라 불렀음.)이란 학문 명칭도 1910년을 전후한 시기에 민족자존 의식의 열매로 쓰이기 시작합니다. 그러나 불행하게도 만 35년 동안 국권을 상실하게 됩니다.

이러한 정치적 암흑기에 국어학은 문법의 정비와 정서법의 정비라는 두 개의 축이 지탱합니다. 문법 연구에 불을 지핀 것은 물론 서양 선교사와 일인학자(日人學者)들의 문법서가 있었기 때문이고, 정서법의 정비는 주시경의 국문동식(國文同式)에 대한 열망과 조선총독부의 보통학교용 언문철자법 공포가 자극이 되었습니다. 이보다 앞서 구한말에 국문연구소의 연구 성과가 이미 맞춤법 정비의 움직임을 보이기 시작했으나 그것이 결실을 본 것은 일제 식민 통치의 문화정책을 배경으로 하고 있습니다. 이것은 참으로 역사의 아이러니가 아닐 수 없습니다. 민족 문화 말살과 민족 언어 말살을 획책하였던 일제 통치하에서 국문법 연구가 자리를 잡아가고 맞춤법의 정비가 이루어졌다는 사실은 고유한 민족과 그 민족의 언어·문화가 정치·사회적 여건과는 무관하게 존속하고 발전할 수 있다는 선례를 남겼다는 점에서 세계 문화사에 특기할 일이라 하겠습니다. 이 시기에 언어학의 일 분과로서 국어학이 존재한다는 것도 알게 되고 역사 언어학의 관점에서 중세국어, 고대국어에 대한 관심이 증대하여 이 분야에 대한 괄목할 업적이 나타납니다.

최현배, 김윤경, 이숭녕, 이희승, 방종현, 양주동 등의 일련의 연구 성과는 20세기 전반기에 국어학이 얼마만큼의 소득이 있었는가를 알려줍니다. 그러나 이분들의 성과물은 한편으로는 일본학자들의 앞선 연구물에 신세 지고 있고, 또 한편으로는 서양 언어학에 대한 지식의 갈증 나는 흡수의 결과라는 한계를 지니고 있습니다. 국어학자들의 독자적인 행보, 국어학이 다른 나라 어학과 구별되는 독자적 학풍을 형성하며 쌓아놓은 연구물이라 하기에는 아직 수입 가공의 흔적을 버리지 못하고 있습니다.

이러한 상태에서 20세기 후반기에 넘어옵니다. 다행히 식민의 굴레는 벗었으나 민족 분단의 설움을 견디며 서양 학문의 수입과 적용은 극에 달하는 세월을 보냅니다. 20세기 후반기 50년을 휩쓸었던 국어학의 행보는 유럽의 일반언어학, 미국의 구조주의 언어학, 그리고 미국의 생성문법 이론을 기점으로 하는 다양한 실험적 수정 이론들을 숨 가쁘게 따라가는 세월이었습니다. 지금 이 순간에도 숨 가쁜 따라

잡기는 계속되고 있습니다. 물론 다른 한편으로는 외래 언어학 이론과는 인연을 맺지 않고 중세국어 또는 고대국어 자료를 면밀히 검토하면서 국어학 특유의 연구 방법론을 개발하고 연구 성과를 쌓아가는 분야가 없지도 않습니다. 전자가 종래 문법론 분야에 포괄되었던 음운론, 통사론 분야에 집중되었다면, 후자는 이른바 차자표기 영역에 속하는 이두·구결 연구로 어휘 연구 분야라고 할 수 있습니다. 한마디로 묶어서 표현한다면 20세기 후반기 50년은 한편으로는 외래 학문을 부지런히 수입하여 적용하는가 하면, 다른 한편으로는 새로운 자료를 부지런히 찾아내어 전인미답(前人未踏), 전대미문(前代未聞)의 국어의 역사적 사실과 국어 문화의 특성들을 밝혀왔다고 할 수 있습니다. 외래 이론의 통용이건 새로 발굴된 자료에 의한 새로운 국어 사실의 규명(糾明)이건 국어학은 바야흐로 독자적인 인문학으로서의 심화 과정을 순조롭게 추진해 나아간다고 보아야 합니다.

III

국어학의 학문적 성과가 얼마만큼 심화 확대되어 가는가를 최근 수 3년간의 통계로 제시해 보이면 다음과 같습니다. (국립국어연구원 간행 국어학연감 참조)

1997년 단행본 137권 학위논문 133편 학술지 논문 1002편
1998년 단행본 154권 학위논문 232편 학술지 논문 1143편
1999년 단행본 194권 학위논문 345편 학술지 논문 1161편

이 통계로 2000년을 추정한다면 2000년 단행본 200권, 학위논문 360편, 학술지 논문 1200편 이상이 될 것입니다. 아마도 이것은 1960년대나 1970년대의 10년분을 훨씬 능가하는 양적 성장일 것입니다. 그러나 바로 이러한 시점, 이 2000년을 마감하는 차제(此際)에 국어학은 매우 심각한 도전에 직면해 있습니다. 그 중요한 이유는 다음 두 가지입니다.

첫째는 인문학의 전반적인 퇴조 현상입니다.

둘째는 세계화의 거센 바람입니다.

돌이켜 보면 인문학의 퇴조는 어제오늘의 일이 아니요, 어찌 보면 인문학 자체의 속성인지도 모르겠습니다만 이른바 어·문·사·철학은 사회과학과 자연과학의 즉각적이고 다양한 효용 가치에 비한다면 급변하는 일상생활에 도움을 주는 바가 없다는 가시적 실용주의에 밀려 점점 설 땅을 잃어가고 있습니다. 가시적 실용주의를 대표하는 문화적 산물은 아마도 텔레비전이 아닌가 싶습니다. 다시 말하여 시각적 효과를 극대화시키는 텔레비전으로 인하여 '보는 것'이 빠진 듣기나 생각하기는 문화 활동의 영역을 잃어 가는 듯합니다. 활자만 찍힌 책은 그림이 들어 있는 책에 밀리고 있는 것이 출판문화의 현실입니다. 사람의 사람됨을 깊이 있게 생각하고 살펴보기를 거부하는 풍조가 얼마나 위험한 것인가는 생각하기만 해도 두렵습니다만 아무튼 오늘날은 말이니, 글이니, 역사니, 생각하기니 하는 것을 일단 취급하기 귀찮은 대상으로 밀어놓고 있습니다. 이러한 인문학의 퇴조는 대학의 학과 설치에도 영향을 주고 있습니다.

한편 세계가 하나의 동네로 묶이는 세계화 현상은 개별

문화의 가치를 평가 절하하는 풍조를 낳고 있습니다. 그 대표적인 사례가 우리나라에서는 영어 공용화론으로 나타났습니다. 이것은 자연스럽게 국학 분야 전반에 걸친 평가 절하 현상을 가져왔고 국학 관련 학과의 장래를 어둡게 하고 있습니다. 영어만 잘하면 세상 사는 것은 모두 해결이 될 터인데 국사학이니 국어학은 무엇 때문에 해야 하느냐고 말하는 사람들이 의외로 많아지고 있습니다. 현재 한국어의 크기는 세계에서 13위 정도를 유지하고 있고 사용 인구는 약 7500만 명 정도입니다. 숫자로만 본다면 무시할 수 없는 큰 언어임에 틀림없습니다만 새천년 기간에 세계의 언어는 십여 개의 큰 언어로 이합집산(離合集散)이 이루어지리라는 예측을 받아들일 경우, 한국어의 장래가 밝은 것이라고는 말할 수 없습니다. 물론 우리는 오천 년 우리 민족의 역사를 돌이켜 보면서 우리 민족과 언어가 쉽사리 제자리를 잃으리라고 생각하지는 않습니다. 그러나 작은 언어의 소멸이 급격하게 진행되고 있는 오늘날의 세계화 추세는 결코 안이한 자세를 허락지 않습니다.

IV

　지금까지의 논의를 토대로 하여 21세기 국어학이 설 자리를 찾아보기로 합니다. 무엇보다는 기본적인 자세는 언제 어떤 경우에나 적용되는 두 가지 원칙, 곧 전통의 계승과 시대의 흐름에 영합한다고 하는 두 축을 어떻게 슬기롭게 공존시키고 조화에 이르게 하느냐 하는 것입니다.

　19세기까지 국어학이란 학문은 그 명칭도 존재하지 않았습니다. 국어학이 하나의 독립된 학문으로 성립된 것은 근대화 과정에서 민족 주체의식이 성립되면서 언어학의 분과로 자리매김이 가능했기 때문이었습니다. 그리고 100년의 세월이 흐르는 동안 국어학은 이제 다시 전체 학문의 패러다임 안에서 새로운 자리매김이 요구되는 시대로 바뀌고 있습니다. 한마디로 말하여 이 세상은 국어학의 존립과 발전을 위하여 움직이는 것은 아닙니다. 그러므로 국어학이 세상에 적응해야 합니다. 그렇다면 21세기의 학문의 재편(再編)은 어떤 양상이 될 것인가. 그 속에서 슬기롭게 국어학이 차지할 자리가 확보되도록 하는 것이 국어학도와 국어학계의 일일 것입니다. 그 방향을 찾기 위한 두 개의 지침이 이미 우리 앞에 놓여 있습니다. 그 하나는 학문의 통합화 현상이요, 다른 하나는 정보화 현상입니다.

첫째, 학문의 통합 현상은 '학제간(inter-disciplinary) 연구'라는 용어가 쓰인 1980년대에 이미 그 조짐을 보이기 시작하였습니다.

저간(這間)에 전문화·세분화로 치닫던 학문 간의 담쌓기가 한계에 부딪치자 그 반동으로 인접 학문과의 연계가 필요하게 되었고 그것은 전공영역이라는 종래의 틀을 벗어나게 하였습니다. 이러한 종합화의 길은 학문 분야에만 나타났던 것은 아니었습니다. 문학·미술·음악 등 문화계에도 이른바 탈장르화라는 현상으로 광범위하게 나타났습니다. 수필 속에 시와 소설이 융합되고 회화 속에 공예와 조각이 섞입니다. 이것은 학문의 세계에는 '학제간 연구'라는 형식으로 나타난 것입니다. 그렇다면 국어학의 활로도 이러한 탈장르 내지는 복합장르 방식으로 연구 방법을 다극화하여 종래의 국어학의 접근 방법에서 자유로울 수 있어야 할 것입니다. 이러한 현상도 이미 국어학 분야에 나타나고 있습니다. 이른바 응용국어학이란 이름으로 묶이는 여러 방면의 관심이 그것입니다. 국어문화론, 법률언어학, 언어병리학

등 이름도 생소한 국어학의 하위 분야가 음운론, 형태론, 통사론 같은 고전적(?) 정통 언어 연구의 영역을 잠식하고 있습니다. 이것은 자연스럽고 당연한 현상입니다. 이렇게 폭을 넓히고 연구 방법을 다극화하여야 국어 연구가 활력을 얻을 것이기 때문입니다. 또한 이것은 대학에서 실시하는 복수 전공제와도 어울리는 일이 될 것입니다.

둘째, 정보화 시대에 부응하는 연구 방법론의 개발은 국어학이 넘어야 할 새로운 산입니다. 앞으로의 세상은 인터넷 웹사이트를 이용하지 않고는 연구를 할 수 없는 형편이 될 수도 있습니다. 설사 그러한 상태에 이르지 않는다고 하더라도 연구 자료가 웹사이트에 들어 있고 대부분의 학자들은 그 공유 정보를 어떻게 개별화, 사유화하느냐 하는 문제를 고민하게 될 것입니다. 말하자면, 모든 기본 연구 자료는 사이버 공간 내에 축적되어 있게 됩니다. 그리고 개인의 연구 성과도 동시에 저장됩니다. 그러한 공유 정보는 누구에게나 공개되어 있고 해결해야 할 논항(論項)들은 언제나 인터넷상에 세미나나 심포지엄의 형태로 떠 있습니다.

이렇게 진행되는 연구 성과는 개인적 프라이버시나 오리지널리티를 얼마나 유지하게 되는 것일지, 지금으로서는 예측할 길이 없습니다. 그러나 그러한 미래 학문의 성향을 모색할 때에 국어학의 미래도 보장되는 것 아닌지 모르겠습니다. 그렇지만 이 모든 것에 선행하여 지금까지 논의한 불확정적인 국어학의 미래를 확실하게 해 주는 일은 무엇보다도 국어 자체의 건전한 생존입니다. 따라서 어떤 세부 분야의 국어학을 연구 대상으로 삼건, 또 어떤 형태의 국어학과 관련된 학제간 연구를 수행하건 21세기의 국어학도가 유념해야 할 것은 아름다운 국어, 올바른 국어가 민족 구성원 안에 깊이 뿌리 내리도록 국어를 지키고 보호 육성하는 방안을 강구하여야 한다는 사실입니다. 만일에 세계화의 회오리 속에서 한국어가 우리나라 안에서 다른 언어와 나란히 이중 언어의 하나로 쓰인다거나 더 비참하게 되어 방언적 지위로 전락한다면 이미 국어학은 생명을 잃은 기호품 학문이 될 것이기 때문입니다. 물론 우리 한국어가 가까운 일이백 년, 아니 일이천 년 사이에 그런 사태가 오리라고 생각하는 사람은 아무도 없을 것입니다. 일제하 언어 말살 정책 하에서도 우리 선조는 사전을 만들고 맞춤법을 정리한 아름다운 전통을 수립하였기 때문입니다.

그러나 우리가 조금만 방심하면 한국어는 질풍노도(疾風

怒濤)의 모습으로 달려오는 영어의 위세에 추풍낙엽이 될 수도 있다는 사실을 거듭거듭 유념하여야 할 것입니다. 이것이 국어학이 21세기에 건재할 수 있는 열쇠입니다.

하나 된 언어, 하나 된 민족

　반세기를 넘기는 민족 분단의 아픔을 견디면서 우리 민족은 언젠가는 통일이 될 것이라는 굳은 희망을 잃은 적이 없다. 민족적 의지가 반영되지 않은 38선이 국경선처럼 굳어 갈 때에도 우리 민족은 원래 단일민족이요 단일 국가였다는 사실을 그리워하였다. 전 세계가 자유 진영과 공산 진영으로 양분되어 민족이 분열의 와중에 빠지면서 정치적 혼란이 극심했을 때에도 단일 민족, 단일 언어에 대한 믿음은 흔들리지 않았다. 더구나 뜻하지 않은 6·25전쟁이 터져서 형제 사이에 총부리를 겨누는 불행한 사건이 일어났을 때에도 이것은 언젠가는 종식될 이념적 갈등이요, 약소민족의 비애임을 가슴에 새길지언정 언제까지나 같은 민족이 반목과 대결을 계속해야 할 것이라고 생각하는 사람은 아마 없었을 것이다. 민족의 뿌리가 워낙 깊고 오랜 것이었기 때문이리라.

이제 그러한 믿음 - 곧 우리 민족이 하나의 울타리, 하나의 마당 안에서 평화롭게 살아갈 것이라는 기대감 - 이 그 어느 때보다도 드높아 가는 시기를 맞이하였다. 지난 6월 15일 남북정상회담을 시작으로 하여 민족의 슬기와 정성이 통일을 향한 힘찬 발걸음을 내디뎠기 때문이다.

그러면 이러한 시점에서 남북한의 언어는 실제로 얼마만한 거리에 놓여 있으며 그것은 어느 정도의 노력을 기울여야 해소될 수 있는 것인가를 검토해 보아야 한다. 성급한 태도이기는 하지만 결론부터 말한다면 우리들의 의지 여하에 따라 매우 쉽게 풀린다고 할 수 있다. 이제 그 이유를 차분히 살펴보기로 하자.

50년이 넘는 남북한의 교류 없는 사회 체제는 필연적으로 언어의 이질화 현상을 초래하였다. 한마디로 말하여, 남북한의 언어는 매우 다른 모습을 띠게 되었다. 언어 규범도 차이가 생겼고, 문자 생활도 달랐다고 말할 수 있다. 물론 일상의 언어에서도 서로 다른 표현이 나타나게 되었다.

그러면 이렇듯 '다르다' 고 하는 것이 얼마나 다른 것일까? 그 '다름'의 질과 양이 어느 정도인가를 알아야 거기에 기울일 노력이 얼마나 될 것인가를 가늠할 수 있을 것이다.

우리는 텔레비전의 '남북의 창'이라는 프로그램을 통하여 북한의 방송을 들어왔다. 그리고 북한의 만화, 때로는 북한의 영화를 감상하기도 하였다. 그때에 우리는 거의 못 알아듣는 말이 없었다. 북한 아나운서의 매우 격한 어조와 선동적인 말투에도 불구하고 그 내용을 알아듣지 못한다고는 할 수 없었다. 어딘가 거부감이 느껴진다는 막연한 이질감(異質感)! 이것이 북한 방송을 들을 때의 극복해야 할 사항일 뿐이다.

만일에 남북한의 언어 차이가 이런 정도의 느낌의 차이에 머무는 것이라면 우리는 무엇 때문에 그 이질화를 극복하기 위해서 노력을 기울여야 한다고 호들갑(?)을 떨어야 하는 것인가?

사실, 표면적인 언어 현상만을 문제로 삼는다면 그것은 분명히 '호들갑'의 차원에서 논의할 수도 있다. 따라서 우리는 낙관적인 자세로 원래 하나였던 언어, 하나였던 민족이니, 그 언어를 정리하는 일, 그 민족을 하나로 묶는 일이 어려울 것이 없지 않겠느냐는 참으로 편한 생각을 할 수도 있다.

왜 그런가? '언어는 생각과 느낌을 전달하는 음성 체계'라는 매우 고전적인 정의에서 접근 방법을 찾으려 하기 때문이다. "북한 사람들의 일상의 언어활동에서 못 알아듣는 것이 거의 없다.", "설사 한두 마디 못 알아듣는 어휘가 끼어 있다고 하여도 즉시 알아들을 수 있는 다른 낱말을 찾아낼 수 있기 때문에 그것은 그리 큰 문제가 되지 않는다." 대부분의 사람들이 이렇게 주장하고 있고, 또 그것은 일면의 진실을 나타내는 것이기도 하다. 그러나 여기에는 지나친 사실 하나가 있다. 그것은 50여 년에 걸친 사회주의 체제하에서 은연중에 형성된 이념적 요소가 낱말의 내포(內包) 의미 속에 들어 있는데, 그것을 섬세하게 감지(感知)하지 못할 때에는 표면적 의미를 이해하였다 하여 의사소통이 완벽하게 이루어졌다고는 볼 수 없기 때문이다.

이제 우리는 북한 사람들과 문서를 교환하고, 공동으로 국제회의에도 참석할 것이며, 또 올림픽에도 공동으로 출전할 터인데, 그 어느 경우에도 일상으로 표출된 표면 의미만을 생각하고 그것으로 의사소통이 이루어졌다고 하여 그 의사소통이 만족할 만한 단계에서 진행된 것이라고 믿어버려서는 안 된다는 점을 힘주어 강조하고 싶다. 혹시나 사회주의 체제하에서 별도로 참고해야 할 사상은 없었는가를 검토한 후에 그 대화, 그 문서, 그 의사소통이 원만한 것이었음을 확인하여야 한다.

지난 6·15 공동 성명에서 이 문제와 관련하여 떠오른 낱말이 '자주(自主)'라고 하는 것이었다. 사전적 의미의 '자주'는 남과 북에서 그렇게 큰 차이가 없다. 그러나 이 낱말이 정치적 용어로 쓰일 경우 북한에서 통용되는 개념과 남한에서 통용되는 개념 사이에는 상당한 거리가 있는 것으로 밝혀졌었다.

1990년대 전반기는 아쉬운 대로 남북한의 언어학자와 국어학자들이 몇 번 자리를 같이한 적이 있었다. 그때마다 확인한 사항은 다음과 같은 것이었다.

첫째, 우리들 남북한 사람들은 서로를 잘 알지 못했다. 서로 깊이 이해하도록 노력하자. 둘째, 표준어와 문화어 사이에는 이질성보다는 동질성이 더 많다. 셋째, 상대방을 의식한 언어 정책을 쓰도록 노력하자. 넷째, 자주 만날 수 있도록 힘쓰자.

이러한 결의를 다지고도 1990년대 후반기는 이상스럽게도 교류가 끊긴 채 세월을 보내왔다. 그렇지만 그러는 동안에도 남북의 언어 격차가 세상에 흔히 알려진 것만큼 심각한 것이 아니며 남북이 독자적으로 진행한 국어순화 운동과 말 다듬기 운동이 결과적으로 비슷한 결론에 이르렀다는 사실에 주목하면서 우리는 통일된 언어에 대한 희망을 잃지 않았었다.

그러면 지속적으로 희망을 지닐 수밖에 없었던 몇 가지 사항을 좀 더 자세히 언급해 보기로 하자.

먼저 북한의 문화어가 남한의 표준어와 실질적으로 다르지 않다는 사실이다. 문화어는 근로 인민 대중(또는 노동계급)의 현대 평양 말을 가리키는데 이것은 교양 있는 사람들이 쓰는 현대 서울말을 토대로 설정한 남한의 표준말과 그렇게 다른 말이 아님이 판명되었다. 물론 평양 말과 서울말이 지니는 방언적 차이가 없는 것은 아니지만 문화어가 평양말의 특성인 ㄷ구개음 유지 현상('정거장'을 '덩거당'으로 말하는 것)을 배제함으로써 평양 말의 특징적인 사투리색채를 없앴기 때문이다. 또한 근로인민 대중이라는 문화어의 중심 세력은 사회주의 국가 건설에 중추적인 역할을 하는 계층을 지칭하는 것으로 흔히 노동자 농민을 가리키는 것으로만 생각하기 쉬우나 사회주의를 이끌어 나가는 지식인 계층을 배제한 것이 아니어서 결과적으로 교양 있는 인민 대중이라는 말의 사회주의적 표현이었다는 생각을 하게 한다.

둘째로 남한의 국어순화 운동과 북한의 말 다듬기 운동이 각각 독자적으로 전개되었음에도 불구하고 그 결과가 신기하게도 비슷하게 되었다. 다음에 몇 개 예를 살펴보자.

가) 남북이 똑같은 형태로 바꾸고 다듬은 말

甘味 – 단맛	揭示板 – 알림판	括弧 – 묶음표
奇數 – 홀수	內皮 – 속껍질	賣買 – 팔고사기
反芻 – 새김질	排水 – 물빼기	負債 – 빚
揷木 – 꺾꽂이	常綠樹 – 늘푸른나무	受信人 – 받는 사람
脫脂綿 – 약솜	汗腺 – 땀샘	血統 – 피줄(핏줄)

나) 남북이 비슷한 형태로 바꾸고 다듬은 말

開花期 – 꽃피는 때, 꽃필 때	結氷 – 얼음 얼이, 얼어붙음
掛圖 – 걸 그림, 거는 도표	歸還 – 되돌이, 돌아옴
路肩 – 길섶, 갓길	待合室 – 기다리는 곳, 기다림칸

防濕 – 수기막기, 습기방지　石築 – 돌쌓기, 돌축대

위에서 확인할 수 있는 바와 같이 서로 다른 조건, 다른 환경에서 한자말이나 외래어를 순수한 우리말로 바꾸려고 할 때 완전히 같은 형태로 바꾸거나 아주 비슷한 형태를 찾게 되는 이유가 무엇일까? 그것은 두말할 필요도 없이 남북한의 문화 전통이 같기 때문이다. 한 둥지에서 날아간 형제 새들이 제 둥지를 찾아 돌아올 때에는 같은 자리를 찾아 날아올 것이 아닌가?

이것을 미루어 보면 본질적으로 50여 년의 분단과 딴 살림살이는 5천 년의 역사 전통에 비하면 하룻밤의 악몽과 같은 것일 수도 있다.

그러나 정말로 분명히 해 두어야 할 것이 있다. 우리가 그동안의 분단을 가슴 아파하고 서로가 서로의 상처를 감싸 안으면서 하나의 통일된 민족, 하나의 통일된 언어로 살아가고자 하는 조심스럽고 열의에 찬 정성이 없다면 정말로 우리가 바라는 민족의 통일, 언어의 통일은 쉽게 찾아오지 않는다는 사실이다.

우리는 먼저 겸손한 마음으로 하늘에 빌어야 한다. 통일된 민족 국가를 지니게 해 달라고. 그리고 세계를 향하여 호소하여야 한다. 우리가 통일된 민족 국가를 갖는 것이 세계 평화의 지름길이라고. 그리고 다시 우리는 서로시로 과거를 용서하며 아픈 상처를 감싸주되 다시는 그 상처가 도지지 않게 조심하여야 한다.

그러면 어느 선승의 말씀처럼 우리는 이렇게 말할 수 있을 것이다.

"우리 한반도의 산은 옛 산이 아니요, 우리 한반도의 물은 옛 물이 아닙니다. 그러나 다시 보니 한반도의 산은 또 옛 산이요, 한반도의 물은 옛 물입니다."

한자 병기倂記의 문자 생활

I

금년(1999년) 2월에 문화관광부에서 정부의 사무관리규정(1991년 6월 19일 대통령령 제13390호) 제10조를 수정하겠다는 발표를 하자, 온 세상이 갑자기 난리가 난 것처럼 시끄러웠다. 우선 그 내용과 사건의 경위를 간략하게 살펴보기로 하자.

그 사무관리규정 제10조의 내용은 다음과 같다. 〈문서는 쉽고 간명하게 한글로 작성하되, 특별한 사유가 있는 경우를 제외하고는 한글맞춤법에 따라 가로로 쓴다.〉

이 규정의 골자는 정부 안에서 통용되는 문서를 오직 한글로만 적는다는 것이다. 즉, 한글 전용을 하도록 규정한 것이다. 그러나 실제로 정부 안에서 통용되는 공문서는 한자 혼용의 모습을 보이는 것도 있고 사람 이름이나 땅 이름, 또는 특수한 전문용어에는 혼란이나 오해의 요인을 없애기 위하여 괄호를 써서 한자 병기(倂記)를 하여 왔었다. 말하자면 실제의 공문서 통용의 모습과 사무관리규정과는 차이가 있었는데, 이것을 명실상부(名實相符)한 상태로 돌리는 것이 이번 문화관광부의 발표 내용이었다. 새로이 확정된 사무관리규정이 아직 발표되지 않았으나 아마도 수정된 규정은 다음과 같은 내용으로 바뀔 것이 예상된다.

〈문서는 쉽고 간명하게 한글 맞춤법에 맞게 작성하되, 인명·지명·역사적 명칭 등 의미를 분명히 표현해야 할 경우에는 괄호 안에 한자를 병기한다.〉

그렇다면 이렇게 바뀐다고 해서 종전과 달라진 것은 무엇인가? 일상의 문자 생활에서 달라지는 것은 아무것도 없다. 굳이 달라진 것이 있다면 정부 안에서 공문서 작성이 실제 모습과 같게 법(사무관리규정)을 합리화했다는 것이 있을 뿐이다. 조금 덧붙여 말한다면, 1948년 한글날에 제정 공포된 법률 제6호(한글 전용에 관한 법률)의 입법 정신을 더욱 충실히 살렸다는 점을 지적할 수 있을 것이다. 오늘날 '한글 전용법'이라는 명칭으로 이해되고 있는 이 법률 조문은 다음과 같이 간결하다.

〈대한민국의 공용문서는 한글로 쓴다. 다만 얼마 동안 필요한 때에는 한자를 병용할 수 있다.〉

이 법조문의 입법 정신에 따르면 공용문서, 곧 공문(公文)에 한하여 한글로 쓴 것을 권장하면서 '얼마 동안 필요한 때'에는 한자 병용을 허용함으로써 입법의 기본 정신과 현실 사정과의 조화를 모색하고 있다. 따라서 수정되는 사무관리규정은 한글 전용법의 입법 취지에 맞게 고쳐진 것으로 실제의 문자 생활에 아무런 변화도 불러오는 것이 없는 사건이었다.

그런데 어째서 이와 같은 정부의 사무 절차에 관한 현실화 계획이 세상을 떠들썩하게 만든 것일까? 그 이유는 너무도 단순하고 명백하다. 우리나라 문자 생활에 대한 국민의 의식과 태도가 양극화(兩極化)되어 있기 때문이다. 어떤 사람은 한글만으로도 우리나라의 문자 생활이 완벽하고도 충분하게 이루어질 수 있다는 것이요, 또 일부의 사람들은 한글 전용으로는 문자 생활을 제대로 할 수가 없으니 한자를 병용하거나 혼용하여야 한다고 주장한다.

그래서 사무관리규정 제10조를 수정하겠다는 발표를 했을 때, 한글 전용을 주장하는 분들이 이것은 한자 혼용으로 가기 위한 음모요, 역사를 거꾸로 돌리는 일이라고 흥분하였고, 한자 혼용을 줄기차게 주장해 온 분들은 정부의 시책을 환영한다고 찬성의 성명서를 내기까지 하였다. 그 발표로부터 약 한 달 동안 나라 안의 모든 언론 매체들은 한글 전용이냐, 한자 병용이냐 하는 문제를 놓고 불꽃 튀기는 논쟁을 부추겼다. 일부 신문은 아예 어느 한쪽 편에 적극 찬동하면서 상대방의 부당함을 지적하는 데 열을 올렸다.

이제 우리는 이러한 현상을 냉정하고도 엄밀하게 분석하여 해결 방안을 찾아내도록 하여야 하겠다. 그러면 우리는 이 문제를 어디에서부터 풀어 나가야 하는가? 그 해답은 너무도 쉽게 풀린다.

첫째 단계로, 한글 전용론과 한자 혼용론으로 맞서 있는 두 주장을 옳고 그름이라는 흑백논리로 갈라버릴 수 있는가를 검토해야 한다.

둘째 단계로, 만일에 한글 전용론이나 한자 혼용론의 어느 주장도 완전히 옳은 것일 수 없다면, 우리는 부득이 둘 다 옳은 것이라는 양시론(兩是論)을 세울 수밖에 없을 것이다.

셋째 단계로, 둘 다 옳은 것이라는 양시론은 상대방의 부족한 점, 불완전한 점을 보완하는 방안으로 가닥을 잡아야 할 것이다.

그러면 이제 이 세 단계 작업의 검증에 들어가 보기로 하자.

II

우리의 논리를 다시 원점으로 돌려보자. 정부가 발표한 사무관리규정 제10조의 수정은 어째서 나오게 된 것일까? 대국민(對國民) 발표 없이, 조용히 처리할 수도 있었던 것 아닌가? 일단 이렇게 생각할 수 있다. 물론 투명한 행정을 표방하는 정부로서의 대국민 발표를 생략한 수정 작업은 있을 수 없는 것이다. 그러므로 그 발표는 올바른 처사였다. 그리고 그 수정의 의지를 밝힌 것은 현실적으로 존재하는 문자 생활의 불합리성(不合理性)을 고백하고 그것을 국민에게 홍보하고 이해시키고자 하는 의도가 있었던 것이라고 보아야 할 것이다. 다시 말하여 한글 전용만으로는 우리의 문자 생활이 완전하게 이루어지지 않는다는 것을 알리면서 그 보완책이 무엇인가를 제시한 것이라 할 수 있다.

우리는 지난 50년간 매우 진지하게 한글 전용의 길을 모색해 왔다. 짐짓 한자 가르치기를 게을리(?)하면서 한글 전용을 고집해 보았다. 그리하여 한글 전용을 지키는 한겨레 신문도 생겨났고, 상당수 서적은 한글 전용으로 간행되기에 이르렀다. 겉보기에 한글 전용은 정착 단계에 이른 듯한 양상을 보이고 있다. 만일에 이러한 한글 전용의 양상이 진정으로 만족할 만한 수준의 문자 생활이라면 한자 병용이나 한자 혼용의 문제 제기는 발생하지 않았어야 한다. 그러나 한글 전용이 확대되는 것에 비례하여 한자 병용(또는 혼용) 논의가 끈질기게 대두되었다. 그렇다면 한글 전용이란 것은 겉보기와는 달리 무언인가 문제점이 있다는 것을 나타내고 있는 것이다. 사실 한국 사람이라면 누구나 자랑스러운 한글만으로 문자 생활을 하고 싶어 하며, 또한 그렇게 하는 것이 편하고도 행복한 일인 줄을 알고 있다. 그런데 한글만 쓴 글을 읽을 때 우리는 언제나 편하고 행복하였는가? 한글 전용을 주장하는 분들은 철저하게 한글 전용의 글쓰기를 지키면서 그러한 글자살이가 편하고도 행복한 일이라고 주장한다. 그러나 그렇게 주장하는 분들의 글 속에서도 어쩔 수 없이 사용된 한자어들이 있는데, 이러한 한자어는 궁극적으로 한자를 알아야 그 뜻이 이해되는 낱말들이다. 다음에 한두 개만 예를 보인다.

"정부의 한자 병용 정책을 성토한다."
"국민정부의 독선적 언어 정책"

위의 예에서 성토(聲討)와 독선적(獨善的)이라는 두 개의 낱말을 한글로 적고 문맥에 따라 그 뜻을 알면 된다고 했을 때에 과연 그 낱말 뜻을 얼마나 정확하게 파악할 수 있는 것일까? 한글 전용을 주장하는 분들은 한 걸음 나아가 국어 시간에는 절대로 한자를 가르쳐서는 안 되고 특히 초등학교에서는 더더구나 안 된다고 주장한다. 다음 글을 주의 깊게 읽어보자.

"초등학교의 어린이들은 활기 있게 자유로이 자라야 한다. 그래야 활발한 창의력을 발휘할 수 있다. 한자는 일방적으로 많은 기억을 강요하는 글자이다. 한창 자라는 어린이들에게 이러한 원시적인 글자의 기억을 강요했다가는 어린이의 창의력을 발휘하지 못하도록 하는 걸림돌이 된다. 국어 시간이 국어를 가르치는 시간이 아니라 한자나 가르치는 시간으로 타락하게 된다. 이것은 나라 망치는 교육이다.(한글새소식 319호)"

우리는 지금 이러한 논조에 일일이 옳고 그름을 가려서 논의할 시간이 없다. 다만 이러한 생각을 지니게 된 원천(源泉)이 어디에 있는가를 짚어보기로 한다.

한글 전용의 모태였던 한글 운동은 금세기 전반기 일제 식민지 시대에 민족·구국(救國) 운동의 일환으로 시작된 방어적(防禦的) 저항적 민족 문화 의식에 뿌리를 두고 있다. 나라 잃은 설움을 달래고 민족적 긍지를 유지하기 위해서는 우리 민족이 우수한 민족이며, 우리말과 우리글(한글)이 더 없이 자랑스러운 것임을 소리 높이 외쳐야 했었다. 그래야만 굴욕의 고난을 이겨낼 수 있었고 우월한 지배자의 간교

한 동화 정책에 저항하면서 생존의 이유를 찾을 수 있었다. 분명히 그 시절에는 민족적 자존심만이 목숨을 유지하는 부끄러움을 합리화하는 근거가 되었다. 그 자존심의 중심부에 한글이 있었던 것이다. 이처럼 민족적 우수성의 근거가 되었던 한글 사랑의 전통은 해방이 되고, 독립이 되고, 세계화의 물결 속에 선진국을 꿈꾸는 21세기의 문턱에 와서도 멈추지 않고 지속되고 있다.

새로운 환경에 적응하기 위한 유연한 자세와 철저한 자기반성에 토대를 둔 의연한 자신감이 적극적 민족의식이요, 적극적인 문화 의식이라고 한다면 한글만 쓰기를 고집함으로써 민족적 우월성과 자존심을 유지하려고 애쓰며 그것이 곧 민족문화 창달에 기여하는 것이라고 생각하는 것은 그야말로 피해 의식에 사로잡힌 방어적 민족의식이요, 저항적 문화 의식이라고 할 수 있다.

어느 민족이건, 자기 것만을 고집하고 몸을 움츠릴 때에는 발전을 기약할 수 없다. 유연하고 열린 자세로 외부의 문물을 수용할 수 있을 때에 그 민족의 발전은 보장되는 것이다.

물론 우리의 과거 역사에는 한자를 배우고 익히느라고 필요 이상의 정력을 소모했던 적이 없지 않았다. 그리고 남이 모르는 궁벽한 한자를 섞어 씀으로써 자신의 지식을 과시하며 자랑으로 삼았던 소비적인 문화 풍토가 꽤 널리 퍼져 있었던 적도 있었다. 그것은 새로운 유럽 문물을 배워야 하는 근대화 작업에 분명한 걸림돌이었다. 그러나 이와 같은 한자 쓰기의 폐단은 급격히 사라졌고 한자 지식은 한자어를 이해하고 새로운 어휘를 만들 때에 활용되는 언어 창고로서의 기능으로 축소되었다. 적어도 현재의 시점, 즉 한글 전용이 이처럼 널리 퍼져 있는 시점에서는 국어 어휘 자산에 들어 있는 한자어를 이해하고 활용하기 위하여 한자 지식이 필요한 정도에 머물러 있는 것이다.

그렇다면 한자 병용이란 결국 국어 어휘 자산인 한자어를 이해하고 활용하기 위한 필연적인 조치라고 생각을 하게 된다.

새삼스러운 말이거니와 '한국어'라고 하는 우리의 언어 자산은 약 50만 어휘에 이른다. 그중에 70% 정도가 한자어이다. 물론 이들 한자어 가운데에는 없어도 별로 아쉬울 것이 없는 낱말이 없지 않을 것이다. 그러나 어휘의 수가 많은 것은 한 개인이나 나라에 돈이 많아야 좋은 것처럼 좋은 현상이다. 영어가 오늘날 세계를 휩쓰는 국제어로 행세하는 까닭은 영어가 왕성한 흡수력과 포용력으로 세계 각국의 언어를 영어 속에 받아들여, 어휘 수에 있어서 이 세상에서 가장 으뜸의 자리를 차지하는 언어가 되었기 때문이다. 어휘 수가 많고 그것을 활용할 수 있는 능력을 갖추면 그것이 곧 다양한 표현력을 갖게 되고, 그 표현력은 곧바로 사고력과 창조력으로 이어진다는 사실은 세상 사람 누구나 인정하는 보편적 진리이다.

그런데 한글 전용을 주장하는 분들 가운데에는 가능한 한, 한자어 쓰기를 줄이고 고유어로만 표현하는 것이 바람직한 언어생활이요, 문자생활이라고 생각하는 분이 있다. 다음 글을 읽어보자.

"우리말과 글은 옛날 중국의 말·글인 한문·한자 때문에 심한 상처를 입어 왔습니다. 우리말 속에 한자말이 스며들면서 순수한 우리 토박이말의 발전을 가로막아 온 것입니다. 옛날 우리말이었던 '가람' 이나 '뫼' 라는 말이 중국에서 들어온 '강' 이나 '산' 이란 말 때문에 자취를 감추고 말았습니다. 지금도 '여기에 새가 살고 있다' 라면 될 것을 '조류가 서식하고 있다' 라는 말을 즐겨 쓰는 사람이 있고, '시간이

걸린다' 라면 될 것을 굳이 '시간이 소요된다' 란 어려운 표현을 하는 사람이 있습니다.(우리 말글 문화 독립 선언. 1999년 3월 1일 한글학회)"

한글 전용이 추구하는 궁극적인 목표는 국어에서 모든 외래 요소를 몰아내고 토박이말만으로 언어생활 및 문자 생활을 하자는 것임을 위의 글은 명백하게 밝히고 있다. 여기에는 '문화' 에 대한 중대한 오해가 도사리고 있다. 문화는 끊임없이 외래 요소를 받아들이면서 그것을 내 것, 우리 것으로 만드는 과정을 통하여 발전하는 삶의 형태다. 전통문화니, 외래문화니 하는 말로 문화의 순수성과 비순수성을 나누기도 하지만 순수성을 지닌 전통문화도 시대를 거슬러 올라가 보면 문자 그대로 고유한 것만을 지켜 내려온 것이 아니고 밖으로부터 받아들여 내 것, 우리 것으로 만든 것임을 발견하게 된다. 엄격하게 말하자면 어느 나라, 어느 민족의 문화도 고유 전통만을 지켜온 것은 존재하지 않는다. 인간의 삶이 원래 어울림과 섞임으로 이루어지는 것이기 때문이다. 우리가 단일민족임을 자랑하지만 그것은 민족 구성원의 비율의 문제이지 문자 그대로 배달민족만으로 우리나라 백성이 구성되어 있는 것은 아니지 않은가? 언어에 이르면 더

말할 필요가 없다. 우리는 주변의 다른 나라, 다른 민족과 어울려 살면서 그들로부터 필요한 말을 빌려다가 우리말로 살려 쓰면서 국어 어휘를 풍부하게 만들어 왔다. 그 가운데에는 앞에서도 언급한 바와 같이 한자어가 고유어의 수를 능가할 정도로 많게 되었다. 물론 한자어가 늘어나는 과정에서 고유어가 위축되는 현상도 발생하였고, 필요 이상으로 한자어를 즐겨 쓰는 폐단이 없었던 것도 아니다. 그러나 그런 것을 용납하고, 또 그렇게 될 수밖에 없었던 시대 환경을 감안하면서 가능한 범위 내에서 한자어 사용을 줄이는 방법은 있을 수 있으나 한자어 사용이 무슨 죄를 짓는 것인 양 매도(罵倒)하여서는 아니 된다.

최근에 민족 언어의 저력을 보여주었다 하여 세상의 이목을 끌고 있는, 최명희 씨의 소설 『혼불』에는 아름다운 토박이말을 살려 썼을 뿐만 아니라, 일상의 생활에서는 거의 쓰이지 않는 한자어가 많이 등장한다. 예컨대 '지견(知見)이 풍연(豊衍)하다'든가, '비백(非白)의 능선(稜線)이 삭연(索然)하다.'는 표현이 나오는데, 이 소설을 읽은 사람이라면 누구나 다, 그러한 한자어의 감칠맛과 적절함에 감탄을 아끼지 못한다. 물론 이 소설에 나오는 낯선 한자어에는 예외 없이 괄호 안에 한자를 병기하였다. 소설 『혼불』의 문학적 가치는 이 글에서 언급을 유보하거니와 적어도 소설 『혼불』에서 보여준 한자어의 활용과 한자 병기의 표기 노출은 그 자체가 현대 한국어의 실상과 문자 생활의 바람직한 모습이 무엇인가를 보여주었다는 점에서 주목되어야 할 것이다.

한글 전용을 주장하는 또 다른 분들은 한자어 사용은 어쩔 수 없는 것이므로 그 낱말들을 쓰지 말자는 것은 아니라고 말한다. 그러나 그 낱말의 뜻을 확연하게 알 수 있는 한자는 알 필요가 없다고 강변한다. 그러면서 모든 국민이 모든 낱말에 대한 어원(語源)을 아는 어원학자가 될 필요는 없다고 주장한다. 이것이야말로 답답한 생각이다. 영어를 쓰는 사람들이 알파벳을 쓴다고 하여 그리스어나 라틴어를 기원으로 하는 낱말을 어원 의식 없이 사용하는 것은 아니다. 영어로 '물'은 '워터(water)'라고 하지만 'aqua-naut(해저 탐험가), aqua-plane(수상스키), aquarium(수족관), aqua-duct(수로), aqua-marine(바닷물 빛깔)' 등의 낱말에서는 'aqua-'가 물이란 뜻을 나타내며, 'Hydro-cabon(탄화수소), Hydro-electric(수력전기의), Hydro-pathy(물 치료법), Hydro-ponice(수경재배법), Hydro-plane(쾌속정)' 등의 낱말에서

'Hydro-'가 물이란 뜻을 나타내고 있다. 이러한 경우에 영어를 말하는 사람들은 'aqua-'나 'Hydro-'가 모두 '물'을 뜻하는 것으로 그 말의 뿌리는 라틴어나 그리스어에 두고 있음을 배우지 않을 수 없다.

한자어의 경우도 마찬가지라고 할 수 있다. 그런데 한자어의 경우는 오히려 사정이 더 복잡하다. 단음절로 읽히는 한자 하나하나는 그 자체가 독립된 의미를 지닐 뿐 아니라 같은 음으로 읽히는 한자가 많기 때문이다. 가령 다음과 같은 낱말의 무리를 생각해 보자.

인가(人家, 姻家, 認可, 隣家)

인간(人間, 印刊)

인견(人絹, 引見)

인내(忍耐)

인의예지(仁義禮智)

인과응보(因果應報)

인후염(咽喉炎)

위에 쓰인 낱말들은 우리가 일상으로 쓰는 것들인데 '인'이라는 단음절이 나타내는 뜻은 한자의 숫자만큼 다른 뜻을 갖고 있다. 즉 적어도 열 개의 뜻(人, 姻, 認, 隣, 印, 引, 忍, 仁, 囚, 咽)을 지니고 있다. 이것은 이러한 낱말을 사용하는 한, 그 글자도 알고, 그 뜻도 함께 알아야 할 것을 요구한다.

같은 소리를 내면서 다른 뜻을 나타낸다고 하는 것은 분명히 하나의 약점이다. 그러나 인간이 발음할 수 있는 소리는 어차피 제한되어 있고, 그 제한된 소리로 나타내고자 하는 많은 수의 의미를 표출하여야 한다면, 그때에는 소리를 보충할 수 있는 시각적 기초, 곧 문자의 변별력에 호소하는 수밖에 없는 것이다. 그것이 다름 아닌 문자의 중요한 효용 가치의 하나인 것이다.

우리는 모두 입을 맞추어, 한글의 우수성을 찬양한다. 그것이 우리의 말소리를 거의 완벽하게 표출해 낼 수 있는 소리글자이기 때문이다. 한글이 소리글자로서 세계의 으뜸이라는 것은 아마도 만고의 진리일 것이다. 그러나 그것은 말소리를 소리 자체로 드러내는 경우에 해당되는 것이지, 그 소리가 나타내고자 하는 뜻을 밝히어 다른 사람에게 전달하는 언어 의미의 총체적인 기능을 드러내는 것을 뜻하는 것은 아니다. 또한 우리의 문자 생활은 입으로 말하는 구두언어(口頭言語, 입말)의 불완전성을 보완하는 수단으로 개발된 것임을 감안할 때 문자가 의사전달의 기호적(記號的) 특성을 좀 더 많이 발휘할 수 있는 방편으로 활용될 수 있다면 그러한 문자가 문자 생활에 더 유용한 것이 될 것이다.

우리가 맞춤법을 만들어 지키기를 애쓰는 것도 소리대로만 적었을 때에 발생할 수 있는 오해를 줄이려는 노력의 한 가닥이다. 그래서 '가름 / 갈음', '거름 / 걸음', '거치다 / 걷히다', '다치다 / 닫히다 / 닫치다', '바치다 / 받치다 / 받히다 / 밭치다', '부치다 / 붙이다' 등을 구별하여 적자고 맞춤법 규정을 마련하였다. 특별히 풀이말의 어간(語幹)을 고정시킨 결과 '늙-, 닮-, 밟-, 굶-'과 같은 표기는 그 글자만 보아도 한자의 '老, 似, 踏, 饑'가 연상되는 효과를 누리게 되었다. 사실 '늙-, 닮-, 밟-, 굶-'이라고 쓰기는 하지만 실제의 말소리 현실에서 그 글자의 구성과 일치하는 발음이 나타나는 경우는 그리 많지 않다. 이처럼 아무리 소리 글자라고 하는 한글도 소리대로만 적는 데에는 문제점이 있음을 인식하고 맞춤법을 제정하여 읽기에 편하도록 하는 장치를 갖추고 있다. 우리 언어 문자 생활에서 한자를 써야 하는 이유는 이러한 맞춤법 제정의 연장선상에서 생각할 필요가 있다. 문자라고 하는 것은 원천적으로 음성으로 존재하는 말의 부족함을 채워주기 위한 수단으로 개발된 것이므로 읽기의 효용 가치를 넓혀야 함은 두말할 필요가 없는 것이다. 읽을 때에 쉽게 읽히는 것만이 아니라 뜻을 분명하게 알면서 읽도록 하는 것이 고려되어야 한다면 하나의 음으로 혼란이 발생하는 한자어는 당연히 번거롭더라도 한자로 써야 할 것이 아닌가? 그런데 그동안 한자 교육이 제대로 안되어 한자를 모르는 사람이 많이 생겼으므로 한자 병기를 통하여 한자에 대한 인식을 높이고 그 글자를 익히도록 하기 위해서도 한자 병기는 필요불가결의 조치가 아닐 수 없다.

Ⅲ

지금까지의 논의를 통하여 우리는 한글 전용과 한자 병용이 상극(相剋) 관계가 아니라 상생(相生) 관계임을 알게 되었다. 그러나 참으로 불행하게도 근자에 일어난 한글 전용론과 한자 혼용론의 대립 논쟁은 수화불상용(水火不相容)의 극한투쟁의 모습을 보였다. 참으로 유감스러운 일일뿐더러 하루빨리 극복되어야 할 폐단이다.

다음은 어느 한글 전용을 주장하는 분의 글이다.

"1984년의 한글 전용법에, '모든 공용문서는 한글로 적는다. 다만 당분간 필요한 경우에는 한자를 병용할 수 있다' 고 되어 있다. (중략) '남편만을 섬겨라. 다만 필요한 때는 바람을 피울 수 있다.' 라는 법을 만들어 시행하다가, 난데없이 바람을 더욱 많이 피우라는 지시를 내리는 형국이 아닌가!' (한글새소식 제319호 17쪽)

비유적인 표현이 얼마나 조심스러운가를 깨닫게 하는 구절이다. 이 글을 쓴 분은 분명히 한글 전용을 절대선(絶對善)으로 보았고, 한자 병용을 용서할 수 없는 절대악(絶對惡)으로 비유하였다. 다시금 돌이켜 생각해 보자. 한글 전용만이 선(善)이요, 한자 혼용은 정말로 악(惡)인가?

우리나라 문화 풍토에 아직도 이러한 극한적인 대립 의식이 있다는 것은 참으로 슬픈 일이다. 나에게 한글 전용에 관한 법률을 비유로 표현하라면, 꼭 들어맞는다고는 생각지 않지만 다음과 같은 표현을 해보고 싶다.

"대한민국 국민은 공적인 자리에서는 표준어를 써야 한

다. 다만, 얼마 동안 필요한 때에는 사투리를 함께 쓸 수 있다."

우리는 모두 이상(理想)을 꿈꾸며 살고 있다. 그리고 인류의 역사는 인류의 이상을 실현하려는 끝없는 대장정(大長征)의 길이었다. 그런데 이상의 특성은 결코 그것이 현실로 찾아오지 않는다는 점이다. 그러므로 우리는 그 이상을 향하여 끊임없이 노력을 기울여야 한다. 그러나 절대로 조급해서는 아니 된다. 그리고 이상이 쉽사리 현실로 다가오지 않는다고 하여 비관하거나 좌절하여서도 아니 된다. 오히려 이상과 어긋나는 현실을 직시하면서 현실과 타협하는 차선책(次善策)을 찾는 슬기를 발휘하여야 한다. 어쩌면 현실성 있는 차선책이 진정한 의미에서 '이상'이라고 말하여야 할 것인지도 모르겠다.

문자 생활에 관한 한, 우리나라에서는 한자를 배우고 사용하는 것이 이상(理想)에 견줄 수 있는 차선책(次善策)이다. 이제 우리나라에서 시행하고자 하는 한자 병용 정책은 그러한 차선책이라고 할 수 있다. 차선책이라는 것은 결코 누구에게도 만족을 주지 않는다. 그러나 현명한 사람은 차선책에서 만족을 느낄 줄 아는 사람이다. 현재의 한자 병용 정책은 한글 전용과 한자 병용의 두 가지 길을 모두 보장하고 있다는 점에서도 정책적 배려가 돋보인다. 그 이유는 다음과 같다.

첫째, 한글 전용의 문자 생활을 보장하고 있다. 한글 전용이 절대선이라고 믿는 분들에게, 그리고 한글 전용을 했을 때에 실제로 아무런 불편이 없는 경우에는 여전히 한글 전용을 하도록 되어 있다. 문제는 한글 전용이 절대선이라고 믿을 경우, 그런 분들이 마음속 깊은 곳에서 정말로 한자 없이 우리말이 온전한 우리말 구실을 할 수 있다고 믿는지의 여부에 대하여는 굳이 알려고 할 필요가 없을 것이다. 또 할 수만 있다면 한글 전용이 실행되는 분야가 확대되면 좋을 것이다. 그것은 전문적인 지식이 일반 대중에게 한자의 매개 없이 전달되어 대중문화가 질적으로 높아지는 결과를 초래하기 때문이다.

둘째, 한자 병용을 통하여 그동안 한자 지식을 가지고 있어야만 접근할 수 있는 전문 분야에 등을 돌리고 살던 많은 사람들에게 그러한 전문분야에 좀 더 쉽게 접근하도록 마음의 부담을 덜어 주게 되었다. 요즈음 한자를 모르는 젊은 세대들은 한자에 대한 두 가지 성향을 보이고 있다. 하나는 덮어놓고 싫어하는 성향이다. 그리고 또 하나는 알고는 싶은데 어떻게 가까이 갈지 두려워서 머뭇거리는 성향이다. 덮어놓고 싫어하는 부류의 젊은이들은 쉽고 편한 것만 추구하는 안이한 성격의 사람들일 것이고 한자를 알고는 싶은데 머뭇거리는 부류의 젊은이들은 누군가 이끌어주기만 하면 달려들 터인데, 그런 용기와 계기가 없어서 고민하는 성격의 사람들일 것이다. 나는 이러한 젊은이들을 생각할 때마다, 그러한 젊은이들을 만들어 낸 것은 그동안 혼선을 거듭한 어문 정책과 그 정책에 놀아난 교육 현장의 기성세대들의 잘못이라는 생각을 떨쳐 버릴 수가 없다. 부분적인 한글 전용이 나쁜 것이 아니요, 그것이 확대되어 나쁠 것이 없다고 하여 한자 교육까지 포기함으로써 애매한 젊은이들만 한자 문맹을 만들어 하루아침에 바뀌지도 않고, 바뀔 수도 없는 언어·문자 생활을 고통스럽게 한다는 것은 있을 수 없는 일이었음을 지적하고 싶기 때문이다. 이러한 잘못은 하루빨리 시정되어야 한다. 이름뿐인 한문 교육은 실제의 국어생활에서 불편이 없는 한자 실력을 쌓는 방향으로 궤도수정을 해야 할 것이고, 한자 교육은 국어 시간과는 구분되어야 한다는 이상스런 학과목 이기주의도 허물어야 할 것이다. 국어 자산 속에 고유어와 한자어와 외래어가 모두 포함되어 있는 터에 한글로 쓴 교과서만으로 어떻게 한자어와 외래어의 참모습을 가르칠 수 있다는 말인가? 국어사랑은 한글 사랑이라는 등식(等式)이 깨져야 한다. 국어사랑은 국어 속에 들어 있는 모든 어휘 자산을 골고루 사랑하고 가꾸어서 두루 활용하여 민족 문화의 발전에 디딤돌로 삼아야 하는 것이기 때문이다.

여기서 나는 한자 지식을 갖춤으로써 얻게 되는 이익을 새삼스럽게 논의하고 싶지는 않다. 다만 단절 위기에 놓인 전통문화 분야가 학술적으로나 전승(傳承)의 차원에서 다시금 소생할 수 있는 길이 열리리라는 희망을 할 수 있게 되었다는 점과, 우리나라가 21세기 세계화의 길에서 동아시아 한자 문화권의 다른 나라들과 어깨를 나란히 하여 발전할 수 있으리라는 점을 힘주어 언급하고 싶다. 한자가 우리나라 글자의 범주 안에 드느냐, 아니 드느냐 하는 논의를 깊이 있게 할 수는 없으나 비록 빌려 쓴 것이라도 2천 년 동안 사용해 온 것이면 내 것이라 하여 흉될 것이 없는 터이요, 또 백보를 양보하여 남의 나라 글자라 한들, 그것을 알아서 그들의 언어와 문화를 이해하고 함께 살아가는 데 유용하게 쓸 수 있다면 그것을 어찌하여 마다하며 담을 쳐서 스스로 외톨이로 떨어져 앉을 것인가? 중국의 한자가 간자(簡字)를 쓰므로 우리 한자와 다르고, 일본의 한자와 한자어가 우리나라 한자 및 한자어와는 쓰임과 뜻에 다른 것이 있다 하여 한자 공부의 무용론(無用論)을 내세우는 사람이 있다. 그런 분들은 백(100)을 취하려 하다가 하나(1)가 다름을 보고 아흔아홉(99)을 버리는 어리석은 분들이다.

이제 우리는 바야흐로 새천년을 맞이하여 세계에 웅비하려는 커다란 목표를 실현하고자 마음을 다지고 있다. 이러한 시대에는 모든 것을 포용하는 열린 자세로 세상을 바라보아야 한다. 한글 사랑이 너무 지나쳐서 그것만으로 세상을 살아가겠다고 하는 옹고집은 하루빨리 벗어던지고 자유로운 마음, 편안한 자세로 어울림의 아량을 보여야 할 것이다. 그 옹고집은 1930년대에서 끝냈어야 했었다. 우리는 지금 그 옹고집에서 아직도 엉켜 있는 마음의 상처를 씻어주기 위하여 그 사랑스런 고집쟁이들이 웃으며 다가오는 장면을 기다리고 있다. 나는 이와 같은 심정을 이 글에 담고자 애를 썼으나, 글이 무뎌서 그 뜻이 제대로 전달되었는지 알 수 없다.

〈참고 부록〉한글 전용측 · 국한 혼용측의 주장 요지

구분		한글 전용측	國漢 混用側
요구	나라 글자	한글	한글 · 漢字
	어문 정책	• 한글 전용	• 국어(한 · 漢) 混用 ※ 常用漢字 2000字 制定
	교육	• 국어 시간에 한자 교육 불가	• 漢字 敎育 必須化
	교과서	• 한글 전용	• 初校 1年부터 漢字 露出 混用
이유	이념적 측면	• 민족의 이상 실현 • 자주 정신과 긍지를 함양함. – 문화 · 도덕의 실질 내용은 표기 형식에 좌우되지 않음.	• 民族 文化 傳統 繼承 • 道德 敎育의 方便이 됨. – 漢文 典籍 · 訓話 등

	학문적 측면	• 한글은 우리말에 맞는 글자임.
		• 문자 해독이 용이함.
		 – 우리나라 문자 해독률은 세계
		  정상급
		• 국어 발전과 순화가 촉진됨.
		 – 순우리말 재생 · 개발 가능
		 – 한글만으로도 조어 · 축약 가능
		  동음이의어는 문맥에서 파악됨.
		• 기계화 · 능률화가 월등함.
			• 우리 語彙의 70%가 漢字語임.
			• 直觀的 意味 把握 可能함.
			 – 學校, 學生, 學問
			• 造語力 · 縮約力이 强함.
			 – 敎委, 全經聯
			• 同音異語 識別이 容易함.
			 – 家口, 家具
			 – 公席, 空席

	현실적 측면	• 언어문화의 대중화에 기여함. • 언어 사용 기능 교육을 충실히 할 수 있음. • 한 · 중 · 일에서 사용하는 한자는 음도 다르고 뜻과 글자 모양도 상당 부분 상이하여 통용에 한계 가 있음.	• 文字 生活의 多樣化가 可能함. • 早期 敎育으로 現實 文字 生活 에의 適應 效果가 큼. • 韓 · 中 · 日 交流에 容易함.
관련 단체		한글학회 국어순화추진회 세종대왕기념사업회 한글문화단체 모두 모임 외솔회 한국바른말연구원 한글재단	社團法人韓國語文會 국어국문학회 한국국어교육연구회 국어학회 한국국어교육학회 漢字敎育振興會 韓國漢字漢文敎育學會

왜 '국어문장상담소'를 만들려 하는가?

I

일찍이 동양의 고전 『춘추좌전(春秋左傳)』에는 '삼불후(三不朽)'라는 말이 전해 온다. 이 세상에 썩지 않은 것 세 가지가 있으니, 그것은 입덕(立德), 입공(立功), 입언(立言)이라는 것이다. 덕(德)을 세우는 일, 공(功)을 세우는 일, 말다운 말·글다운 글을 남기는 일이 곧 그것이다. 이 가운데 가장 차원이 높은 것은 두말할 것도 없이 입덕(立德)으로서 그것은 실천적 학문의 고결한 경지를 일컫는다.

그러나 좋은 글을 지어 후세에 길이 남기는 입언(立言)이 없는 입공(立功)이나 입덕(立德)은 또한 후세 사람들에게 끼치는 바가 약하다고 아니할 수 없다. 가령 제갈공명의 충절은 만고에 빛나는 행적이지만 그가 "출사표(出師表)"와 같은 명문을 남김으로 해서 그의 충절은 더욱 충절다운 것이 되었고, 구한말의 충의절사 매천(梅泉) 황현(黃玹)은 그가 남긴 절명시(絶命詩)가 있음으로써 그의 순절이 더욱 뜻 깊은 일이 되었다.

흔히 건전한 육체에 건전한 정신이 깃든다 하여 건강한 몸 지니기를 강조하거니와 바른 문장·좋은 문장을 추구하는 우리들의 간절한 바람은 그 바른 문장·좋은 문장이 곧바로 바른 사상·좋은 내용의 글이 된다고 하는 믿음에 뿌리를 두고 있다. 형식과 내용의 상관관계에 대하여는 더 이상의 논의를 할애하기로 하자. '겉볼안'이라고 겉모습을 제대로 갖춘 글에 비로소 알맹이가 무엇인가에 관심을 쏟을 수 있기 때문이다.

II

그러면 어째서 21세기의 첫머리인 이 시기에 새삼스럽게 바른 문장 쓰기 운동이 논의되는가? 우리 민족 누천년(累千年)의 역사, 한글 창제 이후 반천년(半千年)의 역사를 살아오면서 그동안 우리는 글다운 글을 지어보지 않았단 말인가? 한문을 문장 생활의 중심으로 삼았던 과거에는 그렇지 않으나, 한글이 문자 생활의 중심으로 자리 잡은 20세기의 경우를 말하라면, 유감스럽게도 글다운 글이 많지 않았다고 말할 수밖에 없다.

여기에는 크게 두 가지 이유가 있다고 생각된다.

첫째는, 개화 이후 20세기 전반의 일제의 영향이다. 일제는 일한동조론(日韓同祖論)이란 미명과 내선일체(內鮮一體)라는 기치 아래 문장에 있어서도 한국과 일본이 크게 다르지 않다는 것을 내세우며 한국의 국한혼용문이 일본의 일한혼용문과 동질적임을 강조하였다. 이것은 일견하여 그럴듯해 보이는 것이었다. 그러나 일본어의 통사 구조가 한국어와 큰 차이가 없어서 의사소통에 장애를 주지 않는다는 것과 정당한 한국어 문장의 생성이라는 것과는 거리가 있는 것이었다. 한마디로 말하여 일본문직역체가 우리나라 문화 사회 전반에 깊이 뿌리를 내리게 됨으로써 올바른 근대 한국어 문장의 발달에 걸림돌이 되었다. 이것은 특히 법조계에 엄청난 악영향을 끼쳤다. 법원의 판결문, 감사원의 판정문 같은 것은 그러한 일본 문장의 영향을 받아, 거기에서 헤어나지 못하고 있는 대표적인 사례에 해당된다.

둘째는, 20세기 후반에 일어난 문필 생활의 대중화와 영어의 간섭이다. 20세기 후반이 되면서 정치적으로는 민주주의가 자리를 잡아갔고 그 과정에서 사회적 문화적으로 특정한 사람만이 글을 쓰는 시대는 사라지게 되었다. 전문 문필인 예컨대 전업 작가, 시인, 소설가가 직업군을 이루고 있는 것은 사실이지만 그들만이 글짓기를 전담하고 있다고 생각하는 사람은 없게 되었고 누구나 글짓기에 임할 수 있다는 의식이 확산되었다. 그런데 때마침 우리나라가 6·25라는 미증유(未曾有)의 역사적 비극을 경험하면서, 우리 사회 전반이 서양 문화, 특히 영어를 중심으로 하는 미국 문화에 노출되었다. 다시 말하여 미국식 영어가 국어 문장을 간섭하기에 이른 것이다.

이것을 요약해 보면, 20세기에 들어와 대체로 50년의 간격을 두고 밀어닥친 일본어와 영어의 영향은 전통적인 한국어 문장의 순조로운 발달을 가로막았다고 말할 수 있겠다. 역사적 변화 과정에서 한 나라의 문화가 다른 나라의 문화와 접촉하고 서로 영향을 주고받는 것은 언제, 어디서나 있을 수 있는 현상이건만 20세기에 우리나라가 일본과 미국의 언어문화에 노출되고 접촉된 것이 어째서 부정적 요소로만 논의되는가? 이것이야말로 우리나라 문화사의 일대 비극이다. 만일에 19세기 말에 우리나라가 자주적으로 일본과 서구 열강에 개국 개방 정책을 펴면서 우리의 전통문화, 전통 국어 문장을 수립하는 데 적극적일 수 있었다면, 우리는 지나간 20세기를 우리 민족사에서 빼어버렸으면 좋았을 것이라는 극단적인 가정을 하지 않을 것이다. 우리는 지난 20세기 일백 년 동안 불행하게도 주체적 문화 활동을 누리지 못했다. 언문일치의 근대 문장이 확립되기도 전에 일제와 미국의 언어와 문장이 싹트는 우리 문장을 덮쳐버렸던 것이다. 일본 문장과 영어 문장이 우리 문장에 들어왔다고 해서 물론 전적으로 나쁜 일만 있었다고는 하기 어렵다. 그러나 든든한 줄기가 곧게 선 연후에 멋스러운 곁가지가 아름다움을 보태는 것이지 줄기가 약한 나무에 모양만 좋은 곁가지가 얹히면 그 나무는 휘청거리다가 꺾이어 부러지고 말 것 아닌가? 국어 문장의 현황은 이러한 형편이라고 말하여 지나치다고 할 수는 없을 것이다.

III

그러나 이와 같은 외부적인 요인만이 문제가 되었던 것은 아니다. 여기에 덧붙여 생각하여야 할 두 가지 사항이 더 있다.

그 하나는 글짓기 교육의 잘못된 관행이다. 글짓기는 말하듯 하면 된다는 안이한 생각을 국민 전체에 만연시켰다. 글짓기에 접근하는 태도를 편하게 하려는 방편이었으나 이것은 결과적으로 글짓기가 작곡이나 그림 그리기, 조각하기처럼 계획된 예술 활동이라는 인식을 심어주지 못했다. 글짓기가 어째서 말하듯 쓰기만 하면 되는 것이겠는가? 글은 그것이 짧은 것이건, 긴 것이건 수미쌍관(首尾雙關)하며 기승전결(起承轉結)의 아귀가 맞아야 하는 하나의 예술품이라는 인식을 제대로 심어주지 못했다. 그리고 또 하나는 대학에서 석·박사 학위 논문의 양산이다. 논문이 많이 쏟아져 나온다는 것이 어째서 문제가 되는가? 글짓기가 활발하게 되는 것이요, 많은 글은 동시에 좋은 글로 발전할 수 있는 것 아닌가? 그런데 실상은 그렇지 않다. 글짓기 수련을 제대로 쌓은 연후에 조심스럽게 논문을 집필하는 것이 아니라, 일

282

정한(?) 형식에 맞추어 논문의 체제를 갖추느라 성급하게 논문을 작성함으로써 국어 문장답지 않은 비문과 논리적 전개조차도 미흡한 악문(惡文)이 버젓이 석사 논문, 박사 논문으로 발표되는 사례가 많아지게 되었다. 한마디로 말하여 기초 문장 수련도 받지 못한 학위 논문이 전국의 각 대학에서 마구잡이로 양산되고 있는 실정이다.

IV

우리는 이와 같은 국어 문장의 현재 실태를 냉엄하게 직시하고, 그 잘못으로부터 벗어나기 위한 방안을 모색하여야 할 때가 되었다. 지금도 이미 늦었으나 이제는 더 이상 늦출 수 없는 절박한 상황이 되었다. 우리는 지금 21세기의 문턱에 서서 새로운 각오와 의지로 우리 문화의 새 장을 열어가려고 한다. 20세기의 불행했던 문화사를 뛰어넘어 당당한 한국 문화를 만들려는 것이다.

그래서 우리는 문장상담소의 제도화에 눈을 돌리게 된 것이다. 올바른 국어 문장을 정착시키는 것은 올바른 문화 사회를 만드는 전제요 기초 작업이다. 우리는 편의상 '문격(文格)'이라는 용어를 사용하여 우리의 논의를 좀 더 보완하고자 한다. 사람이 사람다우려면 '인격(人格)'이 있어야 한다. 인격을 갖추지 않은 사람은 외형은 사람일지 모르나, 그런 분을 참다운 사람으로 대우하지는 않는다. 이와 마찬가지로 글에도 글다움을 보장하는 문격이 필요하다. 그러므로 문장다운 문장은 문격을 갖춘 문장이다. 우리가 문장상담소를 제대로 운영하고 활성화한다면 우리나라에서 생산되는 모든 학위 논문, 모든 공용문서는 문격을 갖춘 문장으로 차고 넘칠 것이다.

문격에는 보이는 문격과 보이지 않는 문격이 있다. 보이는 문격에는 맞춤법, 띄어쓰기 등 정서법에 관련된 일체의 서법(書法)이 포함된다. 보이지 않는 문격에는 알맞은 어휘 선택에서부터 글의 정서와 논리성이 두루 포함된다. 우리는 보이는 문격에 대해서는 그동안 많은 논의를 하여 왔다. 그러나 보이지 않는 문격에 대하여는, 그것이 보이지 않음으로 하여 논의할 기회가 상대적으로 적었었다. 문장상담소가 제대로 운영된다면, 아니 문장상담소의 이상을 올바로 이해하는 사람들이 늘어나서 문격을 갖춘 우리글이 이 나라에

퍼져 나간다면 21세기의 우리 문화는 저절로 세계 속의 자랑스러운 한국 문화로 자리매김을 할 것이다. 그렇게 될 때에 이 글의 첫머리에서 언급했듯이 입언(立言)을 통한 입공(立功)과 입덕(立德)의 문화 풍토가 이루어질 것이다.

요즈음 영어를 우리나라의 공용어로 삼자는 얘기가 심심찮게 들린다. 기초 발상부터가 치졸하고 황당하여 언급할 필요조차 없는 얘기이지만 그 영어 공용어론이 나오게 된 원인 가운데에는 문격(文格)을 갖춘 국어 문장을 지을 수 있는 사람이 적다는 사실도 포함되어야 할 것이다. 좋은 국어 문장을 접하는 기회가 적고, 또 스스로 좋은 국어 문장, 문격을 갖춘 국어 문장을 짓는 데 자신감을 갖지 않은 사람들이 아예 힘든 국어를 버리고 영어로 도망치자고 하는 심리가 작용할 수도 있기 때문이다. 국어에 대한 자신감과 애정이 모자랄 때, 차라리 남의 글이면 잘못을 저질러도 괜찮지 않겠느냐는 도피 심리가 작용할 수도 있다. 영어 공용어론에 열을 올리는 이 가운데 작가가 한 분 있으니, 그러면 그분은 문격을 갖춘 국어 문장을 짓는 데 자신이 없거나, 능력이 부족하다고 말할 수 있는가? 이런 반문이 가능하다. 우리는 이 질문에 대하여 단호하게 대답할 수 있다. 그렇다. 그 작가는 국어 문장을 지음에 있어 문격이 무엇인가를 생각해 본 적이 없는 분일 것이다. 그분의 글에 의도적이건 의도적이 아니건 문격을 갖춘 한두 마디의 아름다운 국어 문장이 발견될 수는 있겠지만, 그분은 글을 쓰면서 인격과 문격이 어우러진 아름다운 국어 문장을 지으면서 내심으로부터 국어의 아름다움에 황홀해 하고 감사해 보지 않는 분이라고, 우리는 이 자리에서 단호하게 결론지을 수 있다.

우리가 국어문장상담소를 제도화하려는 것은, 그것이 문격이 없는, 또는 문격을 갖추지 않은 글들이 횡행, 난무하는 오늘날의 국어 문장 실태를 종식시킴으로써 우리 문화를 바람직한 순정(醇正) 문화, 바람직한 문화 사회로 바꾸려는 것이요, 세계 속의 한국을 고유한 문화 한국으로 만들려는 것이다. 이것이 민족정기를 바로잡는 길이요, 진정한 한국의 세계화이기 때문이다.

아름다운 국어 문장, 제대로 된 국어 문장이 이 땅에 자리 잡을 때에 우리는 비로소 우리가 문화 민족임을 말할 수 있을 것이고, 세계 속의 문화 한국을 자처할 수 있을 것이다. 문장 입국(立國)의 꿈이 바야흐로 전개되는 순간이다.

북한의 언어 이질화에 대하여

남북한의 화해 분위기는 우리의 가슴을 설레게 한다. 당장에라도 통일이 되었으면 좋겠다는 우리의 오랜 열망을 부채질하기 때문이다. 이러한 감정의 한편 구석에는 통일이 되었을 때의 불편과 혼란을 어떻게 최대한 줄일 수 있겠는가 하는 근심이 자리 잡고 있다. 그 근심 속에는 남북한 언어의 이질화 문제가 들어 있다. 반세기가 넘는 세월, 서로 교류가 없는 언어생활은 양쪽의 말을 상당 부분 서로 다르게 변화시켰을 것이라고 생각하기 때문이다. 우리는 이 문제를 좀 더 깊이 있게 검토해 보아야 한다. 정말로 양쪽의 언어는 의사소통에 지장을 줄 정도로 변화하였는가? 많은 사람들이 그렇게 생각하고 그것을 극복하기 위하여 우리가 이제부터 그 문제를 풀기 위해 노력하여야 한다고 생각한다.

다시 한번 차분히 정리해 보자. 남북한의 언어는 얼마나 이질화하였는가? 지난 6월, 남북의 정상이 평양에서 만난 후로 남북한 이산가족이 평양과 서울에서 한 차례 상봉의 기쁨을 나누었다. 그때에 서로 헤어져 살던 가족이 눈물을 앞세우며 정담(情談)을 나누었다. 그런데 그 만남의 전체 행사에서 서로 못 알아듣는 낱말이 나와서 고생했다는 이야기는 나오지 않았다. 이것은 무엇을 말하는가? 50여 년의 세월로는 일상생활 언어상 변화가 없었으며 대화상의 장애는 발생하지 않는다는 것을 말하는 것이 아닌가? 물론 우리는 몇 개의 생소한 낱말에 대한 새로운 지식을 얻었다. '식반찬'이라든가, '일정이 긴장하다' 든가 하는 색다른 낱말과 표현을 알게 되었다. 그것이 새롭기는 했으나, 이질화의 범위에 드는 것은 아니었다. 그 정도라면 경상도와 전라도 사이의 사투리에도 얼마든지 발견할 수 있는 것들이기 때문이다.

그럼에도 불구하고 우리는 여전히 이질화 문제가 걸림돌이라고 생각한다. 그것은 아마도 조금만 깊이 있는 대화를 나누려 할 경우에 어딘가 서로 간에 편안한 마음으로 이야기가 되지 않을 것이라는 가슴속 깊은 우려의 심정 때문에 아닌가 싶다. 깊이 있는 대화라는 것은 속마음을 확 터놓은 감정적인 일체감일 수도 있고, 특수한 분야의 전문적인 내용의 지성적·논리적 일체감일 수도 있다. 여기에 이르러 우리는 진정으로 남북 사이에 언어의 이질화 문제가 실제로 존재한다는 사실에 접한다. 그것은 아직까지 실현되지 않은 대화에 대한 우려요 고민이다. 이것은 생각과 느낌이 다른 두 사람이 똑같은 말을 하면서도 서로 다른 생각을 하는 경우와 같은 현상이다. 그것은 어쩌면 똑같은 정치·사회·문화 환경에서 정서적으로나 이성적으로 일치된 분위기를 만들기 전까지는 어쩔 수 없는 언어적 어긋남 현상으로 보아야 할 것이다. 이러한 어긋남은 통일이 된 뒤에도 한참 동안의 조정 기간을 거쳐야 해소될 성질의 것이다.

그 다음으로 문제 삼아야 할 것은 이질화를 생각하는 관점의 문제다. 50여 년 동안 북한은 북한대로 남한은 남한대로 독자적인 언어 변화를 겪었다. 그런데 북한은 상대적으로 외부 세계와의 접촉이 적어 그 변화의 질량이 적었으며, 남한은 개방 사회로 살아왔다는 특성 때문에 외래어의 증가를 비롯하여 상당량의 신조어가 생겼다. 따라서 북한 사람들이 남한 언어를 볼 때에는 이질화 현상이 두드러지지만 남한 사람들이 북한 언어를 볼 때에는 변화의 폭을 별로 느끼지 않을 수 있다. 그러면서도 남한 사람들의 처지에서 못 알아듣는 북한말이 얼마나 있느냐를 가지고 이질화를 말하여 왔었다. 이것은 아주 잘못된 생각이었다. 많이 변한 것은 남한 쪽이므로 이질화의 문제를 북한 사람의 처지에서 남한 언어의 변화상을 이해하고 파악해야 한다는 관점에서 논의해야 마땅하다. 그러한 의미에서 최근 국어연구원에서 간행한 『북한 주민이 모르는 남한 어휘』는 남북한 언어 이질화의 본질을 바로 파악한 저술이라고 하겠다. 그 책의 책임연구자는 필자에게 '싸가지가 없다'가 무슨 뜻이냐고 물었다. '싸가지'는 사전에 보면 '싹수'의 방언으로 되어 있다. 흔히 사람됨이 모자랄 경우에 '장래성'이 보이지 않는다는 표현으로 '싸가지가 없다'가 쓰이는데 이러한 표현이 북한에서는 쓰이지 않는 듯하였다. 이것은 한 개인의 특별한 어휘 능력에 관계되는 것인지 모르겠으나 남한 사람으로서는 상상할 수 없는 일이다. 이런 정도의 표현을 북한 사람들이 못 알아듣는다면 정말로 남한 언어는 엄청난 이질화가 발생한 셈이다.

　『북한 주민이 모르는 남한 어휘』에 따르면 남한 사회에서 발생한 비유적인 표현들이 이해할 수 없는 남한 말로 되어 있다. 예를 들면 다음과 같은 것들이다. '축구 꿈나무' 의 '꿈나무', '거품 빠진 부동산 경기' 의 '거품', '가방끈이 짧다', '물 건너가다', '(경기가) 바닥을 치다', '발이 넓다', '(정치인들이) 줄을 서다', '총대를 메다'

남한 사회의 정치·경제·문화가 북한과는 얼마나 이질적으로 변모하였는가를 실감할 수 있는 표현들이다. 가령 '물밑 대화' 같은 말도 북한 사회에서는 성립할 수 없는 것이니까 잠수부들이 물속에서 나누는 대화쯤으로 파악할지도 모른다. 물론 '물밑 대화' 라는 말이 사용되는 문맥상황은 그것이 표면 거래가 아닌 뒷거래의 성격을 지니는 것으로 알겠지만 그것을 이해하는 것은 곧 그런 상황의 사회를 이해하는 것이다.

다음과 같은 한자어 낱말도 북한 주민은 이해하기 힘든 것들이다.

'경로 우대증', '공공요금', '내연 관계', '민초', '비자금', '사생활', '비과세 저축예금', '병살타', '동거녀', '생보자', '청문회', '파출부', '판공비', '해결사', '종토세'

이러한 낱말들은 분명히 지난 50여 년간 남한 사회의 변화상을 반영하는 것들이다. 이러한 낱말을 통하여 남한이 그동안 어떻게 변화하여 왔는가를 헤아려 봄직하다. 그러므로 이 낱말들을 북한 주민이 모르는 것은 너무도 당연하다. 그렇다면 북한 주민이 모르는 것이 이러한 언어상의 문제인가? 낱말을 이해하지 못하는 것이 아니라 남한의 사회구조, 생활 풍습, 의식 세계를 모르는 것이라고 보는 것이 더 적절한 표현이 아닐까 싶다. 더 나아가 영어를 바탕으로 한 외래어는 당연히 북한 주민들에게는 생소한 낱말일 수밖에 없다.

'개그맨', '고스톱', '그린벨트', '나스닥 시장', '네티즌', '데이트', '디스크', '딜레마', '래프팅', '레저', '로비', '포럼', '마인드', '매니저', '모니터링', '벤처', '붐', '뷔페', '빌라', '사이버', '세미나', '알리바이', '앵커', '윈윈 전략', '인턴', '징크스', '체크', '칼럼', '콘도미니엄', '터프하다', '텔레파시', '프라이버시', '패러다임', '프리미엄', '핫라인', '홈쇼핑', '힙합바지'

이런 낱말은 우리 남한 사람들이 매일같이 외래어라는 의식도 별로 갖지 않고 흔하게 쓰는 것들이다. 그런데 이것을 북한 주민들은 알아듣지 못한다. 그렇다면 다시 한번 생각해 보자. 말을 못 알아듣는다는 것은 그 '말'을 모르는 것인가? 그 '사회'를 모르는 것인가? 두말할 필요도 없이 그 '사회'를 모르는 것이다.

그러면 우리는 어째서 지금까지 남북한의 언어 이질화를 '낱말의 몰이해' 쪽으로만 생각하여 왔는가? 그리고 남한 사람들이 북한 언어에 생소한 것만을 문제 삼았는가? 너무도 자기중심적인 좁은 소견으로 생각해 왔음을 우리는 이제 겸허하게 반성하여야 한다. 남북한 언어의 이질화는 어디까지나 상대적인 것이며 서로가 서로의 사회 구조와 생활 관습과 의식 구조를 이해하려고 노력할 때에만 극복될 수 있다는 사실을 깨달아야 할 것이다. 남한 사람들은 북한에서 쓰이는 몇 개의 생소한 낱말에 대하여 신경을 쓸 것이 아니라 그들이 무슨 생각을 하며, 왜 주체사상을 부르짖으며 폐쇄 사회를 고집했는지, 그리고 한동안 대남 적화 통일을 위한 일련의 군사적 · 외교적 활동을 펼쳐 왔는가를 깊이 이해하려고 노력해야 할 것이다. 또 북한 사람들은 남한 사람들이 어째서 그토록 외래어를 많이 사용하면서도 북한 사람들 못지않게 민족적 주체성이 강하며, 민족 문화를 지키기 위하여 얼마나 노력하며 사는가도 알아야 할 것이다. 그러면서 인류가 궁극적으로 서로 도우며 서로 어울리어 사는 것이므로 개혁과 개방은 필연적인 삶의 방식임을 깨닫고 열린 마음으로 미래를 설계하고자 애써야 할 것이다.

이제 우리는 아주 편한 마음으로 말할 수 있다. 남북한 언어의 이질화는 남북한 삶의 이질화에 있으며 그 극복은 단일한 생활권 안에서 – 그러니까 하루빨리 통일이 되어 – 생각과 말과 행동을 부담 없이 함께 나누는 것임을.

우리 민족의 철학 용어를 정리, 통일하는 원칙과 방법

I

우리 민족은 반세기에 이른 긴 세월을 서로 다른 두 개의 정치 체제에서 별도의 생활을 누려왔다. 그 별도의 생활은 자연스럽게 언어의 이질화를 불러왔고 그것은 통일을 열망하는 현재의 시점에서 우리 민족이 건너야 할 가장 시급한 과제로 떠올랐다. 언제가 될지는 모르겠으나 가까운 장래에 어떠한 형태로든 통일의 절차가 진행될 것이고, 더 나아가 21세기에는 우리 민족이 여러 분야에서 세계를 이끌어 가는 선도적 역할을 할 것이라는 기대를 지니고 있는 터에 분단 상황 하의 언어적 이질화라는 것은 민족적 자존심에 견디기 어려운 흠집이라 아니할 수 없다. 이 글은 이러한 흠집을 어떻게 해소할 것인가 하는 고민을 깊이 있게 검토에 보고자 하는 것이다.

그러나 우리의 물음과 고민은 제자리 돌아보기부터 시작하여야 하겠다. 우선 우리가 논의해야 할 제목 "우리 민족의 철학 용어를 정리, 통일하는 원칙과 방법"이 과연 합당한 제목인가를 따져보아야 할 것이다. 우리는 이 글의 첫머리에서 우리 민족이 반세기의 정치적 남북 분단으로 말미암아 언어의 이질화가 발생했다고 언급하였다. 또 우리의 논제도 민족의 철학 용어를 정리, 통일할 필요성을 제시하였다.

그러면 다시 한번 냉철하게 생각하여 보자. 우리 민족은 남북 분단의 정치적 분할 상태로 말미암아 정말로 언어의 이질화를 심각하게 경험하였는가? 아니면 그동안의 반목과 대립이 언어의 이질화라는 환상을 관념적으로 굳혀온 것은 아닌가? 우리는 이 물음에 정직하게 대답하지 않는 한. 우리의 논제에 접근할 수 없을 것이므로, 이 '언어의 이질화'라는 용어의 실체를 끈질기게 물고 늘어져야 할 것이다.

한편 우리가 다루는 큰 주제가 철학 용어의 우리말 정리와 철학 교육이므로 철학 용어의 우리말 정리라는 것이 구체적으로 무엇을 뜻하는 것인지를 따져보아야 한다. 그것은 지금까지 우리의 철학이 우리말, 곧 한국어로 이루어지지 않았다는 것인가? 아니면 '우리말'이 뜻하는 핵심 의미가 혹시나 고유어라고 일컬어지는 토박이 한국말을 뜻하는 것은 아닌가? 만일에 '우리말'이 순수한 우리나라 토박이말을 뜻하는 것이라고 한다면 소박한 의미에서 매우 편협한 민족주의를 표방하는 것이라고 하겠는데 우리의 '철학함'은 그렇게 민족주의적 바탕 위에서 토박이말로 해야만 우리다운 '철학함'에 도달하는 것이라고 할 수 있다는 말인가? 우리는 이 질문에 정직하게 대답하지 않으면 우리의 논의를 진행할 수 없을 것이다. 논지를 분명히 하기 위하여 몇 마디 덧붙여 보기로 하자.

'철학함의 민족어'라는 주제를 설명하는 글은 다음과 같다.

"우리 민족의 철학적 사유는 우리말에 의거하므로 철학적 사유가 담긴 우리말을 발굴하고 철학의 전문용어를 우리말로 다듬음으로써 우리 철학의 세계성을 지닐 수 있도록 한다."

이 문장을 순박하게 있는 그대로 풀이하자면 다음과 같이 정리할 수 있겠다.

1. 우리 민족은 우리말로 철학을 해야 한다.

2. 따라서 철학을 할 수 있는 우리말을 더 많이 찾아내고 철학 하는 데 쓰이는 전문용어를 우리말로 정리해야 한다.

3. 우리말로 정리된 철학, 곧 '우리 고유의 철학' 으로서 세계성을 확보해야 한다.

위의 세 가지 당위론적인 명제(?)에 공통된 요소는 다름 아닌 '우리말' 이다. 그러면 이 '우리말' 의 정체는 무엇인가? 지금까지 우리는 우리말로 철학을 해 본 적도 없고 하지도 않았단 말인가? 그렇지는 않을 것이다. 여기에서 언급한 '우리말' 은 아마도 '한자어' 가 아닌 '토박이 고유어' 를 뜻하는 것으로 풀이해야 할 것이다. 그래야만 주위에 있는 다른 어떤 언어와도 구별되는 우리 민족의 고유성을 보장할 수 있을 것이기 때문이다.

지금까지 검토한 바를 정리하면 다음의 두 가지로 요약된다.

첫째, 우리 민족은 남북 분단으로 언어의 이질화가 발생하였다. 그러므로 우리는 그 이질화를 극복할 방안을 모색해야 한다.

둘째, 우리 민족은 고유어를 토대로 한 철학을 해야 한다. 그 철학으로 세계성을 확보해야 한다.

II

우리는 이제 위의 두 번째 항목의 문제점부터 짚어 보기로 하자. 우리가 고유어를 토대로 한 철학을 해야 한다고 하는 생각은 일단 당연한 주장이라 할 수 있다. 그러나 여기에는 앞에서도 지적한 것처럼 중대한 오해가 있을 수 있다. 지금까지의 우리의 철학은 우리다운 철학이 아니었는가? 또 고유어가 아닌 한자어로는 우리다운 철학이 불가능했다는 것인가 하는 점이다. 이 문제를 풀기 위하여 잠시 우리 민족의 철학 사상사를 훑어보기로 하자.

신라 불교사의 명산 준봉인 원효, 원측, 의상의 철학적 업적은 문자 그대로 세계 불교사에 큰 획을 긋는 고전이 되었으며, 그것은 우리 민족의 철학적 역량을 증거하는 데 조금도 부족함이 없는 것이었다. 고려에 와서 의천이나 지눌 같은 고승대덕이 역시 우리나라 불교 사상의 고유성과 세계성을 동시에 입증하였다. 조선조에 와서 퇴계, 율곡 등 성리학의 큰 별들은 그들이 사용한 언어가 당대의 국제적 문자 언어인 한문이었으나 그들의 업적은 더할 나위 없이 우리다운 것, 한국적인 철학함의 증거들이었다. 여기에 이르러 중세기 서양에서 철학을 비롯한 학문 일반이 그리스 – 라틴어를 토대로 하여 전개되었다는 사실을 회고하게 된다.

그리고 특별히 근세에 이르러, 독일에서 이른바 민족적 자각과 함께 열화와 같이 퍼져 나간 언어 순화 운동에 힘입어 개념어의 상당 부분을 게르만 계통의 어휘로 바꾸는 데 성공한 사례까지 회상하게 된다. 그렇다면 고유어를 토대로 한 철학의 모색은 결국 근세에 독일이 성취한 언어순화 운동을 의중에 두고 있는 것은 아닌가 일단 의심해 볼 수 있다. 독일의 경우 철학 용어의 일부가 게르만 계통의 어휘로 대체된 것은 사실이나 그래도 또 기본적인 개념어들은 여전히 그리스 – 라틴어 계통의 어휘가 감당하고 있고 기초어휘 부분을 게르만 계통의 어휘가 감당한다는 이중 구조의 틀이 유지되고 있는 실정이다.

우리가 만일에 근세 이래 독일의 언어 순화 운동을 염두에 두고 고유어의 개념어 만들기를 꿈꾸는 것이라면 우선 그 타당성과 가능성, 그 성공률을 면밀히 따져보아야 한다. 우리는 일부의 철학자들이 '행위'를 '함', '지식'을 '앎'으로 바꾸어 보라는 의견을 낸 적이 있음을 알고 있다. 그러나 이것은 정교하고 변별성이 강한 추상 개념을 표현하는 데 있어서 한자어와 고유어 중 어느 것이 우수한가를 알면서도 짐짓 고유어에 대한 정서적 유혹에 끌려 그렇게 시도해 본 것에 지나지 않았다는 것도 알고 있다. 또 설사 몇몇 개 고유어 어휘가 특정한 철학적 개념을 나타내는 데 성공하였다 하더라도, 곧 그것이 한국적 철학의 확립을 보장하는 것은 아니라는 것도 우리는 알 수 있다.

Ⅲ

독일의 경우를 조금 자세히 들여다보기 위해 고종석의 글을 인용한다. 1917년 루드비히 폰 안할트는 라틴어나 프랑스어 같은 문화어들(Kultursprachen)에 맞서서 독일어를 선양하고 순화하기 위한 단체를 만들었다. '결실의 모임(Fruchtbringende Gesellschaft)' 또는 '종려나무 교단(Palmenorden)'이라고 불렸던 이 협회는 쾨텐, 바이마르, 할레 등지에 사무실을 두고 '애국적 인사들'을 규합했다. 마르틴 오피츠, 요한 미하엘 모셔로슈, 프리드리히 폰 로가우, 유스투스 게오르크 쇼텔, 안드레아스 그리피우스 등 당대의 일급 지식인들이 회원으로 참가한 이 '결실의 모임'은 뒤이어 독일 전역에서 우후죽순처럼 결성될 수많은 순수주의 운동 단체들(독일에서는 이 단체들이 언어 협회들 Sprachgesell-schaften이라고 불렸다)의 효시였다. '성실한 잣나무 협회', '독일 애호협회', '페그네시아 꽃모임', '엘베강 백조 교단' 등의 '향토적' 이름들을 지닌 이 언어 협회들이 수행한 언어 운동 Sprachbewegung의 핵심은 '독일화(Verdeutschung)'였다. 즉 라틴어, 그리스어 같은 고전어와 특히 프랑스어에 깊이 침윤된 독일어 어휘를 순수하게 독일화하는 것이었다. 그들은 이런저런 글들를 통해 이른바 '알라모더라이(Alamoderei : 프랑스풍 생활양식이나 예절의 모방, 또는 독일어와 프랑스어를 섞어 쓰기. 특히 30년 전쟁 기간과 그 이후 독일어에는 프랑스어 단어가 물밀듯이 파고들었을 뿐만 아니라, 지식층을 비롯한 일부 사회 계층에서는 완전한 프랑스어/독일어 이중 언어 상태나 프랑스어만을 쓰는 관습이 존재했다.)' 를 풍자하며, 차용어들을 대제하기 위한 순수한 독일어 어휘를 새로 만드는 데 열중했다.

예컨대 쇼텔은 Grammatik(문법)에 대하여 Sprachehre라는 말을, Verbum(동사)에 대하여 Zeitwort라는 말을, Semicolon(세미콜론)에 대하여 Stichpunkt라는 말을 만들어 냈다. 하르스되르퍼도 Correspondance(서신 교환)에 해당하는 Briefwechsel이라는 말과 Labyrinth(미로)에 해당하는 Irrgarten이라는 말을 만들어냈다. 이들 동시대인들 가운데 이런 독일어화에 가장 열심이었던 사람은 필립폰체젠이었다. 그는 차용된 지 오래돼 토착어나 다름이 없이 돼버린 단어들까지도 축출하고 새 말을 만드는 열의를 보여 언중의 외면을 받기도 했지만, 그가 만든 말들 가운데 상당수는 몇 백 년 세월을 견뎌내고 아직까지 쓰이고 있는 것도 사실이다. 예컨대 Dialekt(방언)에 해당하는 Mundart, Libertéde conscience(양심의 자유)에 해당하는 Gewissensfreiheit, Autor(저자)에 해당하는 Verfasser, Horizont(지평선, 수평선)에 해당하는 Gesichtkreis, Epigramm(풍자시, 격언시)에 해당하는 Sinngedicht 따위의 말들은 체젠이 만든 것이다. 때는 바로크의 세기였고 독일화의 열정은 자주 지나침이 있었다. 어떤 신조어들은 동시대인들에게 혐오감을 주어 받아들여지지 않았고, 또 다른 어휘들은 일단 받아들여졌다고 하더라도 이내 사라졌다. 오늘날 Nase(코)를 Gesichtvorsprung(얼굴의 튀어나온 부분)이라고 말하는 독일 사람은 없고, Natur(자연)을 Zeugemutter(증거가 되시는 어머니)라고 말하는 사람도 없으며, Fieber(열병)을 Zitterweh(떨리는 아픔)이라고 말하는 사람도 없다. 더구나 Nase는 게르만계의 고유어인데도 외래어로 잘못 파악하고 우스꽝스러운 말을 만들어낸 것이다.

이런 언어 운동가들이 한 일은 신어의 창조만이 아니라, 정서법의 통일과 문장 규범의 확립 등 여러 면에 걸쳐 있었다. 이들 순수주의자들은 거의 전부가 프로테스탄트들이었으므로 그들이 전범으로 삼아 퍼뜨린 독일어는 루터 성경의 독일어였다. 그들은 루터 성경의 독일어를 기초로 삼아서 여러 방언들과 싸우며 표준적인 신고지독일어(新高地獨逸語)를 확립했다. 그들은 특히 정서법 확립에 힘을 기울였다. 쇼텔 이래로 독일어의 역사에 대한 관심이 확산된 것도 철자법 확립에 기여했다. 독일어 문법학자들은 독일어의 철자를 확립하는 데 단순히 그 발음만이 아니라 독일어사 연구에 따른 동원(同源) 여부를 고려하게 되었다. 그들은 많은 쌍자음을 없앴고, 그때까지 문장을 구분하던 횡선 대신에 쉼표와 마침표를 도입했으며, 문장의 문법적 마디를 명료하게 하기 위해서 명사의 첫 글자를 대문자로 쓰도록 규정했다.

순수파 문법학자들은 독일어 어휘부에 들어온 외래 요소들을 몰아내고 형태부를 통일하며 철자법을 합리화하는 데에 만족하지 않았다. 그들의 야심은 독일어를 세련화시켜서 문화어로 만들고 프랑스어와 같은 수준으로 이끌어 올리는 것이었다. 그래서 문체와 시에 대한 연구는 언어 운동가들의 주요한 관심이 되었다. 이들의 이런 노력이 뒷날 괴테와 실러에 의해 완성되는 '고전 문학어로서의 독일어'의 확립에 커다란 기여를 한 것은 분명하다.

그러나 이 순수주의자들의 첫 번째 관심이 독일어 어휘부의 '독일화'에 있었던 것 역시 분명하다. 독일어가 더 이상다른 문화어들의 위협을 걱정하지 않아도 되게 된 19세기초까지 이 언어 순화의 노력은 꾸준히 계속되었다. '외래어사냥(Fremdwortjagd)'이라는 비아냥거림을 받으면서도 지속적으로 힘을 확장해 온 이 순수주의는 19세기 초 요아힘 하인리히 캄페가 펴낸 두 종의 사전 속에 집대성됐다. 『독일어 사전』(1807년)과 『외래 표현이 침투한 우리말의 설명과 독일화를 위한 사전』(1813년)을 통해 캄페는 대부분의 차용어들이 순수한 독일어로 표현될 수 있다고 주장하며 일일이 그 예를 들어놓았다. 그가 직접 만들거나 지지한 신조어들의 상당수는 프랑스/라틴계 단어들을 대치하는 데에 성공했거나, 그러지는 못했을지라도 오늘날까지 사용되고는 있다. 예컨대 캄페는 Zirkulation(순환, 유통)에 대응하는 Umlauf, Republik(공화국)에 대응하는 Freistaat, Supplikant(청원자)에 대응하는 Bittsteller, Rendezvous(회합, 데이트)에 해당하는 Stelldichein, Karikatur(풍자화)에 해당하는 Zerrbild, Appetit(식욕)에 해당하는 Esslust, Revue(열병, 閱兵)에 해당하는 Herrschau 같은 낱말을 새로 만들어 독일어 어휘 속에 포함시키는 데 성공했다. 캄페의 동료이자 체조 교사로 유명한 얀은 Nationalität(민족성)의 의미로 Volkstum이라는 말을 만들었고, Rezension(서평)이라는 의미로 Besprechung이라는 말을 사용해 독일어의 '독일화'에 기여했다. 그러나 이런 성공적인 예들 뒤에는, 사람들에 의해 받아들여지지 않아 이내 잊혀버리고만 무수한 하루살이 '독일어 단어'들이 있었다.

17세기 이래의 독일어 순화 운동은 꽤 많은 '순수 독일계' 어휘를 독일어 어휘 속에 포함시키는 데 성공했고, 또 그만큼은 아닐지라도 상당한 수의 프랑스/라틴계 어휘, 그리스어계 어휘를 독일어에서 몰아내는 데 성공했다. 그러나 '독일어의 완전한 독일화'라는 순수주의자들의 목표는 그들이 처음 의도했던 것에는 훨씬 못 미쳤다. 지금의 어떤 독일어 사전을 펼쳐도 프랑스/라틴계, 그리스어계 단어들은 수두룩하다. 그것은 이 순수주의자들이 어떤 '문체적 의도들'을 무시한 채 오로지 언어의 피를 순화하는 데만 정신을 쏟았기 때문이다.

문제는 '독일어의 완전한 독일화'라는 이들의 궁극적 목표가 실패했다는 데 있는 것이 아니라, 독일의 역사에서 민족주의의 기운이 위험스러울 정도로 높아질 때마다 이 순수주의가 기승을 부렸다는 데에 있다. 19세기 초 이래 얼마간 잠잠했던 순수주의는 프로이센 – 프랑스 전쟁의 승리로 1871년에 제2제국이 성립하면서 다시 역사의 전면에 나타났다. 17세기 초처럼 다시 언어 협회들이 생겼고, 이 세기말부터 20세기 초에 걸쳐 열 권으로 된 『독일화에 관한 책

(Verdeutschungsbücher)』이 발간됐다. 헤르만 리겔이 이끈 대표적인 언어 협회는 3만 명이 넘는 회원을 거느리고 있었고, 여기에는 공무원들도 상당수 포함됐다. 체신국장 하인리히 슈테판은 체신 관련 외래어 7백 60개를 '순수 독일어'로 바꾼 공로로 1887년에 이어 언어 협회의 명예 회원이 되었다. Telefon(전화기)을 Fernsprecher로, recommandieren(등기로 부치다)을 einschreiben으로 바꾼 것이 바로 슈테판이다.

그러나 예컨대 Fernsprecher가 Telefon을 독일어에서 구축할 수는 없었다. 시민들은 오히려 일상적인 구어에서 Telefon이라는 외래어를 더 선호했다. 관습의 힘도 관습의 힘이지만, 이 단어가 독립적으로 존재하는 것이 아니라 독일어의 어휘장 속에서 이미 많은 파생어들을 생산해낸 상태였기 때문이다. 예컨대 Telefon이라는 단어는 독일어 속에서 telefonieren(전화 걸다), telefonisch(전화의), Telefonist(전화 교환수), Telefongespärch(전화 통화), Telefonhörer(수화기), Telefonbuch(전화번호부) 같은 단어들과 단단히 연결돼 있는데, Telefon이라는 단어를 포기하게 되면 다른 단어들도 포기해야 하므로, 그것이 일반인들에게는 불편한 일이었던 것이다.

그러나 빌헬름 왕조 시기에 독일을 풍미한 민족주의 열풍에 힘입어 순수주의자들은 많은 외래어를 독일화하는 데 성공했다. 그 독일화는 이 시기에 독일에서와 같은 정도의 순수주의 운동이 없었던 오스트리아나 스위스의 독일어와 독일의 독일어 사이에 일정한 균열을 만들어내기도 했다. 예컨대 교통 분야에서 오스트리아 독일어나 스위스 독일어에는 Perron(플랫폼)이나 Coupé(칸막이 객석)처럼 오래전부터 써오던, 그리고 외국인들에게 쉽게 이해되는 외래어들이 지금도 남아 있지만, 독일에서는 이미 빌헬름 시절에 이 단어들이 Bahnsteig와 Abteil이라는 '순수 독일어'로 대치됐다.

이 언어 순수주의자들은 두 차례의 세계 대전 기간 동안에는 아마추어 언어학자로 남는 데 만족하지 않고, 정치적 운동을 조직하기도 했다. 제1차 세계 대전 기간 동안 '순수한 독일어'를 쓰지 않는 사람들은 이들에 의해 '정신적인 반역자'로 매도됐고, '독일어를 사용하는 하나의 독일 민족만이 최고의 민족'이라는 구호가 횡행했다. 히틀러 치하에서 독일 민족주의가 극성을 부리며 최고의 시절을 맞게 된 언어 협회는 제2차 세계 대전이 발발하자 '모국어의 돌격부대'로 자처하며, '마르크스주의적 · 민주주의적 의회주의의 탈독일화되고 외국화된 언어' 와의 투쟁을 선포했다. 그들이 생각하기에 당대의 독일어는 '유태인과 서유럽의 영향으로 붕괴돼 버린 독일어' 였다.

독일에서의 이런 언어 순화론은 Radio(라디오)를 Rundfunk로 바꾸고, Television(텔레비전)을 Fernsehen으로 바꾸고, Journal(잡지)을 Zeitschrift로 바꾸는 '개가' 를 이루어냈지만, 그 대가로 독일 역사의 한켠에는 '순수한 독일어' 라는 우상을 섬기는 언어 물신주의가 자리 잡게 되었다.

IV

앞에서 장황하다 싶을 만큼 길게 독일의 사정을 소개하였다. 그 글을 읽는 동안 짐작하였겠지만 우리는 '우리 민족 고유의 철학' 이라는 것을 상정하고 그러한 학문적 세계를 꿈꾸고 있는 오늘의 논의가 전적으로 잘못됐다고 말하고 싶지는 않지만 그러한 방향이 학문 일반(여기서는 한국인의 '철학함' 에만 국한시켜도 좋다.)에 보편적으로 적용되어서는 곤란하다는 주장을 펴고 싶었기 때문이다.

학문은 궁극적으로 보편성을 띠어야 한다. 중세기 이래 서양의 사정이 어떠하였건 라틴어가 학술어로서 서양을 지배하였다는 것, 그리고 최근세에 이르기까지 중국을 중심으로 한 동북아시아에서 한문이 학술어로 군림하였다는 것은 인류 문화의 발전을 위해 대단히 다행스러운 일이었다. 한두 가지 예를 생각해 보자. 가령 린네가 학명(學名)들을 라틴어로 짓지 않았더라면 식물 분류의 국제적인 체계가 오늘날처럼 안정된 자리를 차지하지 못했을 것이다. 또 동양의 경우, 일본에서 난학〔蘭學 : 네덜란드 문헌을 통한 서양 학문 연구. 에도(江戶) 시대 이후 일본 근대화의 기초가 되었음.〕이 발흥하고 메이지 시대 이후에 서양의 학술용어를 미친 듯이 한자어로 번역해 낸 사건이다. 이러한 일본인들의 서양 학문의 한자어 번역 작업이 없었다면 한·중·일 동양 3국은 학문적으로 서양과 겨루고자 하는 오늘날과 같은 문명적 대립 의식 같은 것은 꿈도 꾸지 못했을 것이다.

에도 시대 난학자(蘭學者)들이 만들어 낸 번역어와 메이지 시대 이래 일본에서 번역된 유럽의 학술용어들은 거의 대부분 한자어라는 형태로 아무런 거부감 없이 한국어 어휘 자산으로 흡수되었다. 만일에 우리말에서 일본어의 찌꺼기를 뿌리 뽑는다 하여 일본에서 수입한 한자어를 배척한다면 우리는 이 순간 철학하기를 포기하여야 한다. '哲學, 抽象, 主體, 客體, 觀念, 命題, 原理, 原則, 歸納, 批評, 對稱, 宗敎, 現實, 進化, 傳統' 등 이 모두 일본인들이 찾아내어 동양 세 나라에 통용시킨 것이기 때문이다.

그러면 이제 우리의 결론을 서둘러 보자. 어째서 과거에 큰 언어였던 독일어나 스페인어는 국제적으로 몰락하여 그것을 모국어로 쓰는 지역 안에 갇히게 되었는가? 그 이유 중 두드러진 것은 그 언어들이 정치적으로 타락한 국가와 문화의 언어라는 점이다. 하나의 언어가 민족주의나 인종주의, 또는 전체주의 같은 이데올로기의 전달자 노릇을 하게 될 때, 세상 사람들은 그 언어를 통하여 이데올로기의 냄새를 맡는다. 또 하나의 언어가 인종적 순수성을 강조하는 도구로 쓰일 때, 그 언어는 보편성을 내세울 수 있는 자격을 상실한다. 독일어와 스페인어가 1930년대와 1940년대에 걸쳐 그러한 일을 했고, 드디어 그 언어가 그 민족의 영역 안으로 움츠리게 되었다.

우리는 한국어를 그러한 전철을 밟는 언어로 만들고 싶지 않다. 만일에 우리가 한국어의 철학적 세계화를 위해서 해야 할 일이 있다면 한국적 고유성을 지닌 특수 개념들을 세계 언어 속에 등록시키는 일이다. 예컨대 한국인의 정서를 표출하는 '한'이나 '정'이라는 낱말을 한자에 근원을 두었다 하여 '한(恨)'이니, '정(情)'이니 하는 방법으로 적을 것이 아니라 그것은 '恨'에서 나왔으나 恨이 아닌 '한'이요, 그것은 '情'에서 나왔으나 '情'이 아닌 '정'이라고 풀이하면서 그 철학적 정의를 보편적인 용어로 정리하는 일 같은 것이다.

V

우리의 두 번째 과제는 다음과 같다.

〈반세기 동안 분단된 우리 민족이 서로 다른 체제에 살면서도 철학적 사유의 동질성을 유지하고 2000년대에 문화 민족으로서의 기량을 온 세계에 발휘하기 위해서는 철학의 기본 용어들로부터 우리말로 통일하여 남북한이 공동으로 교육해야 할 것이다.〉

우리는 이미 앞에서 누누이 강조하고 지적하였으므로

'철학의 기본 용어들을 우리말로 통일한다' 는 표현의 부적절함을 이해하였을 것이다. 만일에 그 '우리말' 의 핵심 의미가 이미 동양 3국 한자 문화권 안에서 보편성을 띠고 통용되는 한자어를 고유어인 토박이말로 바꾸는 것을 뜻한다면 그것은 어처구니없는 환상이다. 그러나 만일에 남북한이 반세기의 분단 격리 현상으로 말미암아 서로 다른 용어를 사용하게 되었으므로 그것을 조정하자는 것이라면 우리는 논의를 조금 더 진전시켜야 한다.

우선 북한의 철학 분야 논문에서 우리는 얼마만큼의 이질화를 발견하는가를 살펴보기로 하자. 다음은 1988년 8월 24~28일 북경에서 열린 제2차 조선학 국제학술토론회에서 발표된 오직 한 편의 철학 논문 첫 부분이다.

"우리나라에서 철학은 자유와 독립, 새 사회 건설을 위한 투쟁 항정에서 철학적 세계관과 사회력사관을 비롯하여 론리학, 류리학과 같은 철학 과학의 분과에 이르기까지 다방면적으로 발전하여 왔다. 저는 그 가운데서 사람이 본질적 속성에 관한 문제에 국한하여 토론하겠다."

조선 사회과학원 철학연구소의 리성준이라는 분의 이 논문은 "위대한 수령 김일성 동지는 다음과 같이 교시하시었다.《사람은 자주성과 창조성, 의식성을 가진 사회적 존재입니다.》라는 인용문을 서두에 배치하여 놓고 그 말의 타당성을 논리적 맥락도 별로 고려하지 않고 비슷한 말을 중언부언 반복하는 것으로 논의를 진행하고 있다. 이 논문의 제목이 "사람은 자주성과 창조성, 의식성을 가진 사회적 존재"로 되어 있는데, 이것은 김일성 교시를 그대로 따온 것이므로 이 논문의 창의성부터가 문제 되는 것이지만, 우리는 이 글의 내용은 덮어두고 그 문장의 표현 형식에서 무엇이 문제가 되는가를 살펴보자.

첫째, 사용된 어휘에서는 모르는 것도 문제 되는 것도 없었다.

둘째, 군이 문제 삼는다면 다음과 같은 문장 구성이 과연 논리적으로 편하게 받아들일 수 있는가 하는 점이 남는다. 즉 "철학은 A에서 B, C를 비롯하여 C, D 등에 이르기까지 발전하였다."라는 표현이 과연 제대로 된 것인가? 이 문장은 '-에서'와 '비롯하여'가 똑같이 영어의 'from'에 대응하는 뜻으로 쓰이기 때문에 이해에 혼란을 준다. 물론 면밀히 따지면 'A에서'는 'B, C를 비롯하여'에 종속되는 표현이므로 이 문장은 "철학은 B, C를 비롯하여 C, D 등에까지 발전하였다."의 뜻으로 이해되기는 한다. 그러나 그렇게 이해하기에는 그 표현이 우리에게 익숙한 것도 아니고, 세련됐다고 보기도 어렵다.

북한의 철학 논문 한 편만 더 읽어보자. 다음은 1993년 8월 28~31일에 북경에서 열렸던 "통일을 지향하는 언어와 철학"이라는 남북한 국어학자, 철학자 등의 모임에서 북한학자 박승덕이 발표한 글의 일부이다.

"우리 민족의 통일은 북과 남에 있는 다양한 계급들, 그것도 적대되는 계급들을 단일한 민족공동체에 결합시키는 사업입니다. 서로 구별되고 대립되는 계급적 리해 관계를 가진 사회적 집단들을 하나의 민족 공동체로 통일시키는 과제를 풀어 나가려면 무엇보다도 계급과 민족의 관계에 대한 정확한 리해를 가져야 합니다. 민족과 계급에 대한 과학적 견해는 올바른 민족 통일 철학을 확립하기 위한 출발적 전제로 됩니다."

이 글은 "주체적 견지에서 본 민족 통일의 철학"이라는 제목으로 민족이 계급에 앞선다는 논지를 편 것인데 문장이 비교적 매끄럽게 진행될 뿐만 아니라 이해하기 어려운 부분도 눈에 띠지 않는다. 다만 '출발적 전제로 됩니다'가 남한식 표현이라면 '출발의 전제가 됩니다' 정도로 바뀌어야 한다는 점을 지적할 수 있을 뿐이다.

자, 그렇다면 통일해야 할 철학의 기본 용어가 존재하기나 하는 것인가? 우리가 일상으로 사용하는 모든 어휘가 철학의 기본 용어가 되는 것이라면 그러한 의미에서 통일해야 할 용어가 없는 것은 아니다. 이러한 관점에서 그동안 북한이 어떻게, 왜, 말 다듬기 운동이라는 국어 순화를 해 왔는가를 살펴본다.

VI

북한의 말 다듬기는 우리말의 우수성을 살리고 부족한 점을 보충해 나간다는 명분으로 실시하는 일종의 언어 혁명이다. 이러한 작업은 한자사용을 전면적으로 폐지하고 한글 전용을 실시한 1949년 초부터 이미 싹이 튼 것이라고 할 수 있다. 왜냐하면 모든 출판물이 한글로만 간행됨으로써 모든 사람들이 쉽게 어떠한 내용의 글도 읽을 수 있게 되기는 하였으나 그 내용을 바르게 이해할 수 있었다고는 말할 수 없기 때문이다. 즉 글자만 한글로 바뀌었을 뿐 전통적, 관습적으로 통용되던 한자어는 그대로 사용되었으므로 특정한 문맥 속에서라고 하더라도 알아듣기 어려운 낱말들이 있는가 하면 동음이의어에 의한 혼동 같은 것도 피할 수 없었기 때문이다. 따라서 한자어를 고유한 우리말로 쉽게 풀어 놓는 작업이 필연적으로 요구되었던 것이다. 말하자면, 말 다듬기는 겨우 한글을 뜯어 읽을 수 있는 수준의 사람들에게도 전문적인 내용이 들어 있는 기술 용어 같은 것을 쉽게 알아듣게 하기 위하여 고유어로 풀어 말하도록 만드는 언어의 평준화 작업이라고 할 수 있다. 이러한 요구는 이른바 민족 주체성의 확립이라는 '주체사상'의 기치 아래 정치·사회 운동으로 추진됨으로써 더욱 박차를 가하게 되었다.

1964년 언어 정책에 관한 김일성의 첫 번째 담화문이 발표된 때로부터 8년이 지난 1972년에 이르러서는 이미 약 5만 개에 달하는 한자어 및 외래어를 우리말로 바꾸어 놓고 있다. 1964년에 말 다듬기 사업을 착수하면서 그 실효성이 의심되자 1966년에 김일성의 두 번째 담화문이 발표된 것이 아닌가 여겨진다. 아마도 그 후로는 이 작업이 그야말로 온 나라가 통틀어 들끓으며 힘을 쏟는 사업으로 추진되어 왔을 것이다. 1966년 6월 이래 내각 직속으로는 국어사정위원회를 두고, 사회과학원 국어사정지도처(國語查定指導處)와 언어학연구소 산하에 있는 18개 전문용어분과위원회들은 각기 해당 부분의 용어들에 대한 말 다듬기 연구토론을 벌인다. 그 내용은 매주 2, 3회에 걸쳐 신문지상에 싣고 이에 대한 독자들의 의견과 지혜를 모으고 있다. 이처럼 고유어로 평준화하는 북한의 국어 정화 운동은 온 나라가 총력을 기울이는 정신문화 활동이다. 언어에 혁명성을 부여하고 언어를 도구로 삼아 백성들을 정신적으로 묶음으로써 정치적·사상적으로 교화하고 조직적으로 동원하는 북한 위정자들의 의도가 짐작된다.

그러면 이러한 말 다듬기는 실제로 어떻게 진행되고 있는지 그 내용을 구체적으로 살펴보기로 하자.

첫째, 말 다듬기의 대상

어떤 어휘를 정리할 것인가가 정해져야만 그것을 어떻게 다듬을 것인가도 생각할 수 있다. 이것은 어휘를 크게 두 가지로 나눔으로써 시작된다. 첫째 부류는 반드시 정리해야 할 어휘이고, 둘째 부류는 눌러두고 쓸 어휘이다.

반드시 정리해야 할 어휘는 다시 세 가지로 나누어 검토한다.

1) 고유어와 동의 관계에 있는 한자어와 외래어
2) 지나치게 어려운 한자어
3) 생활에 부정적 영향을 미치는 어휘

우리말에는 고유어와 한자어가 동의 관계를 보이는 것들이 많다. 예컨대 '뽕밭' 과 '상전(桑田)', '돌다리' 와 '석교(石橋)', '송곳니' 와 '견치(犬齒)', '남새' 와 '채소(菜蔬)', '갈퀴' 와 '레이크(rake)', '갈치' 와 '도어(刀魚)', '타이르다' 와 '설유(說諭)하다', '하물며' 와 '우황(又況)' 등을 생각할 수 있다. 이렇게 이중 구조로 존재하는 어휘에서 많은 사람들이 쉽게 알아들을 수 있는 고유어 쪽을 계속 사용하고 한자어나 외래어를 버리자고 하는 것은 말 다듬기의 일차적인 추진 방향이다.

그리고 같은 뜻의 고유어가 없는 한자말임에도 불구하고 '복아(複芽)', '아접도(芽接刀)', '기비(基肥)', '작규기(作畦機)', '발사(拔絲)', '조사(粗沙)' 같이 몹시 어렵고 까다로운 말은 쉬운 고유어로 만들어 쓸지언정 과감하게 버리자는 것이 또한 말 다듬기에서 추구하는 목적의 하나이다. 이런 부류에 드는 낱말을 더 들자면 '지고병(枝枯病 : 가지 마르는 병)', '돈복(頓服 : 한 번에 먹음)', '연구기(燕口期 : 잎이 제비 주둥이처럼 벌리는 시기)', '구사(舊射 : 활쏘기를 오래 한 사람)', '권매(權賣 : 다시 무를 수 있도록 림시로 파는 일)' 등이다.

한편 지난날의 낡은 사회가 만들어낸 반동적이고 뒤떨어진 사상을 반영하는 낱말, 일제 식민지 치하에서 민족적 자부심을 손상시키는 낱말도 정리의 대상으로 삼고 있다. 여기에 속하는 낱말로는 '만세교(萬歲橋)', '반룡산(盤龍山)', '본정(本町)' 같은 지명을 들고 있다. 조선왕조시대의 봉건성과 일제의 냄새를 씻어내자는 의도일 것이다.

그러나 다음에 속하는 어휘는 계속 사용할 것을 주장한다.

첫 번째는 토착화한 한자말이다. '천지', '천상', '십상'과 같은 어휘를 우선 손꼽는다. '천지'는 '하늘과 땅'이라는 뜻을 가지고 있으나 '무척 많은 상태, 가득 차 있는 상태'의 뜻으로도 쓰이기 때문이며, '천상'은 원래 '천생(天生)'의 말소리가 변한 것으로 '타고나서부터 천연스럽게 가진 것'이라는 뜻으로 쓰이기 때문이고, '십상'은 '십성(十

成’이라는 낱말의 말소리가 변한 것으로 ‘마침맞게’의 뜻을 나타내기 때문이라고 그 이유를 밝히고 있다. 다음으로 한자말로서의 모양을 갖추고는 있으나 그것이 한자말로는 거의 의식할 수 없게 된 것들이다. ‘수염’, ‘비단’, ‘약’, ‘양말’, ‘별안간’, ‘여전하다’, ‘골몰하다’ 등과 같은 단어들이다.

두 번째로 계속 사용할 어휘는 세계가 공통으로 쓰는 어휘이다. 예컨대 ‘필림’, ‘텔레비죤’, ‘아그레망’, ‘로케트’, ‘프로그램’ 등과 같은 어휘이다. 또한 음악 용어 ‘피아니씨모’, ‘알레그로’, ‘메조포르테’, ‘메조피아노’ 같은 것은 악보에 기록되면서 세계가 공통으로 쓰는 것인 만큼 달리 다듬을 필요가 없다.

끝으로 말 다듬기에서 보류되는 어휘도 있을 수 있음을 인정한다. 어휘의 외래적인 성격으로 보아 마땅히 다듬어져야 하지만 당장 좋은 대안이 없을 경우 잠정적으로 놓아두는 어휘를 말한다. 여기에는 ‘아이스크림’을 예로 들 수 있다. 처음에는 적당한 우리말이 없어서 그대로 두었다가 ‘얼음보숭이’로 다듬어졌다. ‘가축(家畜)’의 경우도 상당 기간 그대로 두었다가 ‘집짐승’으로 바꾸었다.

둘째, 말 다듬기의 작업 원칙

어떤 낱말이 부적당하다고 인정하여 말 다듬기의 대상으로 선정되면 새로운 날, 곧 다듬은 말로 바뀌게 된다. 이때에 다듬은 말이 지녀야 할 속성은 무엇인가? 여기에는 다음의 네 가지 항목을 손꼽는다.

　1) 실머리가 잘 잡힐 것
　2) 의미가 뚜렷하고 알기 쉬울 것
　3) 고유어의 단어 만들기 규칙에 맞을 것
　4) 말소리의 배합이 순탄할 것

낱말 만들기에서 실머리란 이름 지어 부르려는 사물 현상의 여러 특성 가운데서 그 이름을 짓는 계기가 되는 특성을 가리키는 말이다. '검어'라는 물고기는 주둥이가 칼 모양으로 생겼으므로 '칼고기'라 하였다. '석탄이 몰켜서 무데기로 묻혀 있는 곳'을 '탄포케트'라고 하였었는데, 그것을 '탄주머니'로 바꾸었다. 결과적으로 보면 먼저 낱말의 번역이 되었으나 그 대상의 두드러진 특성을 낱말 만드는 실머리로 삼은 예이다. 물론 본래 말과 일치시키지 않고 다른 실머리로 새 낱말을 만든 예도 얼마든지 있다. '포충망'을 '후리 채', '도한(盜汗)'을 '식은땀', '락화생'을 '땅콩'이라 바꾸었으며, '픽숀'을 '꾸밈수', '핀트'를 '맞춤점'으로 바꾸었다. 의미가 뚜렷하고 알기 쉽게 하기 위하여는 본래말의 뜻과 일치시키는 경우도 있고 일치시키지 않는 경우도 있다. '계란'을 '닭알', '영아(嬰兒)'를 '간난애기'로 다듬은 것은 본래 말과 뜻이 일치한 경우이고, 한자말 '음성, 어성, 언성, 어음'은 모두 '말소리'로, 한자말 '발로되다, 탄로되다, 로출되다'는 모두 '드러나다'로 바꾸었는데, 이것은 본래말의 뜻 폭이 다르지만 다듬은 말이 그 뜻을 모두 포괄할 수 있기 때문에 그렇게 바꿀 수도 있었다고 한다. '에이치형주'는 '애(ㅐ)형태'로 바꾸어 민족적 특성을 반영시켰고, '탈색'은 '색날기'로 바꾸어 우리말의 맛을 살렸다고 한다. '점프 슛'은 '뛰며넣기'로, '사이드스텝'은 '옆으로옮기기'로 바꾸었다. '분만'은 '몸풀이'로, '임신부복'을 '허리넓은옷'으로 바꾼 것은 우아한 표현을 살렸다는 점에서 문화성을 높인 것이라고 해설한다.

단어 만들기에 쓰이는 감은 고유어 어근을 기본으로 한다는 것을 원칙으로 하였다. 물론 우리말이나 다름없이 된 한자어나 외래어를 완전히 배제하지는 않는다.

그동안 말 다듬기에 이용된 고유어 어근 재료에 '內, 內部'를 '안, 아낙, 안쪽, 속', '前'을 '앞, 앞쪽, 앞면', '體'를 '몸, 몸통', '速'을 '빨리, 빠른' 등을 예로 들 수 있다. 그리하여 '速讀'은 '빨리읽기', '速動'은 '빠른운동'이 되었고 '전면유도장치'는 '앞쪽길잡이장치', '전각'은 '앞다리'로 고쳐졌다. 우리말답게 고치려는 노력 때문에 본래말에서 같은 뜻의 한자말이 각기 다르게 다듬어진 경우도 있다. '防寒'은 '추위막이', '防寒帽'는 '겨울모자', '防寒靴'는 '털신'으로 바뀐 것이 그 좋은 예다.

또한 우리말답다는 것은 우리말이 지닌 문법적인 특성이 드러난다는 것도 뜻하는 것이므로 경우에 따라서는 격조사나 어미가 다듬은 말에 자연스럽게 활용되기도 하였다.

그래서 '船側渡'는 '배턱에서 넘기기'로, '廢水'는 '버릴물'로, '變化記號'는 '소리바꿈표'로, '別行잡기'는 '줄바꾸기'로, '受發하다'는 '받고보내다'로, '待期上下車作業'은 '기다려싣고부리기'로, '細斷'은 '잘게썰기'로 바뀌었다.

말소리의 배합이 순탄해야 한다는 조건에는 다듬은 낱말

이 간결하고 발음이 부드러우며 다른 낱말과 구별이 잘 되어야 한다는 세 가지 세부사항을 손꼽는다. 다듬은 말이 그전의 말보다 음절수가 길어지는 것은 부득이한 일이다. 그리하여 의학 용어 '슬개하피하낭(膝蓋下皮下囊)'은 '무릎뼈-아래살-가죽밑주머니' 등과 같이 세 토막으로 끊어 발음하도록 하였다. '로대(露臺)'를 '밖대'라 하지 않고 '바깥대'라 다듬고, '착공기(鑿孔機)'를 '구멍뚫개'라 하지 않고 '구멍뚜르개'라 다듬은 것은 발음을 부드럽게 하기 위한 조처이었다. 그리고 '려과지(濾過池)'를 '거름못'이라 하면 달리 해석될 수도 있기 때문에 '거르는 못'으로 다듬어 다른 낱말과 쉽게 구별이 되도록 배려하였다.

VII

말 다듬기 작업 가운데 가장 까다로운 분야가 학술 용어의 다듬기이다. 두말할 것도 없이 학술 용어는 그 특수성, 전문성을 살려야 하기 때문이다. 따라서 학술 용어는 1) 정밀성, 2) 명확성, 3) 체계성, 4) 간결성을 갖출 것이 요구된다.

가령 '높은 산지대'라는 용어의 경우 지리학에서는 '해발 200미터 이상의 높이를 가진 산지대'를 뜻하는 것이고, 농학에서는 '해발 100미터 이상의 높이를 가진 산지대'를 뜻하는데, 일반적인 용어로는 막연히 '지대가 높고 산이 많은 곳'을 가리킨다. '옮겨심기'라는 용어도 그것이 의학에서 쓰느냐, 생물학에서 쓰느냐에 따라 내용이 달라진다.

이러한 제한 의미를 전제로 하는 것이 학술 용어이기 때문에 그런 용어를 다듬을 때에는 실머리 잡기에서부터 세심한 주의를 필요로 한다. 그 모든 조건을 유의하여 다듬어 놓은 낱말에는 어떤 것이 있는가를 살펴보기로 하자.

본래 말	다듬은 말
제등봉(전기체신)	제동막대
제동지관(기계)	제동가지관
재생직(상품)	재생천
재생식열교환기(림학)	재생식열바꿈장치
련속상(기계)	련속모습
련속류(수리)	련속흐름

이들 예에서는 '제동, 재생, 련속' 같은 한자어는 그대로

두고 나머지를 고유어로 바꾸는 형식을 취하고 있다. 기본 원칙을 정밀성이니, 명확성이니 하고 설정해 놓아도 결과에 있어서는 일부의 한자어를 고유어로 풀이해 놓는 정도에 머문 것이 많다. 다음 예는 조금 더 많은 부분이 다듬어지고 있다.

본래 말	다듬은 말
재생모(농학)	되살이풀
재생아(농학)	되살이눈
수직순환(화학공업)	세로돌기
수직절단(금속)	세로자르기
련속충격(금속)	이어치기
련속바가지(기계)	줄바가지

그런가 하면 용어의 끝부분이 '性, 率, 部, 度, 形'과 같은 한자 접미사일 경우에는 그것을 그대로 두고 그 앞부분을 알기 쉬운 고유어로 고치고 있다.

본래 말	다듬은 말
내화성(건설)	불견딜성

연성(자연)	늘음성
지조률(림학)	가지률
굴절률(자연)	꺽임률
두부(경공업)	머리부
둔부(생물)	엉뎅이부
정백도(경공업)	쓸음도
탁도(건설)	흐름도
폐각형(사회)	닫긴형
개방형(전기체신)	열린형

체계를 맞추기 위해서는 다듬은 말의 음절수를 일정하게 한다든지, 낱말의 구조를 일정한 틀에 맞춘다든지 하는 작업을 하기도 한다. 가령 상품 용어 '상견'을 '좋은고치'로 고쳤다면 '중견'은 '보통고치', '하견'은 '나쁜고치'로 음절수를 맞추며, '상회전'을 '우로돌기'로 고쳤다면 '하회전'은 '아래로돌기', '축회전'은 '옆으로돌기'로 다듬어 {-로}라는 토가 일정하게 나타나도록 하는 따위이다.

그러나 경우에 따라서는 본래 말에 들어 있는 일부의 내용을 과감하게 잘라내 버리고 간결하게 다듬는 수도 있다. 즉 '목삭밥(木削-)'을 그냥 '나무밥'으로 다듬고, '조립모래(粗粒 -)'를 그냥 '굵은모래'로 다듬은 것들이다.

전체적으로 보아 학술용어의 다듬기도 한자어를 부분적으로 고유어로 바꾸는 작업이라고 할 수 있다. 여기서 우리가 주목할 것은 이른바 학술용어라는 범주 안에서 다루는 용어들이 학술이라기보다는 기술(技術)분야라고 보아야 할 것들이 더 많다는 점이다. 기능공들에게 기술 습득을 쉽게 시키기 위한 방편으로 그러한 용어의 말 다듬기가 요구되었다고 생각된다.

참고로 18개 용어분과위원회의 명칭을 적으면 다음과 같다.

1. 醫藥學用語分科委員會
2. 金屬用語分科委員會
3. 生物學用語分科委員會
4. 農學用語分科委員會
5. 自然科學用語分科委員會
6. 建設水利用語分科委員會
7. 電氣遞信用語分科委員會
8. 機械用語分科委員會
9. 輕工業用語分科委員會

10. 商品이름用語分科委員會

11. 文學藝術用語分科委員會

12. 社會科學用語分科委員會

13. 體育用語分科委員會

14. 水産海洋用語分科委員會

15. 運輸用語分科委員會

16. 地質鑛業用語分科委員會

17. 林學用語分科委員會

18. 一般語用語分科委員會

거듭하여 밝혀두지만 일부의 문학예술 용어가 없지는 않았으나 북한의 말 다듬기에서 철학 용어를 대상으로 삼은 적은 없었다는 점이다.

VIII

이상으로 1964년에 기본 방향이 제시되고, 1966년부터 본격적으로 착수한 북한의 문화어와 말 다듬기 운동이 그동안 어떻게 전개되어 왔는가를 살펴보았다. 문맹 퇴치, 한자 사용 폐지, 한글 전용으로 이어지는 1949년 초의 언어 현실과 정책이 고유어에 기반을 둔 말 다듬기를 필연적으로 요구하는 것이었고 그것은 1966년부터 거국적인 정치·사회·문화 운동으로 추진한 문화어 수립 및 말 다듬기 운동을 낳게 하였다. 그러나 말 다듬기 운동과 병행하여 한자 교육을 부활한 것으로 보아서 그렇게 획일적으로 한자를 폐지한 후유증이 얼마나 심각한가도 짐작할 수 있었다.

물론 말 다듬기 운동이 지닌 긍정적 측면이 없는 것은 아니다. 고유어 어휘에 활력을 주어 왕성한 조어 능력을 갖게 한다든가, 뜻을 이해하기 힘든 한자어보다는 알아듣기 쉽고 정확한 뜻 전달이 가능한 고유어로도 학술 용어를 삼을 수 있다는 인식의 변화를 일으킨 것은 분명히 말 다듬기 운동이 거둔 훌륭한 성과라고 하겠다. 그러나 어떤 사회·문화 현상에나 모두 적용되는 것이거니와 이 운동이 체제 구축을 위한 방편으로 이용되면서 하루아침에 없어져 버릴 수도 있는 낱말이 만들어져 남북한 사이의 언어의 이질화를 부채질한다는 것은 이 말 다듬기 운동이 민족적 차원에서 볼 때 분명 어두운 일면으로 지적되어야 할 것이다. 이때에 우리는 『맹자(孟子)』 '공손추(公孫丑)'에 나오는 송(宋)나라 사람의 알묘조장(揠苗助長)의 고사를 연상하지 않을 수 없다. 자연이고, 인간이고, 언어고 사람의 손이 지나치게 가해지면 내버려 두느니만 못한 것이 만고의 진리이다.

한마디만 덧붙여 두자. 남북한 간의 언어의 차이는 본질적으로 방언 간의 차이이다. 이념의 차이에서 발생한 특정 용어의 개념상의 차이가 존재한다고 할지라도 그것도 크게 보면 이념적 방언이라 할 또 하나의 방언적 차이일 뿐이다. 지금 우리는 그러한 용어들을 몇 개 나열할 수 있다. 다음에서 첫 번째는 일반적인 용법의 차이이고, 두 번째는 이른바 이념적 방언의 차이를 보이는 것들이다.

첫 번째 부류

○탁구전법을 열심히 학습해 나간다.
○모내기전투가 벌어졌다.
○수술전투는 성공했다.
○우리가 영농전투에서 승리를 했다.
○예술선동(격려)의 북소리가 우렁차다.
○약초생산기지(재배지)를 건설한데 대한
○무대지령체계(감독)를 다지자.

○ 원료기지(식량공급터전)를 꾸미는데 일떠나서자.

○ 혁명가요를 창작하기 위한 투쟁을 벌림.

○ 전사들의 생명을 지키는 초소(임무)를 맡다.

○ 직접 강의에 출연(출강)하였다.

두 번째 부류

	남한	북한
동지	서로 뜻이 같은 사람	노동계급의 혁명위업을 이룩하기 위한 투쟁대오에서 같은 뜻을 가지고 싸우는 혁명가
변절자	절개가 변한 사람	혁명적 지조를 저버리고 조국·인민을 배반하여 반혁명이나 반동으로 넘어간 자
승리	겨루어 이김.	혁명투쟁·건설 사업에서 이기는 것
자질	타고난 성품과 바탕	가지고 있는 정치적·실무적 능력 수준
선동	여러 사람을 부추기어 일을 일으키게 함.	혁명적 사업을 잘 수행하도록 대중에게 호소하여 그들의 혁명적 기세를 돋구어 주며 당 정책 관철에로 직접 불러일으키는 정치사상 사업의 한 형태
세포	생물체를 조성하는 기본적 단위	당원들을 교양하고 당원들의 사상을 단련하며 그들의 일상생활을 지도하는 기본 조직

어버이	아버지와 어머니	'인민대중에게 가장 고귀한 정치적 생명을 안겨 주시고 친부모도 미치지 못할 뜨거운 사랑과 두터운 배려를 베풀어주시는 분' 을 친근하게 높이어 부르는 말.
독재	주권자가 마음대로 정무를 처단함.	프롤레타리아 독재는 소수 착취계급에 대한 독재인 동시에 광범한 인민대중에 대한 민주주의이며 부르죠아 독재는 광범한 피착취 근로 대중에 대한 독재인 동시에 극소수 착취계급에 대한 민주주의이다.
일군	삯을 받고 육체노동을 하는 사람	혁명·건설을 위하여 일정한 부문에서 사업하는 사람
풍자	무엇에 빗대어 재치 있게 경계하거나 비판함.	미 제국주의와 계급적 원수들의 반동적 본질과 죄행을 폭로·규탄하는 데 이용하는 비웃음을 통한 비판

　　결국 우리에게 남겨진 일은 남북한이 긴밀하게 접촉하고 왕래하는 수단을 강구하는 것, 그리고 평화롭고 자연스럽게 그 사소한 용법의 차이를 발견하고 확인하고 서로 이해를 높여서, 자연스럽게 단일한 용어를 쓰는 세상을 만들어 가는 일이다.

향수^(鄉愁)에 젖은
모국어

시치미 떼지 않기

　매 사냥을 즐기는 사람들이 매의 소유자를 밝히기 위하여 주인의 주소 성명을 적어 매의 꼬리털 속에 매어 놓은 얇게 깎은 쇠뿔 조각을 시치미라 한다. 말하자면, 매 주인의 명찰이다. 매가 너무 멀리 날아가 찾아오지 못하는 경우에 그 매를 잡은 사람이 시치미를 보고 주인에게 돌려주도록 되어 있으나 간혹 염치없는 사람이 그 시치미를 떼어 버리고 자기 것으로 횡령하는 사례가 생기면서 '시치미(를) 뗀다.' 는 숙어가 생기게 되었다.

　얼마 전 미승우(米昇右) 선생의 '문학작품 속의 사투리' 라는 글을 읽으면서 나는 자꾸만 시치미 생각을 하였다. 미 선생의 글은 이상화(李相和)의 시 '빼앗긴 들에도 봄은 오는가?' 와 김유정(金裕貞)의 소설 '동백꽃' 을 다루고 있다.

이상화의 시는 다 아는 바와 같이 일제에게 빼앗긴 조국의 산천에도 어김없이 찾아와준 계절의 봄을 노래한다.

"…마른 논을 안고 도는 착한 도랑이/젖먹이 달래는 노래를 하고 제 혼자 어깨춤만 추고 가네/나비 제비야 깝치지 마라 맨드레미 들마 꽃에도 인사를 해야지/아주까리기름을 바른 이가 지심매던 그 들이라도 보고 싶다."

여기에서 '맨드레미' 는 흔히 가을철에 닭의 벼슬처럼 빨갛게 피는 계관(鷄冠)이란 비름과의 풀꽃으로 오해하기 쉬우나 표준어의 '민들레' 를 일컫는 경상도 사투리임을 밝혔다. 생각해 보면, 봄철을 노래하면서 가을꽃을 말할 리가 없으니 그것을 표준어의 맨드라미로 풀이할 수 없음은 너무도 자명한 일이다.

김유정의 '동백꽃' 에는 다음과 같은 구절이 나온다.

"…산기슭에 널려 있는 굵은 바윗돌 틈에 노란 동백꽃이 소보록하니 깔려 있다… 그 바람에 나의 몸뚱이도 겹쳐서 쓰러지며 한창 피어 흐드러진 노란 동백꽃 속으로 푹 파묻혀 버렸다."

동백꽃을 꾸미는 말에 '노란' 이란 관형어가 얹혀 있다.

그런데 표준어의 동백꽃은 후피향나무과에 속하는 동백나무의 꽃으로 그것은 예외 없이 붉은색이다. 그렇다면 김유정의 동백꽃은 무엇인가? 그것은 강원도 사투리로 흔히 황매목(黃梅木)이라 하는 생강나무 꽃을 가리킨다.

이쯤 되면 온 나라의 국어 선생님들은 이상화의 시와 김유정의 소설을 가르치면서 꽤 오랫동안 시치미를 떼어 온 셈이다.

낱말의 겉과 속

　요즈음 한자를 배우기 시작한 우리 집 막내는 조선조 첫째 임금 태조대왕과 교분이 두터웠던 무학대사(無學大師)의 그 이름을 두고 이렇게 물어 왔다.

　"아빠, 무학대사라면 '배운 것이 없는 큰 스님'이라는 뜻이 아녜요? 많이 배웠다면서도 배운 것이 없다고 했으니 무척 겸손하려고 애쓰셨던가 봐요?"

　무심코 듣다 보니 아차 싶었다.

　"그렇구나, 무학(無學)을 그렇게 풀이한 것이 잘못이랄 수는 없지. 그렇지만 불교에서 '무학'이란 말은 '더 이상 배울 것이 없는 해탈(解脫)의 경지'를 가리킨다. 그러니까 무학대사는 '배울 것이 없는 큰 스님'이란 뜻이야. 이런 뜻이라면 오히려 겸손치 않다고 할 수 있지?"

이렇게 시작된 우리의 대화는 언어와 문자가 우리의 생각을 표현하는 데 얼마나 불성실한 것인가 하는 문제까지 이야기하게 되었다. 나는 일단 막내의 언어문자 불친절론을 수긍하고 나서 다음 말을 덧붙였다.

"그래, 네 말이 틀린 것은 아니다. 그러나 말이란 그 말을 쓰는 사람들이 그 말속에 이러저러한 뜻을 담아두자고 은연중에 맺은 약속이거든. 그래서 그 약속의 내용과 약속의 배경을 모르면 그 말뜻이 불완전하게 이해되는 거란다. 가령 영어의 'sweet' 와 우리말의 '달콤한' 이란 낱말이 겉으로는 서로 비슷하다고 할 수 있지.

그런데 영어에서는 '달콤한 마음(sweetheart)' 이 '사랑하는 애인' 이 될 수 있는데, 우리말의 '달콤한 이야기' 의 경우는 어떠냐? 무언가 속임수가 있는 것 같지? 순수하게 달콤한 현상이나 사건을 이야기하는 것이 아니라 그 뒤에 감추어진 음흉한 계략 같은 것을 연상하게 되지 않니? 이처럼 낱말 하나에도 그 낱말을 사용하는 사회의 문화 배경, 그 사회에 사는 사람들의 생활 감정이 배어 있게 마련이란다."

"네, 아빠 말씀은 알겠어요. 그러나 낱말 하나도 그렇게 까다롭다면 어떻게 외국어를 제대로 배우겠어요?"

할 수 없이 나는 또 입을 열었다.

"그래, 맞다. 네가 지금 미국 아이들 틈에서 영어 배우기 힘들지? 그러나 어디 외국어 학습뿐이겠니? 제 나라 사람끼리, 집안 식구끼린들 서로 자유롭게 대화를 나눈다고 해서 정말로 완전한 의견 교환을 하는 것일까? 상대방의 영혼을 볼 수 없는 사람들끼리는 대화라는 것이 그저 제각기 제 소리를 지껄이다 마는 것인 걸…"

모으고 간수하자 지나간 세월

우표, 동전, 성냥갑 같은 것으로부터 머리빗, 양초, 숟가락에 이르기까지 우리 주변의 물건이면 수집의 대상이 안 되는 것이 없다. 이런 물건의 수집과 정리를 통해서 우리는 세상이 어떻게 변하는가를 꿰뚫어 볼 수가 있으니, 그것은 문화사(文化史) 공부이기도 하고 인생을 깨닫는 수도(修道)이기도 하다. 그래서 사투리를 모아 방언집(方言集)을 꾸미는 분도 있고, 항간에 떠도는 관용어구(慣用語句)를 정리하여 속담집(俗談集)을 출판하는 분도 있다. 일찍이 나비 박사로 이름을 남긴 석주명(石宙明) 선생은 팔십여 년 전에 제주도 방언집을 만드셨고, 벽돌공장의 주인이신 송재선(宋在璿) 할아버지는 삼십 년 전에 속담 큰 사전을 간행하셨다. 이분들은 우리말 연구를 업으로 삼는 학자가 아니라 다만 한국과 한국 사람을 눈물겹게 사랑하는 생물학 교사요, 사업가일 뿐이다.

세상 사람들은 석(石) 선생님이나, 송(宋) 할아버지를 자기들과는 족보가 다른 특이한 사람으로 생각할지도 모른다. 그렇다면 보통 사람들은 정말로 그런 일을 해낼 수 없는 것일까?

지금 내 책상 위에는 미국 작가의 서간집이 세 종류나 있다. 월트 휘트먼(Walt Whitman)의 서간집은 다섯 권짜리 전집이고, 로버트 프로스트(Robert Frost)와 어니스트 헤밍웨이 (Ernest Hemingway)의 서간집은 육백 페이지짜리 선집이다. 생생한 삶의 기록으로 편지만큼 진솔한 것이 없으련만 우리나라에는 옛날 어른들의 문집(文集)을 제외한다면 이렇다 할 서간집이 단 한 권도 없다. 서양의 서간집 간행의 전통은 적어도 2천 년을 거슬러 올라간다. 신약의 27편 가운데 자그마치 21편이 편지 묶음 아닌가!

그러면 이제 우리 보통 사람들도 할 수 있는 일이 무엇인가는 분명해졌다. 지금부터라도 우리가 주고받는 편지를 커다란 스크랩북(묶음 책)에 정리해 두기로 하자. 우리는 위대한 작가가 아니라도 좋다. 부부싸움을 하고 친정으로 돌아가 버티고 있는 아내에게 연애 시절의 편지를 다시 보내면 그보다 더 좋은 화해의 수단이 있을 것 같시 않다. 아마도 중동에 나가 있는 아버지의 편지를 모아둔 어린이는 몇십 년 세월이 흐른 뒤, 그 낡은 편지 묶음이 어느새 오색영롱한 보석이 되었음을 깨닫게 될 것이다.

나의 편지 묶음 책에는 우리 집 막내딸이 초등학교 2학년 어버이날에 처음으로 아빠에게 보낸 감사의 편지가 보관되어 있다. 나는 이것을 예쁘게 복사해서 그놈이 대학을 졸업하는 날 선물로 줄까, 시집가는 날 선물로 줄까 궁리 중에 있다.

사랑으로 훈습薰習되어야

　어느 날, 석가모니가 제자 아난과 함께 길을 걷다가 길가에 떨어져 썩은 노끈 한 토막과 천 조각을 보게 되었다. 버려진 지 오래되어 썩고 삭았으므로 무엇에 쓰이던 것인지를 알 수 없었으나 그 형체만은 삼으로 끈 노끈이요, 천 조각임이 분명하였다. 스승과 제자가 묻고 대답한다.

　"무엇에 쓰이던 것이냐?"

　"워낙 내버린 지 오래되어 알 수 없습니다."

　"냄새를 맡아보면 어떨까?"

　"예, 이것은 생선 비린내가 나는 것을 보아 생선을 엮었던 끈인 듯하옵고, 천 조각에선 향내음이 나오니 향을 쌌던 것인 듯하옵니다."

"그렇구나! 사람도 이와 같아 처음에는 모두 맑고 깨끗했으나 살아가는 동안 어떻게 사느냐에 따라 풍기는 냄새가 달라지느니, 형체는 알아볼 수 없이 변모되었건마는…."

그리하여 불가(佛家)에서는 풍기는 냄새를 향기롭게 하기 위하여 마음을 닦아가는 길고 긴 수행(修行)을 하게 되는데, 그 수행 과정이나 수행의 결과를 훈습(薰習)이라 일컫는다. 만일 내가 아난의 스승이었다면 국어학자의 티를 내어 '풍기는 냄새'라는 말 대신에 '쓰이는 말씨'라고 고쳤을 법하다.

1964년엔가 아카데미 영화상을 일곱 개나 받은 바 있는 영화, '마이 페어 레이디(My Fair Lady·나의 귀여운 숙녀)'는 이 훈습의 효과를 짧은 기간의 집중적인 훈련으로 얻게 된다는 다소 희극적인 이야기이다. 이 영화에서 시골 태생, 빈민 출신의 꽃 파는 소녀가 헝가리 태생의 공주님으로 변신한다. 야생마처럼 거칠고 볼품없는 시골뜨기가 어떻게 왕족으로 탈바꿈을 하는가? 그것은 교양 있는 말씨를 익혔기 때문이다. 그 말씨를 익히기 위하여 그 시골뜨기 소녀는 끈질긴 발음 연습, 고상한 낱말 익히기, 그리고 우아한 몸짓을 길들이기에 지칠 대로 지친다.

결국 썩은 생선 냄새를 풍기던 꽃팔이 소녀가 사향(麝香) 내 감도는 헝가리 공주가 되는데, 우리는 이 영화의 대단원에서 그 훈습(薰習)의 기적이 고된 훈련 때문에 성취된 것일 뿐만 아니라 가르치는 사람과 배우는 사람 사이에 자기들도 모르게 싹트고 자라온 사랑 때문이었음을 발견한다.

그럴 법한 일이다. 밑바탕에 사랑이 배어 있지 않으면 고운 말, 고운 몸짓이 무슨 소용이랴. 교언영색(巧言令色)에 능한 간지(奸智)의 인물이 될 뿐이니…

국어순화·고운 말 쓰기는 입으로 하는 것이 아니라 마음으로 시작하는 것임을 알겠다.

이름 없는 '등대지기'들

미국에 머물던 여러 해 전의 일이다.

버스에서 우연히 만나 인사를 나눈 교포 노인 양 선생님은 미국에 이민 온 지 꼭 10년이 되신다고 했다. 일흔다섯의 나이로 노인학교에 영어를 배우러 다니시는 것이 중요한 일과의 하나라고 하시는데, 손에는 우리말 책을 들고 계셨다.

"영어를 배우러 가시면서 우리말 책을 들고 계시네요."

"그러게 말이요, 이상하게 보이겠지? 허나 이상할 게 하나도 없어요. 내가 이 나이에 영어를 배운다고 배워지겠소? 하도 말이 안 통해 갑갑하니까 좀 배워 보려고 작년부터 다니는데 그날이 그날이야. 그런데 영어 가르치는 선생이 제 나라말 잘하는 사람이 외국말도 잘하는 법이라고 그러지 않겠소? 가만히 생각해 보니 그 말이 맞아. 그래 죽기 전에 우리말 한 마디라도 더 보아 두려고…"

양 선생님은 멋쩍은 듯 웃으시며 책을 뒤로 감추신다. 이 양 선생님을 만난 날, 나는 하루 종일 센켄비치의 단편 '등대지기'를 되새기느라 다른 일이 손에 잡히지 않았다.

조국을 떠나 남의 나라서 군인, 선원, 정원사 같은 것을 하면서 방랑하던 노인 한 분이 외딴 섬의 등대지기가 되어 얼마 남지 않은 여생을 보내기로 한다. 식량과 식수를 실어다 주기 위해 두 주일에 한 번씩 찾아오는 보급선 이외에 바다 갈매기와 파도만이 이 노인의 친구일 뿐, 이미 이 세상에서 그를 기억하는 사람은 아무도 없다. 그러던 어느 날, 보급선은 이 등대에 소포 한 덩이를 놓고 간다. 노인은 신기하다는 듯 소포를 펼친다. 거기에서 폴란드 말로 적힌 몇 권의 책이 나온다. 노인은 그동안 월급으로 받은 몇 푼 돈이 이 외딴 섬에서 무슨 쓸모가 있으랴 싶어 그 돈을 등대국을 통해 조국 폴란드 적십자사에 기부한 적이 있었음을 생각해 낸다. 이 책 몇 권은 그 기부에 대한 감사의 표시로 폴란드 적십자사에서 보낸 선물이었다.

오랜 세월 잊고 살아왔던 모국의 말, 모국의 글! 이 등대지기 노인은 떨리는 손으로 책을 펼쳐 몇 줄을 소리 내어 읽는다. 북받치는 그리움은 어느새 뺨을 타고 흐르는 눈물이 되고 어린 시절의 추억은 어머님의 음성이 되어 책장 갈피에서 울려 나온다. 얼굴을 책에 묻은 채 노인은 황홀한 옛날로 빠져든다. 등대에 불 밝힐 시간이 지나는 것도 잊어버린다. 제시간에 등대 불을 밝히지 못하면 즉시 해고된다는 계약 조건도 아랑곳없다. 왜냐하면 모국어로 적힌 책을 가슴에 품고 흐느껴 울다가 노인은 잠이 들었고, 그리고 다시는 그 잠에서 깨어나지 않았기 때문이다.

억지로 바꾸지 않기

삼장법사 현장(玄奘)은 산스크리트 불경을 한문으로 번역할 때 원음(原音)을 살려 그대로 적는 다섯 가지 기준을 세워놓았다.

첫째는, 비밀불번(秘密不飜)이라 하여 다라니(陀羅尼)와 같이 종교적 신비가 담긴 말은 번역하지 않았다. 둘째는, 함의다불번(含意多不飜)이라 하여 함축하고 있는 의미가 많아서 간단한 표현이 불가능할 때에는 원음대로 적었다. '파가범(婆加梵)'이란 낱말은 석가모니가 선정(禪定)에 들어간 마음의 상태를 일컫는데 그 온유자재(溫柔自在)하며 치성단엄(熾盛端嚴)함을 한 마디로 바꿀 수 없기 때문에 '파가범'이다. 셋째는, 차토소무불번(此土所無不飜)이라 하여 사람 이름이

나 땅 이름 같은 고유명사는 번역하지 않았다. 넷째는, 순고
불변(順古不飜)이라 하여 관습적으로 오래 써오던 말은 뜻풀
이를 하지 않았다. 다섯째는, 존중불변(尊重不飜)이라 하여
산스크리트 원어를 존중하여야 할 것은 번역하지 않았다.
그래서 '마하(摩訶), 반야(般若), 보리(菩提)' 같은 낱말은 원
어와 비슷하게 음역(音譯)된 대로 쓰고 있다. 이 다섯 가지
번역하지 않기의 근본 취지는 섣불리 뜻풀이를 하여 번역하
면 본래의 의미가 손상되어 참뜻을 잃어버리게 되므로 그
위험에서 벗어나려는 것이다.

한국 문학을 외국인에게 소개하는 자리에서 한국의 비밀
을 감추고 있고, 함축된 의미가 단순치 않으며 또 원음을 존
중하여야 할 낱말, 이른바 한국어 불번어(不飜語)에 대한 해
설은 문학 소개에 앞서서 부딪치게 되는 어려움이다. 이러
한 낱말로서 첫 번째로 손꼽히는 것은 무엇일까? 아마도
'한'과 '정'이 아닐까?

'한'은 애초에 한자어 '한(恨)'에서 유래되었으나 이미 사
랑과 미움을 초월하였으니 억울함이나 뉘우침이 있을 수 없
다. 그러면서도 끝내 저버릴 수 없는 바람으로 남아 있다.
그래서 차라리 애달픈 소망이기도 하다.

'정'도 한자어 '정(情)'에서 비롯된 말인데, 거기에서 벌써 무지개처럼 아름답게 채색된 미움과 노여움이 깃들어 있다. 그러니까 아무리 미워도 미워할 수가 없다. 떨쳐 버리려 해도 끈질기게 달라붙는 그림자 같은 사랑이다.

그래서 나는 이러한 복합 정서를 간명하게 해설하지 못한다. 나는 눈을 한 번 지그시 감았다 뜨면서 이렇게 말문을 연다.

"한은 이슬[露]이고 정은 물감[染料]입니다. 눈 가장자리에 보일 듯 말 듯한 눈물과 함께 한이 맺히고, 가슴속 깊은 곳에 스며든 멍울과 함께 정이 들기 때문이지요."

한글 폭자 걸기

ㄱ형님은 나의 중학 선배님으로 미국 이민 생활 15년째 접어든 분이다. 고향 생각이 간절해지면 30여 마일 밖에 사는 초등학교 동창생을 찾아가 흘러간 노래를 듣다가 돌아오시기도 하고, 나를 찾아와 무엇이건 한국에 관한 얘기 좀 해 달라고 조르시기도 하였다. ㄱ형님은 스스로 조국의 청개구리임을 자처하셨다. 한국에 살 때에는 왜 그렇게 한국의 역사, 한국의 문화가 시들하고 초라해 보였는지 알 수가 없었노라고, 그런데 이렇게 미국에 나와 살고 보니, 이젠 한국 것이면 똥 묻은 막대기조차 성스러워 보인다고 고백하셨다. 향수(鄕愁)에 젖은 친구들을 모아 '한국 문화 동호회(同好會)'라는 모임을 만들고 두어 달에 한 번씩 모여 저녁을 먹

으며 한국 문화에 관한 것이면 무엇이든지 화제(話題)로 삼아 한국을 다시 배우고 있었다. 어쩌다 잠시 방문 중인 한국인 여행객이 있으면 싫건 좋건 이 모임의 손님이 되어 한 마디 하기를 강요하기도 하였다.

내가 그 모임에 불려 갔을 때, 그 집에는 추사체(秋史體)의 편액(扁額)도 걸려 있었고, 한문으로 사도신경(使徒信經)을 적은 병풍도 있었으며, 또 예스런 우리나라 산수화(山水畵)도 두어 폭 걸려 있었지만 한글은 집안 구석 어디에서도 찾을 수가 없었다. 나는 짐짓 슬픈 표정을 지으며 이렇게 말했다.

"형님, 제가 중국 사람 집에 잘못 온 것 같습니다."

"그게 무슨 소리요?"

"집안을 둘러보십시오. 벽마다 한문뿐이고 한글은 눈을 씻고 보아도 없지 않습니까? 제가 오늘 한글에 관한 얘기를 하려고 했는데 그만두어야 할까 보아요."

그날 물론 나는 형사 피고(刑事被告)를 논고(論告)하는 검사처럼 준엄한 태도로 우리 민족이 '훈민정음(訓民正音)'이란 글자를 가졌다는 것이 얼마나 자랑스럽고 축복받는 일이며, 또 이 글자가 지닌 훌륭함과 아름다움이 어느 정도인가를 힘써 강조하였다. 그러나 그러지 않아도 한국말을 못하는 자녀를 둔 몇 분들은 죄책감에 주눅이 들어 있었으므로 나는 부득이 끝맺음 말을 이렇게 눙칠 수밖에 없었다.

"교포의 가정마다 한글 족자(簇子)가 걸려 있다고 해서 자녀들이 저절로 한국말을 잘하게 되지는 않을 겁니다. 다만 남국의 감귤이 북극의 탱자로 변모해 버려도 감귤의 향기를 잃지 않는다는 것이 중요한 일이지요."

그날 이후로 ㄱ형님은 미국의 교포 가정에 한글 족자 걸기 운동을 벌이고 계신다.

붙이사랑과 민족의 저력

반만 년이 넘는 긴긴 세월, 결코 넓다고는 할 수 없는 한반도에서, 오손도손 살아온 우리 한민족에게 은연중 밴 성품이 있다면 그것은 무엇일까?

생면부지의 낯선 사람들이 처음 만나 인사를 주고받다가 몇 마디 아니하여 알게 되는 것도, 서로가 그렇게 먼 사이가 아니라는 사실이다. 길거리에서 우연히 옷깃을 스치고 지나가는 사람도 '사돈의 팔촌'은 되게 마련이다. 사실 '사돈의 팔촌'이라는 말은 서로 남이나 다름없는 사이임을 뜻하는 것이지만, 돌이켜 보면 한국 사람이라면 적어도 누구하고든지 '사돈의 팔촌' 정도의 인척 관계가 된다는 짙은 혈연의식의 표현이라고 뒤집어 볼 수도 있는 말이다.

이처럼 우리 민족은 혈연관계를 바탕으로 하여 서로 돕고 사랑하며 살아온 백성들이다. 그래서 어떤 모습으로든 인연을 맺으면 의를 지키고 서로 감싼다. 이것을 붙이사랑〔연고애 · 緣故愛〕이라 이름 붙이면 어떨까?

이러한 붙이사랑은 '자기가 누구인가?'를 확인하는 족보 의식(族譜意識)을 일깨운다. 내가 미국에서 와서 누리는 즐거움의 하나는 우리 교포 2세들에게서 발견한 족보 의식이다. 흔히 미국에 사는 우리 교포들은 자녀들의 모국어 교육에 등한하다고 말한다. 그리고 교포들이 살고 있는 곳곳에 이름뿐인 한글학교를 개탄한다. 부모님들은 한국말로 묻고 자녀들은 영어로 대답하는 기현상이 근심스럽지 않은 것은 아니다. 그러나 다음 글을 읽어 보자. 캘리포니아 버클리 대학에 다니는 어느 한국 교포 2세의 서툰 글이다.

"한국을 떠난 지 벌써 15년이 지나갔구나. 나는 미국에서 초등학교부터 다녔다. 내 친구들은 거의 다 미국 아이들이었다. 그런데 중학교 3학년이 되면서 내가 이상하게 변했다. 미국 친구들을 멀리하고 새로 한국 친구들을 사귀게 되었다. 내가 그전에는 한국 사람들을 무시하고 살았었다. 나는 영어를 잘 했기 때문일 것이다. 나는 영어 잘 한다는 것을 자랑스럽게 생각하였다. 그러나 나는 정말 바보였다. 내 조국 말을 못하면서 다른 말 잘하는 것이 무슨 소용이 있는가? 내가 이런 생각을 하고 결심하였다. 어떻게 해서라도 한국말 잘하고 한국 글 잘 배우겠다고 결심하였다. 나는 한 번 결심 하면 무슨 일 있어도 그 일을 하는 사람이다. …우리는 교포 학생이다. 마음을 똑바로 세우고, 한국말, 한국 글을 열심히 공부해야 된다."

이 글 속에 반만년을 흘러온 붙이사랑의 뜨거운 전통이 없다 할 것인가!

최선을 다 했노라, 부족했노라

한국어가 한국 민족과 더불어 운명을 같이 할 민족적 신분증이라는 것을 부정할 사람은 없을 것이다. 부질없는 상상이기는 하지만 이 세상에 종말이 오고, 인류 문명의 흔적이 다음 세상의 고고학자 같은 이들에게 연구될 때, 세상 곳곳에 흩어져 있는 금석문(金石文)은 그들에게 더없이 흥미로운 연구 대상이 되리라. 그러면 이 세상에 한국 민족이 한국어를 사용하고 살았었다는 사실은 단지 그 몇 조각 쇠붙이나 돌덩이에 새긴 몇 줄의 한글이 아니겠는가?

미국에 이민 와서 살고 있는 선량한 한국 서민들은 사업 이래야 자그마한 구멍가게들을 차려놓고 개미처럼 부지런을 피우는 것이다. 내가 가끔 찾아가 커피를 마시던 커피가게 주인 박 선생도 그런 평범한 서민의 한 분이셨다. 어느 따뜻한 겨울날 오후(캘리포니아에는 겨울에도 꽃이 핀다), 나는 커피생각이 나서 '카페 르네상스'라는 박 선생의 가게를 찾았다.

"심 교수, 어서 오시오. 이거 영어를 하면 입에서 노린내가 나요, 한국말을 한 마디도 못한 날은 집에 가서 거울을 마주하고 '야! 이 새끼야 네가 박가냐?' 이렇게 한바탕 욕을 퍼부어야 밥맛이 붙는데 참 잘 오셨소."

텁석부리 수염에 너털웃음을 웃으며 박 선생은 내 앞에 커피 잔을 놓더니 시간이 있으면 드라이브나 같이 가자고 한다.

"그러지요, 지옥만 아니라면…"

나는 박 선생의 익살에 맞장구를 치며 응수하였다.

"아하, 이거 어떡하나 거기가 지옥 비슷한 곳인데…"

사정을 들으니 그날이 박 선생 선친의 제삿날이라 아들 따라 이역 땅에 와 묻힌 아버님 무덤에 성묘를 가려던 참이었다는 것이다.

우리는 고속도로를 한 시간쯤 달려 샌프란시스코 남쪽 콜마 읍에 도착했다. 서쪽으로 델리 시를 건너 태평양의 푸른 물결이 아련하고, 동쪽으로는 산 브르노 산을 낀 질펀한 벌판, 수백만 평은 족히 넘을 듯한 그 공동묘지에 이제는 십자가 표지를 그린 네모반듯한 묘석이 되어 이 세상을 살다 간 영혼들이 바둑판 같이 줄지어 누워 있었다.

그 벌판에서 내가 잠시 '여기가 한국이 아닌가?' 하는 착각에 빠졌던 것은 가로 60, 세로 40센티미터 정도의 대리석 묘판에 새겨 넣은 선명한 한글 궁체의 묘비명(墓碑銘) 때문이었다.

"박 베드로 1908 ◯월 ◯일 – 1982년 ◯월 ◯일

최선을 다했노라, 그러나 항상 부족했노라."

또 다른 고향

가을바람 쓸쓸히 불어오는 곳
둘러 봐야 아는 이 보이지 않고
창 밖에는 깊은 밤 비가 오는데
등잔불 앞에 앉아 꿈꾸는 고향

　고운(孤雲) 최치원(崔致遠)은 당(唐)나라 유학 시절, 이 시를 읊으며 망향의 외로움을 달랬다. 천만 리 먼 남의 고장에서 비 오는 밤 외로이 창밖을 내다본 경험이 있는 사람이라면 '추야우중(秋夜雨中)'이라는 이 시의 심경을 짐작하고도 남으리라. 허나 이러한 외로움이 쌓이고 모여서 신라 천 년의 찬란한 정신문화가 이룩되었다는 것도 숨길 수 없는 사실이다. 다행히 최치원 같은 분은 고국에 돌아와 일하다가 문묘(文廟)에 배향(配享)되는 영광을 얻었거니와, 비슷한 시절 '왕오천축국전(往五天竺國傳)'을 지은 혜초(慧超) 스님은 고향에 돌아왔다는 기록이 없으니 그의 고혼(孤魂)은 필경 지금도 서역(西域)과 당나라의 어느 절간을 맴돌는지 모르겠다.

이처럼 옛날 우리나라 사람의 외국 나들이는 청운의 뜻을 품은 선각자들의 구도(求道)의 길이었다. 그러다가 어느 틈엔가 민족사의 흐름 속에 몇 번의 전쟁이 끼어들더니 우리 민족의 집단적인 해외 이주가 발생하였다. 몽고인의 말발굽에 짓눌리며 북으로 끌려갔던 고려 사람들의 서러움과 임진왜란 중에 일본으로 잡혀갔던 조선시대 도공(陶工)들의 눈물은 차라리 잊어버리기로 하자.

동학란을 피해 두만강 넘어 소련 땅 하바로브스크로 피난했던 우리 백성은 이제 중앙아시아의 카자스탄과 타시겐트에 수십만이 모여 산다. 일제 식민지 당시 논밭을 잃고 역시 두만강 건너 북간도에 정착한 우리 동포는 지금 중공 치하에서 연변 자치구를 형성하였다. 그리고 징용과 징병으로 끌려간 수십만의 재일 동포가 일본에서 차별 대우를 받고 있다.

다시 6·25동란이 터지자 수백만의 북한 동포가 남한으로 옮겨왔다. 그 여세를 몰아 피난 보따리를 풀지도 않고 미국으로 건너간 우리 백성이 이제는 일백만 명에 가까우리라 한다. 이 나그네들은 모여 앉기만 하면 고향에 돌아갈 것인가 아니면 또 다른 고향을 만들 것인가를 고민한다.

며칠 전 나는 북 캘리포니아 한인들의 술자리에 함께 할 기회가 있었다. 몇 번의 술잔이 오고 간 뒤였다.

"나, 정년퇴직하면 고향에 돌아갈 거야. 아니지 여기 심 교수 있으니 물어보자. 고향의 뜻이 뭐니? 태어나서 자란 곳이지? 하지만 그건 초년형(初年形) 고향이고, 노년형(老年形) 고향도 있을 수 있지 않아? 일하다가 죽는 곳 말이야."

내 친구 최 군은 이렇게 말하더니 눈물이 글썽해 가지고 노래를 부르는 것이었다. "…정들면 어디나 고향이란다."

모국어와 자존심

장난기 많은 어느 신부님이 외국에 유학할 때의 일, 한국 사람은 그 신부님밖에 없었고 함께 공부하는 외국 신부님들 가운데에는 한국말을 아는 분이 없었다. 외국 신부님이 한국 신부님에게 신부(神父)를 한국말로 어떻게 말하느냐고 물었다.

"예, 한국말로 신부를 아버지라고 합니다." 그래서 나이가 가장 어렸던 그 신부님은 외국인 동료 신부님들로부터 깎듯이 아버지 소리를 들으면서 즐거운 유학 시절을 보냈다고 한다.

미국에 이민 와서 주유소, 잡화상, 햄버거 가게 등을 경영하며 착실하게 기반을 닦은 내 동창 강군도 어지간히 장난기가 많은 친구다. 잡화상을 할 때의 일인데, 비교적 흑인이 많은 동네여서 가끔 불량한 흑인들이 네댓 명 떼 지어 몰려와 와자지껄 홍정을 하는 척하다가는 그중 한두 놈이 슬쩍 물건을 훔치는 경우가 많았다고 한다. 강군은 그때마다 물건 훔친 놈을 붙잡고 '나하고 팔씨름을 해서 네가 이기면 훔친 물건을 그냥 가져가도 좋다.'고 제의하였다. 물론 팔씨름은 번번이 강군의 승리로 돌아갔고 강군은 두 번째 제의를 하는 것이었다.

"너는 나를 오늘부터 아버지라고 불러, 미스터 강이라 하지 말고. 그러면 훔친 담배는 가져가도 좋아."

강군의 한국어 낱말 아버지 보급 운동은 여기서 그치지 않았다. 내가 미국에 와서 얼마 되지 않아 강군이 나를 데리고 간 일본 음식점은 이 지역에서 일류의 호화판 음식점이었다.(초밥 한 덩이가 최하 3달러다. 자장면 한 그릇은 보통 4달러) 우리가 들어서자 집주인은 우리를 반기며 "어서 오십시오, 아버지" 하는 것이 아닌가? "아니 자네는 어째서 오나가나 아버지인가?" 하는 내 말에 강군은 침통한 표정으로 대답하는 것이었다.

"내가 고작 50센트짜리 커피와 2달러짜리 햄버거를 팔면서 눈코 뜰 사이가 없는데 이 일본 친구들은 미국에 와서도 이렇게 장사를 잘하니 배가 좀 아프지 뭔가. 하여간 내가 자네 같은 귀한 손님이 오면 가끔 여기를 찾아오거든. 그러니까 하루는 이 집주인이 내 존함(尊衛)을 알고 싶다는 거야. 백만장자쯤으로 알았던 모양이야. 그래 나는 '글쎄요, 차차 아시겠지만 우리 동네 아이들이 나를 아·버·지·라고 합니다.' 그랬지. 저 일본인 주인이 나를 아·버·지·로 부른다 해서 우리 민족이 일본인으로부터 받은 설움이 씻기기만 한다면 얼마나 좋겠나. 이게 다 나의 어설픈 자존심이지 뭐."

주문을 받으러 온 웨이터가 허리를 굽실거리며 인사를 한다.

"하우 아 유 마스터 아버지."

텃새를 견디는 힘

미국에서 영어만 사용하자는 운동이 일어나고 있다면 사람들은 모두 이상하게 생각할 것이다. 그러나 미국에 다만 며칠이라도 머물러 본 사람들은 미국이 온 세계 종족들의 총 집결장소일 뿐만 아니라 그들이 각각 자기 나름의 집단을 형성하며 살아가는 곳임도 알게 된다. 그러니까 영어를 모르는 수백만 명의 미국 시민이 각기 자기 종족 고유의 말을 쓰며 살아간다고 해서 조금도 이상할 것이 없다. 한국말로도 운전면허 시험을 치는 곳이 미국이다.

그러나 이러한 현상을 이상한 눈으로 근심하는 소수의 백인들이 있다. "미국은 영어를 쓰며 살아가는 사람들이 자리잡은 나라이니까 영어 이외의 말이 통용되는 것을 하루빨리 없애야 한다. 그러자면 영어 이외에는 어떤 말도 공적(公的)으로 사용해서는 안 된다"는 것이 그들의 명분이다. 이러한 주장은 흔히 21세기가 되면 캘리포니아 인구의 과반수는 아시아 인종이 차지할 것이라는 예측과 함께 논의된다.

이 경우 우리는 19세기 말의 황화론(黃禍論)을 연상하지 않을 수 없다. 청일전쟁 끝 무렵, 독일 황제 빌헬름 2세는 엉뚱하게도 황색 인종 제압(制壓)을 주장하는 황화론을 들고 나왔다. "저 옛날 오스만 터키나 몽고의 대공략(大攻略)을 돌이켜 보자! 황색 인종이 발전하면 유럽의 백인 문명이 위협을 받는다. 우리 백인 나라들은 서로 협력하여 황인종이 커 가는 것을 막아야 한다." 이 말은 결국 이 세상은 당연히 백인들이 지배해야 한다는 무서운 오만과 편견의 표현이 아닌가!

이러한 상황에서 며칠 전 그 황화론의 망령(亡靈)을 만난 것은 결코 우연이 아니었다. 모처럼 한국인 식당에 저녁을 먹으러 들어서는 참인데, 그 식당 주인 윤선생은 영어 반, 한국말 반으로 술 취한 흑인 청년 두 명에게 언성을 높여 외치고 있었다. 백인들이 숨죽이며 '황인종 돌아가라(Yellow, go home)'고 속삭이니까 흑인들은 영문도 모르고 술 기분에 황인종 식당에서 텃세를 부린 모양이었다.

"야! 이놈들아! 너희들이 가야지 왜 내가 가니? 너희들은 겨우 이백 년 전에 아프리카에서 노예 상인에게 잡혀왔지만 나는 달라! 우리 조상 한국인이 아메리카 인디언과 사촌인 거 몰라? 그들은 이만 년 전에 아시아에서 건너왔어. 그래 누구의 조상이 이 땅에 먼저 왔니? 나보고 미국을 떠나라고? 나쁜 놈들!"

말씨에
스민 인정

쉬운 우리말을 놓아두고

초라한 행색의 나그네가 어둠이 깔리기 시작한 저녁나절에, 궁벽한 산골, 역시 초라하기 이를 데 없는 어느 집에 하룻밤 묵어가기를 청하였다.

"길손이 하룻밤 묵는 것이야 무에 어려울 것이겠습니까만, 마침 오늘 밤이 저희 아버님 대상(大祥)이옵니다."

송구한 듯이 두 손을 비비며 청하는 바는 자기가 무식하여 제문(祭文)을 지을 수 없은 즉, 제문을 지어준다면 흔쾌히 그날 밤을 묵어가도록 허락하겠다는 것이었다. 나그네가 아는 것이라곤 제문이 '유세차(維歲次)'로 시작하고 '상향(尙饗)'으로 끝난다는 것과 더듬거려 읽는 언문 몇 자뿐이었다. 그러나 허기진 나그네는 그것쯤 어려울 게 없노라고 장담을 하였다.

지필묵연(紙筆墨硯)을 갖추라 이르고 종이에 적은 것은 'ㄱㄴㄷㄹㅁㅂㅅㅇ'의 여덟 자였다. 급기야 제사가 진행되어 나그네가 제문을 읽는데, 이르되 "유세차 기역 년 지글렬 마음 비옵 숏 이행 상향" 목소리만은 청아하였다. 주인집 식구들은 '상향' 소리가 들리자 '애고, 애고' 곡(哭)을 시작하였고 그날 밤 제사는 성공리에 끝마치게 되었다.

나그네가 주인댁으로부터 기름기 느긋한 제사음식으로 배를 불리고 다음날 아침 노자(路資)까지 얻어 길을 떠났다는 옛날이야기 – 문자(文字), 이른바 한문만 알면 행세를 할 수 있던 시절의 웃기는 얘기 한 토막이다.

이 우스개를 통해서 우리가 배우게 되는 분명한 교훈 한 가지는 한자어(漢字語)가 우리에게 결코 친숙한 말이 아니라는 사실이다. 유식한 체, 점잖은 체하기 위해서, 요컨대 실력을 과장하기 위해서 한자말을 사용할 때, 본의 아니게 무식이 폭로되는 사례가 많은 까닭이 여기에 있다. 또 웬만큼 지식을 갖춘 사람도 조심하지 않으면 무식함을 드러내게 하는 것이 한자말이다.

요즈음 대학생은 '수업(授業)을 듣는다', '강의(講義)를 받는다'고 말한다. 그 내용이야 전달되지 않을 리 없으나 '주는 것을 듣는다' 하고, '말하는 것을 받는다'고 한다면 도닦는 스님들의 선문답(禪門答) 흉내를 낸 것이 아닌 바에야 바르게 말했다고는 할 수 없다. '수업을 받는다', '강의를 듣는다'고 해야 바르게 말한 것이다.

　어떤 이들은 "제가 ○○ 선생님에게 사사(師事)한 것은…" 이라고 거침없이 말한다. 그러나 사사(師事)는 '스승으로 모심, 스승으로 삼아 가르침을 받음'의 뜻이므로 여기에 맞추어 "제가 ○○ 선생님을 사사(師事)한 것은…" 이라고 해야 옳은 표현이다. 흔히 지적되는 것이지만, '자문(諮問)'은 '아랫사람으로부터 질문을 받고 의견을 말하는 것'이므로 "○○ 선생님이 우리의 자문(諮問)에 응하여 좋은 의견을 말씀하셨다.", "자문을 구하기로 하였다."와 같이 쓰일 수는 있으나, "○○ 교수의 자문을 받아"와 같이 쓰일 수는 없다. '사숙(私淑)'이란 낱말도 멋 부려 말하는 이를 골탕 먹이는 함정이다. '직접 가르침을 받을 수 없는 경우에, 그분의 덕을 사모하고 본받아 기예(技藝)나 학문(學問)을 닦는 일'이 사숙의 뜻이다. 그런데 "현재 예술원 회원이신 ○○ 선생님을 사숙한 ○○ 씨의 전람회가…"라는 표현이 거침없이 쓰인다. 아마도 '사사(師事)'라고 해야 할 것을 '사숙(私淑)'으로 잘못 알고 하는 말일 것이다.

이처럼 생소한 한자어나 외래어를 써서 자기과시(自己誇示)를 하려는 사람을 보면 꼭 분수에 맞지 않는 새 옷을 입고 몸놀림을 어색하게 하는 촌뜨기가 연상된다.

간결한 문체에 정성을 가득히

전화통을 잡으면 30분쯤은 보통이요, 한 시간을 넘기고도 오히려 미진한 사연이 남아 있어 또다시 다이얼을 돌리는 사람이 있다고 한다. 그것은 긴급을 요하는 보도 내용을 현장에서 본사로 보내는 신문기자의 경우가 아니라, 남아도는 시간을 메꾸기 위하여 스스로는 불평불만을 해소한다는 명분으로 한담을 일삼는 복에 겨운 가정주부들의 경우일 때 문제가 된다. 울분과 원한, 또 복에 겨운 스트레스도 물론 풀어야 한다. 그러나 말이란 많으면 많을수록 부연 설명이 필요한 법이다. 말속에는 언제나 오해를 불러일으키는 복병이 숨어 있어서 뜻밖의 말썽이 생기기 때문이다. 게다가 말이란 아무리 오래도록 많이 해도 녹음을 해 놓지 않는 한 흔적이 남지 않으니, 종적이 묘연한 말끄트머리에서 사람들은 어쩔 수 없이 허탈한 심정에 빠지게 되고, 그래서 다시 다이얼을 돌리어 드디어는 누군가를 헐뜯는 험담을 하거나 부질없는 자기 과시로 상대방의 마음에 상처를 내놓고야 만다.

그러면 어떻게 할 것인가? 갑자기 해보지도 않던 사군자(四君子)를 치기 위하여 마룻바닥에 화선지를 펼쳐 놓을 처지가 아니라면, 가벼운 마음, 정말로 가벼운 마음으로 몇 페이지의 책을 읽거나 가까운 사람에게 다만 몇 줄의 편지라도 띄우는 것이 어떨까?

얼마 전 나는 학생들과 함께 안동(安東)지역에 문헌조사를 나갔다가 4백 년 전, 한 지아비의 편지 앞에서 숙연한 마음으로 옷깃을 여민 적이 있었다. 임진왜란 중 경상우도 감사(監司)로 산청(山淸)의 진중(陣中)에서 안동 본가에 있는 자기 부인(夫人)에게 보낸 학봉(鶴峯) 김성일(金誠一) 선생의 편지였다.

〈요사이 추위에 모두들 어찌 계신고 가장 사렴 하네. 나는 산음고을로 와서 몸은 무사히 있거니와 봄이 닥치면 도적이 대항할 것이니 어떻게 할 줄을 몰라 하네. 또 직산 있던 옷은 다 왔으니 추워하고 있는가 분별 마오. 장모님 뫼시고 과세 잘 지내오. 자식들에게 편지 못하여 미안하네. 잘 들 있으라 하오. 감사라 하여도 음식을 가까스로 먹고 다니니 아무것도 보내지 못하네. 살아서 서로 다시 보면 얼마나 좋을까마는 기필 못하네. 그리워 말고 편안히 계시오. 그지없어 이만. 섣달 스무 나흗날.〉

학봉은 임진년(1592년) 섣달에 이 글월을 유서(遺書)인양 써 보내고 넉 달이 지난 다음 해 사월 진주(晉州) 공관(公館)에서 돌아가셨다. 누렇게 퇴색한 종이, 급히 휘갈겨 쓴 고졸한 필체 위에 서려 있는 학봉의 인품이 사백 년을 뛰어넘어 나의 가슴을 쾅쾅 울렸다. 그 간결한 말속에, 갈피갈피 스며 있는 아내 사랑, 자식 사랑, 겨레 사랑, 그리고 나라 사랑의 곡진(曲盡)한 뜻을 어떻게 일일이 헤아릴 수 있을 것인가? 우리 선현(先賢)들의 그 의연하던 삶의 자세가 부럽기 그지없었다.

그런데 이 부러움을 오늘날 우리의 생활 주변에서도 발견한 것은 정말 뜻밖의 놀라움이요 기쁨이었다. 오늘 아침 무슨 볼일로 오랜만에 만난 내 친구 ○군은 쑥스러운 듯.

"마누라가 늙마에 철이 드는 모양이야." 이렇게 말하며 쪽지 하나를 내놓는 것이었다. 손바닥만한 미색 모조지에는 정갈한 글씨가 다음과 같이 적혀 있었다.

〈당신 요즘 많이 수척하셨어요. 엊저녁은 과음을 하셨고 요. 오늘 점심은 얼큰한 매운탕이라도 드시고 속을 푸시구 려. 내일이 둘째 아이 생일이란 거 잊지 않으시겠죠? 당신 의 아내.〉

한결같은 제 목소리를

어린 시절, 우리 동네에 살던 순분이라는 처녀는 남의 목소리를 흉내 내는 남다른 재주를 가지고 있었다. 할머니나 아주머니 같은 여자의 목소리는 말할 것도 없고, 할아버지, 국회의원, 학교 선생님, 새우젓 장사 등 이 세상의 사람 목소리면 못 내는 것이 없었다.

그러나 동네의 점잖은 어른들은 순분이 얘기만 나오면 눈살을 찌푸리셨다. "옛날 중국에선 닭 우는 소리를 잘 내어 적진(敵陣)을 빠져나왔다는 고사(故事)가 있다마는 남의 목소리를 잘 낸다는 것이 한갓 웃음거리를 만드는 외에 무슨 소용이 있단 말이냐? 사람이란 그저 제 목소리 하나만으로 족하니라. 그것도 한결같은 한 가지 목소리여야 하느니…."

동네 어른들의 이러한 말씀에 귀 기울일 만큼 철이 들지 않았던 우리들은 순분이 누나가 나왔다 하면 먹던 밥도 팽개치고 뒷산 은행나무 밑으로 몰려들곤 하였다. 요즘 말로 하면, 순분이 누나는 우리 동네의 코미디언이라 해도 좋고, 우리 꼬마들의 전속 개그맨이라 해도 좋을 것이었다. 그렇지만 나의 부모님도 내가 순분이 누나의 연설 흉내를 다시 흉내 내노라면

'흉내쟁이는 끝내 남의 흉내밖에 못내는 법이다. 제 목소리로 제 말을 하는 사람이 되어야지.' 하고 걱정하셨다.

그때로부터 60여 년이 흘러간 요즈음, 나는 '한결같은 한 가지의 제 목소리가 얼마나 고귀한 것인가를 깊이 생각하게 되었다. 교양이나 인품이라는 것도 결국 한결같은 제 목소리에 직결된다는 것을 깨닫게 된 것이다.

우리 집 파출부 아주머니는 잘못 걸려온 전화를 받을 때에, 평소와는 전혀 다른 음성으로 역정을 내면서 전화를 끊는다. 잘못 걸려온 전화이니만큼 상대방과는 실제로 아무 이해 상관이 없는 사이이다. 그러니 '잘못 거셨습니다.' 하면 그만일 것을 '번호를 바로 눌러야지요. 김 사장님 댁이 아니란 말에요.' 하고 여러 마디를 지껄이며 언성을 높인다. 가슴속 깊은 곳에 감추어져 있는 울분이 그런 때에 전혀 이해상관이 없는 사람에게 분출되는 것이라고밖에는 달리 해석할 길이 없다.

나의 중학 선배인 ㅂ형은 환갑을 바라보는 나이에 회사 근처로 하숙을 정해 나오시고, 집에는 월급을 전하러나 들어간다고 하셨다.

"아니, 그 좋은 형수님을 두고 망령 나시었소? 결혼생활 일이십 년도 아니고 이게 무슨 궁상이오?"

나의 항의에 ㅂ형은 쓴웃음을 지으며 "자네가 우리 집 부부 문제를 어떻게 알아? 우리 집 여편네야 남한테는 둘도 없이 싹싹하지. 목소리가 두 개거든." 이렇게 말씀하시는 것이었다. 그 말을 들으니 퍼뜩 짚이는 일이 있었다. 무슨 일로 그 댁에 전화를 걸었는데, 그 형수님은 상냥하기 이를 데 없는 목소리로 "심 교수님이세요? 네 잠깐만 기다리세요." 그렇게 싹싹할 수가 없었다. 그런데 그다음에 들려오는 목소리. ─그것은 전혀 다른 음성, 다른 사람의 말씨였다. "전화 받아! 심 교수야!" 잔뜩 불만이 섞인, 볼멘 목소리의 반말 투가 감이 멀기는 하지만 그들 부부 사이의 분위기를 짐작하게 했었다. 그때는 그저 공교롭게 부부싸움 중에 전화를 걸었나보다고 생각했을 뿐이었다.

한결같이 한 가지의 제 목소리를 내기 위하여 우리는 칠팔십 평생 목소리 연습을 하는지도 모른다.

어떻게 할까? 일본식 한자어

　지금으로부터 일백 기십 년 전, 19세기 말, 우리나라가 새로운 세상에 눈을 뜨기 시작한 이른바 개화기에 우리 조상들은 한자어(漢字語) 사용에서 서서히 방향 전환을 시도하고 있었다. 중국식 한자어를 일본식 한자어로 바꾸는 일이었다. 그래서 그때까지 사용하던 법국(法國 : 프랑스)이 불란서(佛蘭西)가 되었고, 덕국(德國 : 도이치)이 독일(獨逸)이 되었다. 언어·문자는 그것이 지닌 정신적 정서적 가치에도 불구하고 대체로 효용가치(관점에 따라서는 이것을 사회적 세력 판도라고 할 수도 있다)에 따라 말버릇이나 표기 방식을 바꾸게 된다. 개화기에 중국식 한자어가 일본식 한자어로 바뀐 배경에는 청(淸)나라의 정치적·군사적·문화적 세력이 일본의 그것들에 미치지 못했다고 하는 사실과 깊은 관계가 있다. 그 후 우리나라에서 일본식 한자어는 세월이 흐를수록 승승장구(乘勝長驅)의 발전을 거듭하여 왔다. 8·15광복 이후 반세기가 훌쩍 흘러갔으나 일본식 한자어는 여전히 세력을 떨치고 있다. 첫째로는 그전부터 사용해온 것을 아무 생각 없이 습관적으로 쓰기 때문이요, 둘째로는 바르게 가르치고 일깨워주는 사람이 없어서 일본식 한자어인 줄도 모르고 쓰는 까닭이다.

여러 차례 지적돼 온 것이지만 몇 가지를 다시 간추려 보기로 한다.

살펴보아야 할 주위환경이나 인간관계를 뜻하는 낱말로 '처지(處地)'라는 우리 한자어 대신에 '다찌바'라고 읽히는 일본식 한자어 '입장(立場)'이 쓰인다. '짜 맞추기'라는 낱말이 더 좋을 듯싶은데 '구미다데'라고 읽히는 일본 한자어 '조립(組立)'이 사용된다. 서양말 로맨티시즘(romanticism)을 일본식 한자음으로 고쳐 놓은 '로만(浪漫)'에 '주의'를 붙여 읽는 일본말을 우리는 한국 음으로 바꾸면서까지 '낭만주의(浪漫主義)'라는 낱말을 사용한다. '번쩍이는 별'이란 뜻의 일본말 '기라호시'를 한자로는 '綺羅星'이라 하는데, 이것을 '기라성' 이라고 우리 한자음으로 읽고 쓴다. 신분이나 유명도가 높은 인물을 비유할 때 남에게 드리면서 '삼가 받아 간직해 주십시오' 하는 뜻의 '게이손' 이라는 말은 원래 일본 사람들이 즐겨 쓴 낱말이지만, 한국 사람들도 그것을 '혜존(惠存)' 이라 본뜨고 있다. '인도(引導)' 보다도 '안내(案內)', '구실' 보다는 '역할(役割)' 이라는 일본식 한자어의 세력이 몇십 배에 이를 것이다.

예를 들자면 한이 없다. 그러면 다시 생각해 보자. 우리는 왜 일본식 한자어를 조심해야 하는가? 의사 전달의 효과만을 생각한다면 세상 사람들이 두루 쓰는 대로 따라 쓰면 그뿐이요, 따로 신경 쓸 이유가 없다. 부족한 어휘를 보충하기 위하여 외래어를 차용(借用)해서라도 표현의 다양성을 확보해야 하는 판인데 일제 강점기에 자연스럽게 통용되다가 우리식 한자음으로 고쳐서 쓰이는 것이니 엄격하게 말하면 일본어는 아니니까 상관이 없다고 대범하게 넘길 수도 있다.

그러나 우리가 일본식 한자어에 조심해야 하는 이유는 명백하다. 과거에 일본이 우리를 정치적으로 속박했기 때문이 아니다. 이제 우리가 새로이 배워야 할 대상이 일본이 아니라 서양의 여러 나라로 확산되었기 때문도 아니다. 정치적

예속관계(隷屬關係)로 말하면 사대(事大)를 강요했던 역대의 중국 왕조와의 관계가 더 굴욕적이었다고 볼 수도 있다.

 보다 근본적인 이유는 일본이 한국과 한국민족을 문화적으로 억압하다 못해 우리말과 글을 말살(抹殺)하려 했다는 사실 때문이다. 세계 인류사에서 정치적 군사적 식민지 지배는 많이 있으나 문화적으로 언어 말살을 획책한 식민지 지배는 일본이 우리에게 행사한 것을 제외한다면 그 유례가 없다.

 그러므로 언어는 편의에 따라 이미 굳어버린 일본식 한자어를 사용하는 것은 부득이한 일일 것이다. 그러나 순자(順子, 淳子)니 영자(英子, 榮子)니 하는 이름과 더불어 일본식 한자어가 분명히 일본에서 비롯했다는 사실만을 알고 나서 그래도 쓰고 싶으면 써야 할 것이다.

우리는 모두 시인인데

88올림픽 국제가요제에서 우리에게 열광적인 환영을 받으며 가슴 벅찬 감동을 안겨준 외국인 가수를 한 명만 손꼽으라면 나는 단연코 그리스 태생의 나나 무스꾸리를 지적하겠다. 그녀의 매력은 한두 가지가 아니다. 남자처럼 훤칠한 키, 검은 테 안경 속의 그윽한 눈매, 시원한 성량(聲量)과 맑은 목소리, '놀라우신 은총', '사랑의 기쁨' 같은 고전적인 곡목 등등. 그러나 그 무엇보다도 그녀의 매력은 한국말 가사로 한국 청중들에게 노래를 선물할 줄 아는 그녀의 교양과 정성이었다. 우리는 그녀의 한국어 노랫말이 서툴다는 것을 따지지 않았다. 아니 오히려 서툴기 때문에 우리들은 더욱 열광적으로 고마워했는지도 모른다. 한국 사람들은 한국말을 통해서만 인정받고 대우받을 수 있음을 증명하는 장면이기도 하였다.

내가 나나 무스꾸리의 한국말 노래를 들으면서 문득 간단한 표어 한 마디에 감동했고, 그리고 실망했던 추억을 떠올린 것은 무슨 까닭일까? 한국 사람이라면 누구나 한국어를 사랑한다는 사실과, 한국어를 사랑하는 사람이라면 누구나 시인이 될 수 있다는 비약적인 연상 작용 때문이었던 것 같다.

금년 초에 나는 급한 볼일로 강릉을 갔었다. 나의 차가 강릉 시내로 들어서자마자 나의 시야에 신선한 감각으로 다가서는 현수막 ─ 그것은 강릉시에서 도시 미화를 위한 시민 계몽용으로 걸어놓은 것 같았는데, 거기에는 다음과 같은 글귀가 적혀 있었다.

푸른 산, 맑은 시내, 깨끗한 바다

열두 자에 지나지 않는 짧은 어구(語句)가 그처럼 산뜻하고 아름다울 수 있을까? 나는 그 표어로 해서 이틀간의 강릉 생활이 싱글벙글 즐거울 수 있었다. 그리고 나는 강릉을 떠나기 직전 호텔의 지배인을 부르고 말았다.

"강릉 시장이 혹시 시인(詩人)이 아닙니까?"

"글쎄요, 잘 모르겠는데요."

어리둥절한 지배인이 머뭇거렸다.

"강릉 시장은 틀림없이 시인일 거예요. 저 표어 좀 보세요, '푸른 산, 맑은 시내, 깨끗한 바다' 얼마나 좋습니까?"

"그것이 그렇게 좋습니까?"

(이런 벽창호 봤나) (할 수 없지) 나는 알아듣거나 말거나 지껄이기로 했다.

"그러면요, 석 자 넉 자 다섯 자가 차례대로 배열되어 있어서 산, 시내, 바다가 글자 수에 비례하여 입체감을 도와주지요, 그리고 7·5조의 가락으로 읽히기 때문에 저절로 외울 수 있지요. '도시를 깨끗하게 가꿉시다' 따위의 직접적이고 명령조의 말을 피하면서도 시가지의 청결을 강조하지요, 12음절의 짧은 말로 이렇게 강렬하게 강릉 시민의 마음을 사로잡을 수 있으니, 그런 분이 시인이 아니라면 누가 시인입니까?"

나는 제물에 흥이 겨워 떠들어댔었다. 그러나 그 호텔 지배인은 "듣고 보니 그렇군요."라고 대답은 했지만 그것은 손님의 말에 대한 상업적인 인사였을 뿐 전혀 시적 표현을 함께 얘기할 말상대가 아니었다.

사실 그때 나는 자그마한 음모를 꾸며 놓고 있었다.

(저 지배인이 내 말에 찬동하고 함께 그 아름다운 표어를 칭찬한다면, 나는 호텔 종업원이나 손님에게 두루 유용한 표어 하나를 지어주고 싶다고 얘기해야지, 그리고 그것이 무어냐고 제가 차 한 잔 대접하겠다고 하면 못 이기는 체 차 한 잔을 얻어먹고 봉사업의 기본 정신을 순서대로 밝힌 표어 하나를 내어 놓아야지.)

그러나 나의 음모는 산산이 부서지고 무안을 당한 나의 표어는 내 주머니 속에서 꼬깃꼬깃 구겨지고 있었다. 거기엔 이런 말이 적혀 있었으니…

〈웃는 낯, 고운 말씨, 따뜻한 손길〉

자랑스러운 해외동포

내 책상 위에는 50여 페이지밖에 안 되는 얄팍한 팸플릿 한 권이 석 달째나 먼지 앉은 채 놓여 있다. 이 책을 받았을 때의 감동을 되새기며 감사의 글월을 보내드리기까지 그 팸플릿은 잡지가 꽂힌 서가에 끼워 넣을 수가 없었기 때문이다.

캐나다 토론토에서 열린 학술회의에 참석했던 지난여름, 어느 날 저녁 나는 한국 음식점을 찾아가 저녁을 먹고 있었다. 그때 다른 식탁에 있던 한국인 신사 한 분이 내게로 와서 낯이 익다면서 인사를 청하는 것이었다. 통성명(通姓名)을 해보니 같은 해에 대학을 졸업하기는 했으나 한국에서 서로 만났던 인연이 있는 사이는 아니었다. 낯선 이역 땅에서 오랜 옛 친구처럼 낯익은, 그러나 생면부지(生面不知)의 고국 사람과 한국에 대하여 얘기하는 기쁨을 선생님은 모를 것이라고 하면서 그 신사가 건네준 팸플릿이었다.

책 표지에는 "《새싹》제4호 1988년 6월. 캐나다 온타리오주 런던 한인 한글학교"라는 글씨가 위아래에 가지런히 적혀 있다. 4·6배판 크기의 이 책은 그러니까 그 지역 한글학교의 교지인 셈이다. 어린이들의 글, 글씨, 그림을 원문대로 복사하여 싣고, 앞뒤에는 선생님들의 간절한 부탁 말씀과 학교 현황 같은 것이 소개되어 있다.

그때 내가 자리를 옮겨 그분들과 잠시 얘기를 나누면서 느꼈던 감화를 모두 다 적을 수는 없다. 그날 그분들의 회의는 한글학교의 활성화 방안 같은 것이었는데 그분들은 토요일 오후 3시간도 안 되는 한글학교를 보람 있게 발전시키려면 무엇보다도 교사의 자질향상(資質向上)이 가장 큰 문제라고 하면서, 자신들이 열성만 있지 실제로 아는 것이 없음을 한탄하고 있었다. 아무려면 그분들이 초등학교 3·4학년 정도의 우리말 읽기 쓰기를 지도할 능력이 없을까마는 그분들은 매우 구체적으로 자신의 무능력을 근심하는 것이었다.

첫째, 한국어 교수법을 이곳 사정에 맞게 체계적으로 개발하여야 한다. 그런데 우리는 교육과정을 어떻게 짜야 할지 전혀 아는 바가 없다.

둘째, 한국어와 한국 문학에 대한 좀 더 깊은 소양을 갖추어야 한다. 그런데 우리 주위에는 한국어 문학을 공부한 분이 없으니 배우려고 해도 배울 수가 없다.

셋째, 욕심일지 모르지만 한국문화 전반에 관한 깊이 있는 이해가 필요하다. 특히 역사, 민족, 예술 등 알고 싶은 것은 산더미 같은데 이러한 욕구를 충족시킬 기본 자료조차 구하기 힘들다.

내가 보기에 그분들은 결코 시간에 여유가 있는 분들로 보이지는 않았다.(캐나다가 아니라 미국에서였지만) 내가 아는 부인 한 분은 건축기사로 일하는 남편과 중·고등에 다니는 아들 둘이 있는데, 그녀 자신은 어떤 회사의 구내매점을 경영하고 있었다. 새벽부터 저녁 늦은 시간까지 햄버거, 샌드위치, 핫도그 같은 음식을 만들어 팔며 눈코 뜰 사이가 없이 지내다가 토요일이면 주말 한글학교에 나와 교포 2세들에게 한글을 가르치고 일요일이면 교회에 나가 또 일요일 한글학교에서 일한다. 다시 월요일부터는 다람쥐 쳇바퀴 돌리듯 구내매점에서 햄버거를 구우며 종종걸음을 친다. 캐나다 교민들이라고 예외는 아닐 것이다. 그런데도 그분들은 한글학교가 더 활성화하지 않고 성과가 나쁘다고 자신들을 혹독하게 꾸짖고 있는 것이었다.

나는 고국에서도 이분들을 위하여 무언가 적극적인 협조를 할 때가 되었다고 생각하면서 《새싹 제4호》를 펼쳐 든다. 오늘은 무슨 일이 있어도 이분들에게 격려와 감사의 글월을 보내드려야겠다는 마음을 다진다. 첫 페이지 선생님의 말씀 한 마디가 내 망막에 박힌다.

"우리 어린이들은 지혜롭고 원만한 인격자가 되고 또 조상의 나라도 잘 알아서 자랑스러운 한국인 – 캐나다인(Korean - Canadian)이 되기를 바랍니다."

북한의 말 다듬기

맹자(孟子) 공손추(公孫丑) 장에는 다음과 같은 일화가 소개되어 있다.

일이란 언제든지 있는 것이지만 꼭 그렇게 되리라고 생각지도 말고, 잊어버리지도 말고, 그렇다고 억지로 키우려고는 더더욱 하지 말아라.

송나라 사람처럼 바보짓을 하여서는 아니 된다. 어느 송나라 사람이 새싹이 잘 자라지 않자 속이 타서 그 싹을 쑥쑥 뽑아놓느라 힘을 들이고 휘청휘청 집으로 돌아와서는 한다는 소리가 "아이고 피곤해 죽겠네. 내가 새싹이 잘 자라도록 해 놓았어."라고 하였다. 이 말을 듣고 놀란 아들이 들에 나가본즉 새싹들은 뿌리가 흔들려 벌써 시들시들 말라버렸더라는 것이다.

세상 사람들 가운데서도 새싹을 잘 자라게 한다고 억지로 뽑아놓는 바보짓을 하는 사람들이 적지 않다. "그럴 거 무어 있나!" 하고 내버려 두는 사람은 싹을 가꾸어 주지 않는 사람이요, 자라나도록 도와준다는 사람은 싹을 뽑아 제치는 사람이니 아무짝에도 쓸데없을 뿐 아니라 도리어 상처 난 곳을 덧들이는 짓을 하는 사람이다.

이 이야기는 조장(助長)이란 낱말이 부질없는 짓이라는 나쁜 의미가 있음을 가르치는 일화로서 어떤 일이거나 순리를 따르지 않을 때의 병폐를 경고하고 있다.

북한은 1964년부터 지금껏 매우 강력한 언어정책을 펴고 있다. 그 언어정책은 〈문화어〉라는 북한만의 표준말을 확립하고 그 문화어를 이른바 주체사상에 바탕을 둔 민족어로 발전시키기 위하여 벌이는 말 다듬기 운동이 중심을 이룬다.

〈말 다듬기〉는 쉽게 말하여 일반 언어 대중들이 알아듣기 어려운 한자어나 외래어를 고유어로 바꾸는 작업이다. 이때에 활용되는 고유어는 대부분의 사람들이 일상으로 사용하는 말일 수도 있고, 궁벽진 지방의 사투리일 수도 있으며, 또 이제는 거의 아는 사람이 없는 예스러운 말일 수도 있다. 또 한 말 다듬기에는 인명, 지명, 품종 명들을 새로 짓거나 바꾸는 작업도 포함되어 있다.

그래서 '하사분하다', '우격지다', '깝치다', '넘나치다', '넘실이', '애 졸이다' 같은 예스러운 말을 그야말로 우격지게 사용하라고 권하기도 하고, 공주행시간(空走行時間)을 '헛달림시간', 아이스크림을 '어름보숭이', 속독(速讀)을 '빨리읽기'로 바꾸어 쓰기로 결정하기도 한다. 한편 사람 이름 짓기에는 '꽃실, 함박, 보람, 한길' 같은 고유어가 있는가 하면 '혁신, 전진, 선봉' 같은 한자어를 그대로 사용하여 개혁적 기상을 나타내도록 권하기도 한다. 특히 고장 이름은 '새별군, 은덕(恩德)군, 락원(樂園)군, 영광(榮光)군, 김정숙군, 해방(解放)동, 평화동, 개선문 거리, 주체사상탑 거리' 같은 이름으로 바꾸어 놓음으로써 과거부터 전해 내려오던 유서 깊은 지명을 상당수 잃어버리는 결과를 가져왔다.

이 말 다듬기 운동은 고유어를 활성화한다는 점에서 분명 긍정적인 일면이 있다. 그것은 우리가 추진하는 국어순화운동과 맥을 같이 하는 것이기도 하다. 그러나 북한의 말 다듬기는 다음 두 가지 면에서 심각한 문제점을 안고 있다. 첫째, 당성(黨性)과 사상성(思想性)의 강화라는 명분으로 '恩德, 忠誠, 榮光' 등의 한자어를 그전보다 더 많이 씀으로써 민족적 주체성을 살린다는 주체사상의 근본정신에 어긋난다는 점이고, 둘째, 온 나라가 행정력을 총동원하여 이끌어가는 관주도(官主導)의 하향식 운동이라는 점이다.

흔히 말하기를 자연보호의 최선책은 섣불리 손을 대기보다는 사람 손이 닿지 않도록 지켜주는 것이요, 여인의 아름다움을 가꾸는 제일 좋은 방법은 성형수술을 한다, 요상한 화장법을 개발한다 하는 것이 아니라 있는 그대로를 보호하는 차원에서 하는 듯 마는 듯 손질하는 것이라고 한다.

우리는 북한의 언어정책이 맹자에 나오는 잘못된 조장정책(助長政策)이 아니기를 빌 뿐이다. 언젠가는 통일이 되어 한 식구가 될 것이므로.

부끄러운 추억

여러 해 전 일이다. 우리나라 역사상 처음으로 국회에서 청문회(聽聞會)라는 것이 벌어지고 있을 때, 나는 공무(公務)로 집을 떠나 있었다. 여관방에서 텔레비전에 중계되는 청문회 장면을 보다가 나는 지금 가족들과 함께 있지 않다는 사실이 얼마나 다행스러운 일인가 하면서 가슴을 쓸어내렸었다.

가령 팔순이 되어 청력도 떨어졌고, 또 원래 세상 물정에 어두우신 나의 어머님이 "애, 아범아, 저 사람이 고관대작을 지냈다면서 무슨 잘못을 했길래 저렇게 몰리느냐?" 하신 다든가, 또 초등학교에 다니는 조카 녀석이 "큰아버지, 저런 사람이 어떻게 국회의원이 되었지요?" 라고 묻는다면, 나로서는 간결하고도 명쾌하게 대답할 재주가 없을 것 같았기 때문이었다.

집에서나 밖에서나 나는 염불(念佛)외듯 '예의염치(禮義廉恥)'를 강조했던 훈장 선생이 아니었던가. 그런데 텔레비전 화면에서는 지난 팔구 년간 나라 살림을 주름잡던 이들, 그리고 앞으로 나라 살림을 꾸려나갈 분들이 '예의염치' 하고는 전혀 담을 쌓은 대화를 진행하고 있는데, 거기에 무슨 해설을 붙일 수 있단 말인가.

차라리 눈을 감는다. 세월이 거꾸로 흐른다.

내가 초등학교 2학년 때였으니까 해방이 된 그 해 가을이었던 것 같다. 생활필수품은 턱없이 모자랐고 학용품의 질은 말이 아니었다. 연필은 대개 깎기가 무섭게 부러지는 것이었기 때문에 어쩌다가 미군부대에서 흘러나온 연필을 가지고 있는 아이는 임금처럼 뽐내며 자랑을 하던 시절이었다.

우리 반에는 삼촌이 미군부대에 다닌다는 아이가 한 명 있었다. 이 아이는 언제나 노란 색깔에 윤이 반질반질 흐르는 질 좋은 연필을 갖고 있었다. 어느 날 나는 그 아이에게 나도 그 노란색의 연필을 살 수 없겠느냐고 청을 하였다. 그 아이는 돈 10원만 주면 그런 연필 다섯 자루를 갖다 주마고 약속하였다. 나는 엄마의 경대 서랍에서 돈 10원을 꺼내다가 다음날 그 아이에게 주었다. 웬일인지 그때의 사정으로는 엄마에게 돈을 정식으로 청구할 수가 없었다. 그래서 나는 내 생애에서 첫 번째의 도둑질을 감행한 것이었다.

드디어 못 보던 연필이 내 필통에서 발견되었고 그 출처를 추궁 받게 되었다. 나는 결국 도둑으로 지목되어 아버님 앞에 무릎을 꿇고 앉은 신세가 되었다. 이제 앞으로 벌어질 일은 뻔한 것이었다. 뒤뜰에 나가 회초리를 해 오는 일, 종아리를 걷고 목침(木枕) 위에 올라서는 일, 아버님이 내 종아리에 회초리를 내리치면 나는 눈을 감고 이를 악물면서도 '하나' 하고 큰 소리를 외치는 일, 잘못의 경중(輕重)에 따라 서너 대에서 예닐곱 대까지 맞는 일, 그런데 그날은 회초리를 해오는 것만 전과 같았을 뿐, 그다음은 예상외의 일이 벌어지고 말았다. 엄마를 불러들이시는 것이었다. 그러더니 우리 부부가 부덕(不德)하여 아들을 기르지 못하고 도둑을 기르게 되었으니 우리 부부가 종아리를 맞아야 하지 않겠느냐, 그러니 당신이 먼저 맞겠느냐 아니면 나를 먼저 때리겠느냐 그러시면서 아버님은 일어나서 바지를 걷어 올리시는 것이었다.

그때 어머님은 "내가 먼저 맞지요." 하시면서 아버님으로부터 회초리를 몇 대 맞으신 것으로 기억된다. 그리고 당신을 때리라는 아버님께 부부일신(夫婦一身)이니 어미가 맞은 것으로 그만 노여움을 푸시고 아들을 용서하라고 사정을 하셨던 것으로 기억된다.

그날 나는 문자 그대로 혼비백산(魂飛魄散)하여 울며불며 아버님께 용서를 청했었다. 죽어도 다시는 도둑질을 안 하겠다고 마음속으로 다지고 다지면서.

모를 일이다. 청문회를 보다가 나의 부끄러운 추억을 되살리는 이 부끄러움을.

"곡·독"에 서린 사연

    국어의 자음(子音·닿소리) 가운데서 세월이 흐를수록 점점 더 많이 발음되는 것은 무엇일까? 아마도 된소리일 것이다. "ㄲ, ㄸ, ㅃ, ㅆ, ㅉ"의 다섯 된소리 자음들은 향가(鄕歌)가 불리어지던 옛날에는 아주 드물게 나타났던 것이었다. 관형형(冠形形)의 어미(語尾) "ㅅ"이나 "ㄹ" 다음에 "ㄱ, ㄷ, ㅂ, ㅅ, ㅈ"으로 시작하는 낱말에서나 발음되었을 것으로 짐작된다. 그것이 고려시대로 넘어오면 낱말의 첫머리에서도 발음된 듯싶다. 15세기에는 이미 "꿈〔夢〕, 싸〔地〕" 같은 낱말이 된소리로 발음되었고, "곶〔花〕, 불휘〔根〕" 같은 낱말은 관형형의 "ㅅ"의 다음에 자주 쓰이다가 결국은 오늘날의 "꽃, 뿌리"가 되어버렸다. 된소리는 유성자음(有聲子音)으로 시작되는 외국말을 차용하면서 생기기도 한다. "버스(BUS)"
를 "뻐스"라고 발음하고, "가운(gown)"을 "까운"이라 하는
것은 그 때문이다.(국어의 자음체계에는 유성자음이 없다.
그러니까 토박이 한국 사람은 유성자음을 발음하지도 못하
고 분별하지도 못한다)

　이와 같은 된소리의 팽창은 "상(常)놈"을 "쌍놈"으로, "안
간힘"을 "안깐힘"으로 발음하게 했다. 그리고 "국문과, 영
문과" 할 때의 발음 습관을 굳혀서 "꽈사무실"이 등장하였
다. 가수들은 의젓하게 "싸랑해선 안될 싸람을…" 하면서
목청을 뽑는다. 한 언어에 있어서 음운체계라고 하는 것은
대체로 수십 년에서 수백 년을 단위로 서서히 변화하는 건
축물과 흡사한 구조체계이기 때문에 앞으로 몇백 년 뒤에
우리말에서 된소리가 줄어들는지 알 수 없거니와 그 된소리
가 6·25전쟁과 같은 정치 사회의 변동으로 말미암아 인심
이 각박하여져서 생긴 것이라는 엉뚱한 속설(俗說)만은 믿지
말아야 하겠다.

　오히려 나 같은 사람에게 있어서, 우리말의 된소리는 조
상들의 슬기와 효심(孝心)을 생각하게 하는 다음 같은 이야
기의 실마리가 될 뿐이다.

시집간 지 얼마 안 되어 시집살이에 고된 딸이 오랜만에 친정 나들이를 하였다.

"어머니, 어떻게 하면 빨래를 맑고 깨끗하게 하지요?"

그러나 친정어머니는 빙긋이 웃으시며 대답이 없다.

"아이, 어머니 어떻게 해야 어머니처럼 이렇게 빨래가 깨끗하게 돼요?"

"글쎄, 내가 죽기 전에는 가르쳐 주마."

친정어머니는 끝내 비결을 감추고 내놓지 않으셨었다.

그럭저럭 또 여러 해가 흘러갔고, 시집간 딸도 빨래의 요령을 터득했을 무렵, 친정어머니가 임종의 날을 맞게 되었다. 어머니가 위독하시다는 전갈을 받고 달려온 딸은 누워 계신 어머니의 머리맡에서 슬픔이 복받친다. 그러다가 문득 "빨래하는 비결"이 생각났다.

딸은 울먹이며 여쭙는다.

"어머니, 어머니, 돌아가시기 전에 가르쳐 주신다고 했잖아요. 어떻게 해야 빨래를 희고 깨끗하게 해요?"

미동도 않으시던 어머니가 입가에 웃음을 짓는가 싶더니 가느다랗게 실눈을 뜨며 입술을 달싹이셨다.

"곡…독…"

그리고는 숨을 거두셨다. 그러자 그 딸은 이렇게 넋두리를 하며 슬피 우는 것이었다.

"아이고, 어머니. 꼭꼭 짜서 톡톡 털어 말리라고요? 벌써 알고 있었는데, 여쭈어보지 않았으면 돌아가시지 않았을 걸…."

우리 조상들이 비법(秘法)의 전수(傳授)를 아낀 까닭은 뒷사람들로 하여금 스스로 탐구하고 개척하는 능력을 키우려 했기 때문이 아닐까? 그래서 그 따님은 친정어머님의 죽음만이 원통하고 슬펐던 것이다.

모국어와 열다섯 살

우리들의 생애에서 열다섯 살이라는 나이가 있다는 것은 얼마나 아름다운 축복인가. 그러나 이 나이의 황홀하고 소중함을 말로 표현한다는 것은 그렇게 쉬운 일이 아니다. 우리들 모두가 거쳐 온 뒷자리여서 누구나 한 마디씩은 말할 수 있으련만, 막상 자기 자신의 열다섯 살을 말하라 하면 그 찬란하고 고귀했던 순간들이 한꺼번에 밀어닥치면서 그때에는 그 나이가 그토록 아름답고 값진 것인 줄을 몰랐었다는 사실을 안타까워하며 가슴이 벅차오르는 것이다.

그 시절을 지내온 한참 뒤에 가서야 "아, 참으로 좋은 때였어!"라고 신음하듯 한 마디를 토해낼 수밖에 없다는 것이 이 나이가 지닌 본질적인 신비의 영역이다. 할 수 없이 우리는 열다섯 살을 넘기는 우리의 동생들, 자식들, 혹은 손자들을 향하여 고개를 주억거리며 '그래, 그래, 얼마나 아름다운가는 지내보아야 알게 되느니…' 입속으로만 웅얼거릴 뿐이다.

얼마간 멋이 있는 분이라면, 열다섯 살의 나이에서 성춘향과 이 도령의 사랑을 생각해낼 수 있겠고, 로미오와 줄리엣의 비련(悲戀)을 연상할 수도 있을 것이다. 또 얼마간 근엄한 분이라면 역사의 물줄기에서 보석처럼 반짝이는 꽃봉오리들, 그러니까 화랑 관창(官昌)이며, 유관순(柳寬順)이며, 프랑스의 잔 다르크 같은 이름을 찾아낼 것이다. 흥미롭게도 그들은 열다섯에 한 살씩을 더한 열여섯의 동갑들로서 시대와 장소를 달리하였으나 영원히 늙지 않은 소년으로 우리들 가슴속에 민족애(民族愛)의 열정을 일깨우며 살아 있다.

그러면 그들이 어린 나이에 민족사의 흐름에 그렇게 단단한 쐐기를 박을 수 있는 힘을 어디에서 얻은 것일까? 아마도 그것은 열다섯 살까지의 인생이 올곧고 아름다웠던 때문이 아닐까? 열다섯의 나이는 분명, 삶의 한고비를 넘기는 분수령이기 때문이다. 육신과 정신이 아직도 성숙되어야 할 중간 지점이기는 하지만 그 나이에 이르러 우리는 독립된 인

격체로 홀로 설 수가 있다. 열다섯 살이 넘도록 익힌 모국어
는 새로운 환경에 처하여서도 결코 잊어버리지 않는다는 사
실을 독립된 인격체 형성의 이유로 내세울 수도 있다.

다음 기록은 임진(壬辰)·정유(丁酉)의 두 번 왜란(倭亂)이
있은 지 20년 뒤인 1617년에 통신사절의 한 사람으로 포로
쇄환(捕虜刷還)의 임무를 띠고 일본에 가서 견문한 바를 적
은, 이경직(李景稷)의 부상록(扶桑錄)의 일절이다.

창원에 살던 김개금(金開金)이라는 사람이 와서 만났다.
열두세 살 적에 포로 되어 왔다 하는데, 한마디 말도 통하지
못하니 하나의 왜인일 뿐이었다.

지나오는 도중에 더러 포로 당한 사람이 있었으나 그 수
효가 많지 않았고 왜경에 도착한 이후에 와서 뵙는 자가 연
달아 있었으나 돌아가기를 원하는 자가 매우 적었다. 나는
15세 이후에 포로된 자는 본국 향토를 조금 알고 언어도 조
금 알아 돌아가고 싶어 하는 마음이 있는 듯하였다.

이 기록에 우리는, 15살 이후에 포로된 사람만이 일본에
서 생활한 지 20년이 지난 시점에서도 모국어를 잊어버리지

않고 있다는 사실을 확인할 수 있다.

일찍이 공자님께서도 "내가 열이오 다섯에 배움의 길에 뜻을 두고〔五十有五而志于學〕"라고 밝히셨다. 가만히 생각해 보면 열다섯 살까지는 말공부하느라고 세월을 보냈으니 이제부터는 본격적인 학문 연구에 힘을 쏟겠다는 선언이었던 것 같다. 그렇다면 바른말 길들이기는 열다섯 살 이전에 완성되어야 하는 것 아닌가?

'가라오케'의 문화풍토

능률을 앞세우는 세상이 되어 그런지 짧게 줄인 말이 범람하고 있다. 바쁜 세상에 일일이 격식을 갖추어 말끝을 늘일 필요가 어디에 있느냐는 듯하다. 특별히 젊은 세대들에게서 이런 현상은 두드러진다.

언제부터인지 "잘 가, 또 만나."라고 말하면서 손을 흔들던 모습은 사라져 버렸고 "안녕"이라는 짧은 낱말이 헤어짐의 인사말을 대신하고 있다. 물론 그것은 만남의 인사말로도 쓰이는데 역시 '–하세요'가 생략된 '안녕'만으로 더 자주 쓰인다. 이러한 추세대로 나아간다면 조만간 '안녕' 뿐만 아니라 '수고, 감사, 환영' 등 명사형(名詞形)만으로 완벽하고 정당한 인사말을 삼을 날이 멀지 않을 것 같다.

인사말은 사회적으로 공인된 관습적 표현이므로 그것이 명사형을 취한다 하여 좋다, 나쁘다를 가름할 필요는 없는 것인지 모르겠다. 영어의 "굿바이(Good bye)"만 해도 "하느님이 당신과 함께 하시기를, (God be with you)"이라는 긴 말이 편한 데로 줄은 것이다.

그런데 이러한 말 줄임 현상이 줄여서는 안 될 부분까지 과감하게 잘라버리는 지경에까지 이르렀다. 대개의 경우 그것은 무식의 소치에서 오는 것이긴 하지만 그렇다고 그냥 웃어넘길 일만은 아니다. '메이드 인 코리아(made in Korea)'를 '메이드·인'으로 줄여 말하는 사람이 있다. "이거 메이드인예요. 상표를 확인하세요." 이렇게 말하는 사람은 '메이드인'이 '미국제품'의 뜻인 줄로 알고 있다. 이러한 폐단의 근원을 거슬러 올라가면 그것은 놀랍게도 경박한 일본 문화에 연결되어 있다. '오버코드(over coat)'를 '오버'로 줄여 말하는 것까지는 참겠는데, '스테인리스 스틸(stainless steel : 변하지 않는 쇠, 녹슬지 않는 쇠붙이)'을 '스테인(stain : 변색, 녹슬음)'이라 줄여 말하는 경우에는 웃음도 나오지 않는다.

얼마 전 우리 집 막내가 내게 물었다.

"아빠 가라오케가 무엇 하는 집이에요?" 나는 가슴이 뜨

끔하였다. 평소 이 낱말에 대해 짙은 혐오감을 가지고 있는 데다가 미성년자들에게는 금지된 술집을 가리키는 낱말이고, 무엇보다 그것이 기묘한 조어법에 따른 다국적(多國籍) 낱말이기 때문이었다. 굳이 우리말로 바꾸자면 '녹음반주(錄音伴奏)' 쯤으로 표현하면 좋을 이 '가라오케' 는 '가라' 와 '오케' 의 복합어이다. '가라' 는 '텅 빈〔空〕' 이라는 의미의 일본말이요, '오케' 는 '오케스트라(관현악단)' 의 줄임말이다. 문자 그대로 공허한 음악이요, 가짜의 음악이다.

이 일본어와 영어의 복합축약형 낱말 '가라오케' 는 그대로 한국의 허황된 사치 문화를 상징하는 것처럼 생각된다. 우리나라 문화의 상당 부분이 일본과 미국을 통하여 들어온 것이라는 점에서 그렇고, 그것이 술 마시고 노래하는 오락 취향이라는 점에서 그러하며, 또한 그것이 인스턴트(즉석요리) 식품처럼 미리 짜 맞춘 대량 생산의 기성품 성향이라는 점에서 그러하다. 더더구나 '가라오케' 는 노래를 잘 못 부르는 사람으로 하여금 자기 노래도 어물쩍 넘어갈 수 있다는 착각을 갖게 한다는 점에서 속임수 기교의 극치를 보인다.

미래의 문화 풍토가 '가라오케' 와 같은 특성을 늘려가는 것이라면 나는 단연코 과거로 돌아가겠다. 그런데 이 어쩐 일인가? '가라오케'를 뺨칠 만큼 기발한 말 줄임이 최신 유행이나 되는 것처럼 우리 사회에 넘치고 있다.

"언니, 화만나 안 볼래?"

나는 화가 나서 텔레비전을 고만 보겠느냐는 말쯤으로 알아들었다. 그러나 '화만나'는 '화요일에 만나요'라는 프로그램 명칭의 줄인 말이었다. 무슨 말을 그렇게 줄이느냐고 야단치는 나에게 막내는 한술 더 뜨는 것이었다.

"아빠는 공연히 야단이서, '토토즐(토요일 토요일은 즐거워)'도 있는데…"

얼굴 없는 목소리

'임금님 귀는 당나귀 귀' 라는 제목의 우화는 말하지 않고는 결코 살아갈 수 없는 인간의 본성을 희화적(戱畵的)으로 묘사하고 있다. 생면부지의 낯선 사람에게 일지라도 호젓한 등산길에서 만나면 눈길을 맞추며 "안녕하세요." 웃음을 섞어 인사를 건넨다. 외진 산길에서 대화 없이 길을 엇갈려 지나간다면 그 서먹서먹하고 답답하고 개운치 않은 기분은 그날의 등산을 틀림없이 우울하게 만들 것이다. 대화를 나눔으로써 우리는 시시각각으로 우리가 사람이라는 사실을 확인하며 사는 셈이다.

또한 우리는 말을 함으로써 삶의 길목에서 목마르고 허기졌던 빈 가슴에 생기를 불어넣는다. 허전한 가슴에 생기를 불어넣으면 억울하고 섭섭했던 감정의 응어리를 풀어야 할 때도 있다. 그런 때에 우리는 가끔 불만을 터뜨리고 욕설을 내뱉는다. 대소변을 배설하듯 가슴속에 엉겨 있던 좋지 않은 감정의 찌꺼기들을 투정과 하소연과 욕설로 배설해 버리는 것이다. 그리고는 새로운 기분이 되어 삶의 현장으로 뛰어든다.

옛날 우리 조상들은 불만의 감정을 분출시키는 몇 가지 제도적 장치를 마련하고 있었다. 시집살이에 찌들대로 찌들고 주눅이 들은 며느리에게 친정 나들이를 시키는 일도 그중의 하나였고, 농민들에게 탈〔가면(假面)〕을 씌워 탈춤을 추면서 양반이나 스님들을 풍자하게 한 것도 그중의 하나였다. 그것은 감추어 두었던 이야기, 곧 '임금님 귀는 당나귀귀' 라는 비밀을 토설하게 하는 절호의 기회가 되었다. 평소에는 감히 상상도 할 수 없는 욕지거리를 탈을 썼음을 빙자하여 마음 놓고 내뱉게 함으로써 옛날의 윗사람들은 눌려지내는 아랫사람들의 답답한 숨통을 틔워줄 줄을 알았다.

그러는 한편, 할 수만 있다면 억울한 감정도 발설하지 아니하고 눙치고 삭이는 것이 더 높은 차원의 사람다움에 이르는 것이라고 가르치기도 하였다. 내훈(內訓)에는 다음과 같은 언행수칙(言行守則)이 적혀 있다.

"마음에 간직하고 있는 것이 생각이요, 입 밖으로 내놓는 것이 말이니, 말은 영화를 부르는 들보도 되고, 치욕을 부르는 기둥도 되며, 사람 사이를 친하게도 만들고 헤어지게도 만드는지라, 서로 멀리 지내던 사람들이 가까이 지내게도 되고, 친하던 사람들이 서로 원망하며 원수가 되게도 하는 것이다. 그래서 잘못하는 말이 크게는 나라도 망하게 하고, 작게는 부모형제 처자 사이를 갈라놓기도 한다. 그러므로 현명한 여인들의 입놀림 삼가는 것은 치욕과 비방에서 벗어나고자 함이니, 어떠한 경우에도 상대방의 마음을 상하게 하거나 아첨하는 말을 하지 않고, 깊이 생각하지 않은 말은 결코 발설하지 아니하였다. 놀이를 즐기지도 아니하고, 좋지 않은 일에 관여하지도 않고, 의심받는 일을 하지도 않는다."

어찌 이러한 언행이 여자들에게 국한된 문제이랴만 각별히 여성들에게 초점을 맞추어 강조한 까닭은 이 책이 여성의 심성(心性)을 교화하려는 목적으로 편찬되었기 때문이다.

근자에 이르러 '얼굴 없는 목소리'가 세상 사람들을 괴롭힌다고 한다. 전화를 걸어 자기의 신분은 밝히지도 않은 채,

상대방에게 협박을 하거나 욕설을 퍼붓는 일이 있는가 하면, 부질없는 농담을 걸거나 음담패설(淫談悖說)을 늘어놓기도 한다는 것이다. 누구에겐가 말을 하지 않으면 안될 만큼 고독하고 분한 사람들이 세상에 많아졌기 때문이라고 볼 수도 있겠고, 함부로 말하는 것이 자기 자신은 말할 것도 없고 이 세상을 두루 망치는 죄악임을 가르치지도 배우지도 않는 세상의 풍조 탓이라고 볼 수도 있겠다.

어찌 되었거나 슬픈 일이다. 탈을 쓰고 숲속에 숨어 들어가 싫도록 "임금님 귀는 당나귀 귀"라고 소리치게 할 비밀 장소를 마련하는 방책을 세울 수는 없는 것일까?

| 명문동양문고 ⓫ |

심재기 교수 산문선 [4]
한국인의 말글 찾기

초판 인쇄　2019년 1월 25일
초판 발행　2019년 1월 30일

지은이 | 심재기
발행자 | 김동구
디자인 | 이명숙·양철민
발행처 | 명문당(1923. 10. 1 창립)
주　 소 | 서울시 종로구 윤보선길 61(안국동)
　　　　 우체국 010579-01-000682
전　 화 | 02)733-3039, 734-4798(영), 733-4748(편)
팩　 스 | 02)734-9209
Homepage | www.myungmundang.net
E-mail | mmdbook1@hanmail.net
등　 록 | 1977. 11. 19. 제1~148호

ISBN 979-11-88020-79-9 (03810)
12,000원